WUNDENHERZ: THRILLER

MARCUS HÜNNEBECK

ÜBER DEN AUTOR

Marcus Hünnebeck wurde 1971 in Bochum geboren und lebt inzwischen als freier Autor in Hamburg. Er studierte an der Ruhr-Universität Bochum Wirtschaftswissenschaften.

Im März 2001 erschien mit *Verräterisches Profil* sein erster Thriller, 2003 und 2004 folgten *Wenn jede Minute zählt* und *Im Visier des Stalkers*.

Dank der Möglichkeiten, die das E-Book-Publishing bietet, veröffentlichte er im Jahr 2013 seine alten Thriller als überarbeitete E-Books. *Im Visier des Stalkers* erhielt aus rechtlichen Gründen den Namen *Die Rache des Stalkers* und schaffte im Juli 2013 den Sprung in die Top 10 der Amazon-Bestseller-Charts. Dem Roman *Verräterisches Profil* gelang dies im Dezember 2013. *Wenn jede Minute zählt* erreichte im Juni 2014 die Spitzenposition der Kindle-Charts und gehörte 2014 zu den zehn meist verkauften E-Books bei Amazon. Die Fortsetzung um den Kommissar Peter Stenzel erschien im Juni 2015 (*Stumme Vergeltung*).

Als Erstausgabe erschien im Juni 2014 *Kainsmal* bei Amazon Publishing. Mit *Die Drahtzieherin* führte er die Serie um Oberkommissarin Katharina Rosenberg fort. Die Trilogie schloss der Roman *Tödlicher Komplize* ab.

Im September 2015 veröffentlichte Egmont-Lyx den ersten Band einer neuen Reihe, der den Titel *Im Auge des*

Mörders trägt. Im Mittelpunkt dieser Serie stehen die Journalistin Eva Haller und der Leibwächter Stefan Trapp.

Der zweite Band folgte im September 2016 und heißt *Abschaum*.

In *Sommers Tod* taucht zum ersten Mal Oberkommissar Lukas Sommer auf. *Sommers Schuld* ist sein zweiter Solo-Fall.

Die Namen des Todes bildet den Auftakt einer neuen Serie um den BKA-Kriminalkommissar Robert Drosten und sein Team. *Schuld vergibt man nie* ist der Folgeband. Die Romane sind genau wie der dritte Teil *Rudelfänger* und der vierte Teil *Rudeljagd* unabhängig voneinander zu lesen.

In *Die Todestherapie* ermitteln Lukas Sommer und Robert Drosten zum ersten Mal für eine neue Polizeibehörde namens KEG (Kriminalermittlungstaktische Einsatzgruppe). *Der Wundennäher*, *Der Schädelbrecher*, *Blut und Zorn*, *Die TodesApp*, *Muttertränen* und *Todesschimmer* setzen diese Zusammenarbeit fort. In *Vaters Rache* stößt die Oberkommissarin Verena Kraft zum Team hinzu. *Rachekrieger*, *Der Geisterfahrer*, *Nesthäkchens Schrei*, *Bittere Brut*, *Tödlicher Fake*, *Schreikind* und *Eiskalte Reue* setzen die Reihe fort. Der Thriller Der Wundennäher war 2018 Finalist beim Kindle Storyteller Award.

Außerdem hat er mit *So tief der Schmerz*, *Kein letzter Blick* und *Wundenherz* eine Reihe um den Personenfahnder Till Buchinger gestartet.

ÜBER DAS BUCH

Ein Betrüger treibt am Ende einer romantischen Beziehung seine Freundinnen in den Suizid. Doch Luisa Claußen schreckt davor in letzter Sekunde zurück und entscheidet sich, weiterzuleben. Nur langsam erholt die wohlhabende Frau sich von dem Trauma und beschließt, den Mann aufzuspüren und ihm das Handwerk zu legen. In Hamburg verliert Luisa die Fährte des ehemaligen Geliebten, der inzwischen neue Opfer gefunden hat, und engagiert den Personenfahnder Till Buchinger. Ohne zu ahnen, auf was er sich einlässt, übernimmt Buchinger den Fall. Kurz darauf stirbt auf brutale Weise ein Manager des Hotels, in dem Luisa Claußen übernachtet. Und das ist nur der Auftakt zu einer Reihe blutiger Ereignisse. Als Till Buchinger die Zusammenhänge zwischen den Taten durchschaut, schwebt er bereits selbst in großer Gefahr.

Wundenherz: Thriller

1. Auflage, November 2020

Covergestaltung: © Artwize
Im Cover Design wird ein Stock Image von depositphotos.com verwendet

https://depositphotos.com/8665977/stock-photo-bleeding-rose.html

Lektorat: Ruggero Leò
Korrektorat: Kirsten Wendt

ISBN der Taschenbuchausgabe: 979-8555136961

Herausgeber:
Marcus Hünnebeck
Heimweg 6, 20148 Hamburg

Alle in diesem Roman geschilderten Handlungen und Personen sind frei erfunden. Ähnlichkeiten mit lebenden oder verstorbenen Personen sind zufällig und nicht beabsichtigt.

Erstellt mit Vellum

AUGUST

1

Wie konnte er ihr das antun? Zittrig griff Luisa zur Weinflasche auf dem Nachttisch. Sie hatte sich vor Stunden aus dem Bett gequält, trug aber noch immer den dünnen Morgenmantel. Wozu sollte sie sich auch Mühe geben? Ihr Leben war wertlos. Das hatte er gesagt. *Wertlos.* Wie recht er hatte, wenn sie die letzten beiden gemeinsamen Monate aus dem Gedächtnis strich und stattdessen an die Jahre davor zurückdachte. Schrecklichen Zeiten war die schönste Phase ihres Lebens gefolgt, die nun hoffnungslos vorüber war. Es sei denn, sie könnte ihn umstimmen.

Luisa schenkte sich Wein nach. Alkohol löste ihre Zunge. Vielleicht lieferte er ihr das schlagende Argument, das ihm klarmachte, dass die Trennung ein Fehler wäre. Denn trotz seiner Behauptung könnten sie eine gemeinsame Zukunft haben – falls sie an ihren Problemen arbeiteten.

Sie leerte das Glas zur Hälfte, so schnell, dass sie sich verschluckte. Hustend stellte sie das Weinglas auf den

Nachttisch, um nichts auf dem teuren Eichenparkett zu verschütten.

Der Husten klang langsam ab. Stand Carlos im Begriff, das Haus zu verlassen? Oder war er sogar schon gegangen, und sie hatte es bloß nicht gehört? Rasch erhob sie sich. Zu rasch. Vor ihrem Auge schwankte alles. Sie stützte sich am hölzernen Bettpfosten ab.

»Carlos?«, rief sie verzweifelt.

Keine Antwort. Auf den ersten Metern zur Türschwelle erfasste sie Schwindel. Trotzdem durfte sie keine Zeit verlieren.

»Carlos! Bleib hier!«

Sie hasste den Klang ihrer krächzenden Stimme. Bestimmt war das für ihn einer der Gründe, aus dem er keine Zeit mehr mit ihr verbringen wollte.

»Carlos!«

Außerdem klang sie viel zu weinerlich. Sie schluckte den Kloß im Hals hinunter. Um nicht zu stürzen, lehnte sie sich an den Türrahmen.

»Rede mit mir!«

Sie lauschte. Seine Stimme ertönte wie aus weiter Ferne. Was sagte er?

Ich halte es keine Sekunde mehr mit dir aus. Du widerst mich an!

Hatte sie ihn richtig verstanden?

»Bleib hier!«

Die Tür fiel ins Schloss. Oder war das bloß ein Fenster, das im Durchzug zuknallte?

»Bitte!« Sie weinte bitterlich.

Er antwortete nicht mehr. Carlos war fort. Sie hatte ihn verloren.

Luisa traute sich nicht, die Türschwelle zum Schlafzimmer zu überschreiten. Hier fühlte sie sich einigermaßen sicher. Als habe sie bis zu dieser Schwelle ihr Leben unter Kontrolle. Zur Haustür zu rennen, um ihn auf der Straße aufzuhalten, erschien ihr genauso unmöglich, wie bei sengender Sonne die Sahara zu durchqueren.

Sie rutschte am Türrahmen hinunter und saß schließlich auf dem Boden.

»Komm zurück«, wisperte sie. »Komm zurück.«

Natürlich hörte er sie nicht mehr. Wenn sie sich nicht vollkommen täuschte, vernahm sie draußen einen röhrenden Motor. Oder bildete sie sich das bloß ein? Sein Jaguar war normalerweise flüsterleise. Quälte er sie absichtlich mit dem Lärm?

Die schmerzhaften Erinnerungen kehrten zurück. All die Vorwürfe, die sie sich seit Tagen von ihm anhören musste. Ihre Freundinnen lachten sie angeblich hinter ihrem Rücken aus. Sie erhielt keine Einladungen mehr zu wichtigen Veranstaltungen. Wie eine Neureiche würde sie ohne jede Würde und Anstand durchs Leben laufen.

Hatte er damit recht?

Seine Worte hallten in ihrem Kopf wider.

Setz dem Leid ein Ende. Sei ein einziges Mal mutig, und mach das, was getan werden muss.

Begriff er nicht, dass sie vor ihrer ersten Begegnung genau das geplant hatte? Hatte ihr das Schicksal bloß unglaublich schöne elf Monate geschenkt, um dann einzufordern, was ihm zustand?

Mühselig erhob sie sich.

»Carlos«, flüsterte sie traurig.

Ohne ihn erschien ihr alles grau und verloren. Sie wankte zum Bett zurück und setzte sich schwerfällig auf den Matratzenrand. Nachdenklich zog sie die oberste Schublade des Nachttischs auf. Darin lag neben einer

Lesebrille und einem schon ewig nicht mehr genutzten E-Book-Reader lediglich eine Packung Schlaftabletten. Luisa holte sie heraus. Das Medikament war noch mit dem kleinen Siegel des Apothekers zugeklebt. Luisa erinnerte sich an die Mahnungen ihres Arztes. Unter keinen Umständen mehr als eine Tablette nehmen, und zwar nur, wenn das Gedankenkarussell nachts keine Ruhe gab.

Konnte sie die Erinnerungen an ihren Verlust für immer ausmerzen, indem sie alle zwölf Tabletten nahm?

»Das Wasser!«, rief sie erschrocken aus.

Sie hatte nicht mehr an den aufgedrehten Hahn der Badewanne gedacht.

Wieder erhob sie sich zu schnell – mit denselben Folgen wie zuvor. Ihr schwindelte, und sie musste sich am Bettpfosten festhalten. Vorsichtig lief sie in das angrenzende Badezimmer. Kaum hatte sie die Tür geöffnet, atmete sie erleichtert auf.

Carlos hatte den Hahn nur leicht aufgedreht. Die Wanne war zwar schon gut gefüllt, aber noch lange nicht übergelaufen. Sie drehte das Wasser ab. Automatisch fiel ihr Blick auf den Gegenstand, den er ihr an den Badewannenrand gelegt hatte.

Ein im Licht der Deckenlampe glitzerndes Skalpell.

Es tut dir nicht weh, löscht aber alle Schmerzen aus. Zwei kurze Schnitte im warmen Wasser. Du wirst es kaum spüren. Und wenn du Angst hast, schluckst du vorher die Tabletten. Du weißt, wo sie liegen.

So zärtlich hatte er den Rest des Tages nicht mit ihr gesprochen. Er würde ihren Schritt gutheißen, wenn er davon erfuhr.

Sie tauchte den Zeigefinger ins Wasser – und zog ihn rasch zurück. Viel zu heiß! Wenn sie seinem Wunsch nachkommen sollte, müsste sie warten, bis es sich abgekühlt hatte.

Luisa brachte allen Mut auf. Sie musste sich davon überzeugen, dass er wirklich für immer gegangen war. Mit wild klopfendem Herzen verließ sie das Bad, durchquerte ihren großen Schlafraum und betrat das Nebenzimmer. Wenn er auch nur einen einzigen Gegenstand zurückgelassen hätte, würde ihr das Hoffnung geben. Vielleicht sein geliebtes Schreibwerkzeug. Der teure Stift, den sie ihm zum Geburtstag geschenkt hatte.

Ohne Eile schritt sie alle Räume ab. Mit jedem Zimmer wuchs die Verzweiflung.

Er war gegangen. Für immer.

Tränen schossen ihr in die Augen. Durch den Schleier sah sie im Arbeitszimmer einen Block auf dem Schreibtisch, neben ihrem Füllfederhalter.

Sollte sie der Welt eine Erklärung für ihre bevorstehende Tat hinterlassen? Oder wäre jedes Wort zu viel, weil die Nachbarn der Polizei von dem adretten Mann berichten würden, den sie zuletzt nicht mehr gesehen hätten? Woraus kluge Kriminalisten die richtigen Schlüsse ziehen würden?

Ein anderer Gedanke ging ihr durch den Kopf. Bekäme er Ärger mit der Polizei, falls sie keinen Abschiedsbrief schreiben würde? Müssten die Polizisten dann einen Mord ausschließen?

Luisa setzte sich an den Tisch und nahm die Kappe vom Stift. Sie führte die Feder zum Schreibblock. Wie formulierte man den Wunsch, alles hinter sich zu lassen, weil man die Schmerzen nicht länger ertrug?

Luisa zögerte.

Warum wollte sie ihm den Ärger ersparen? Hatte er

nicht genau das verdient? Polizisten, die ihn befragten und wie einen Verdächtigen behandelten?

Das erste Lächeln seit vielen Stunden trat in ihr Gesicht. Sie schraubte den Stift wieder zu. Für einen Moment blieb sie am Schreibtisch sitzen. Dann schob sie vorsichtig den Sessel zurück und stand auf.

Die Schlaftabletten lagen auf dem Bett. Luisa runzelte die Stirn. Hatte sie die dort hingelegt? Erfolglos kramte sie in ihren Erinnerungen nach dem entsprechenden Bild. Wieso war das Medikament nicht mehr in der Schublade? Eine Antwort darauf fand sie nicht. Nachdenklich setzte sie sich auf die Matratze.

Mit ihren Fingernägeln löste sie das Siegel. Im Inneren steckten kleine, hellgraue Kapseln. Wie viele davon würde sie gleichzeitig mit Wein herunterspülen können? Alle zwölf?

Sie drückte die erste Kapsel aus dem Blister. Sobald sie das Medikament geschluckt hätte, könnte sie in die Badewanne klettern. Die Kombination aus dem hoffentlich schnell wirkenden Mittel, dem warmen Wasser und der feinen Skalpellspitze würden ihr einen schmerzfreien Übergang bescheren.

Trotzdem zögerte sie. Ihre letzten Gedanken sollten nicht benebelt sein. Sie wollte bei klarem Verstand aus dem Leben scheiden, selbst wenn sich der Vorgang dadurch qualvoller gestalten würde. Doch sie fürchtete den Schmerz.

Noch einmal hörte sie in ihrem Inneren seine Stimme.

Es tut dir nicht weh, löscht aber alle Schmerzen aus. Zwei kurze Schnitte im warmen Wasser. Du wirst es kaum spüren.

Hatte er recht, oder war das bloß ein Trick, um ihre Bedenken zu zerstreuen?

Luisa warf die Kapsel auf den Boden, wo sie im flauschigen Teppich versank.

»Nein!«, rief sie. »Ich sterbe bei Sinnen!«

Sie erhob sich. Diesmal überkam sie kein Schwindelgefühl. Offenbar verlor selbst der Alkohol langsam seine Wirkung. Umso besser. Luisa öffnete den Gürtel des Morgenmantels und streifte das Kleidungsstück ab. Der seidige Stoff glitt zu Boden. Vollkommen nackt trat sie ins Badezimmer. Sie prüfte mit dem Zeigefinger erneut die Wassertemperatur, bevor sie hineinstieg. Diesmal fühlte es sich erträglich an. Sie kletterte in die Badewanne, blieb aber zunächst stehen. An den Waden und Knien erschien ihr das Wasser noch immer zu heiß. Luisa wartete, bis sich ihre Haut daran gewöhnt hatte. Dann setzte sie sich. Dabei biss sie die Zähne zusammen.

Zwei kurze Schnitte im warmen Wasser. Du wirst es kaum spüren.

Hoffentlich hatte er nicht gelogen. Schmerzen hatte sie in ihren dreiundvierzig Lebensjahren genug ertragen.

»Du schaffst das«, flüsterte sie sich Mut zu. »Danach ist alles vergessen.«

Im Wasser war kein Badezusatz. Bestimmt, damit sie sehen konnte, wo sie die Klinge ansetzen musste.

Sie griff mit der rechten Hand nach dem chirurgischen Instrument. Zu ihrer Überraschung kam ihr das Gewicht des Skalpells vertraut vor. Wieder kramte sie in ihrem Gedächtnis. Hatte sie es schon einmal in Händen gehalten? Sie wusste es nicht.

»Egal. Alles egal. Hauptsache, du bist jetzt mutig wie eine Kriegerin.«

Luisa erinnerte sich an die erste Begegnung mit Carlos. Letzten Herbst auf der Iffezheimer Rennbahn. Sie hatten beide vor einem Schalter gestanden. Luisa hatte der Kassiererin die Wetten angesagt, als hinter ihr eine Stimme erklungen war.

Bei Ihrer Strategie können Sie Ihr Geld auch gleich zum Fenster rauswerfen.

Überrascht hatte sie sich zu dem Mann umgedreht. Für sie war es Liebe auf den ersten Blick gewesen. Auch Carlos hatte bei ihrem Anblick erfreut gelächelt.

Sie wusste noch genau, was sie geantwortet hatte. Er hatte ihr daraufhin einen Tipp gegeben, dem sie gefolgt war. Die zehn Minuten bis zum Start des Rennens hatten sie sich angeregt unterhalten. Danach hatte sie sich über einen satten Gewinn freuen dürfen. Tatsächlich hatte der Außenseitertipp von ihm gewonnen, während ihr zuvor favorisiertes Pferd weit abgeschlagen auf dem letzten Platz gelandet war. Sie hatte ihm angeboten, den Gewinn zu teilen, doch er hatte dankend abgelehnt.

Es sei denn, Sie laden mich davon zum Essen ein. Dann werfe ich meinen Gewinn ebenfalls in den Hut, und wir machen uns einen unvergesslichen Abend.

Genau so war es auch gekommen.

Wieder traten ihr Tränen in die Augen. Wie konnte eine Liebe, die so romantisch begonnen hatte, bloß so katastrophal enden? Sie verstand es einfach nicht. Wieso sah er nicht ein, dass sie für immer zusammengehörten? Sie gehörte ihm. Und er ihr. Trotz der Schwierigkeiten, die das Liebesglück in den letzten Wochen getrübt hatten. *Er gehörte ihr.*

Luisa wischte sich den Tränenschleier weg. Sie ließ die Hand wieder unter die Wasseroberfläche gleiten.

»Ohne Carlos macht das alles keinen Sinn mehr.«

Luisa fand kein Argument, das dem Satz die bittere Wahrheit nahm. Sie würde sich jeden Tag ihres restlichen Lebens nach ihm verzehren. So wollte sie nicht leiden.

Vorsichtig setzte sie die Spitze des Skalpells an die Haut und drückte zu. Ein feiner Blutstropfen verfärbte das Wasser. Fasziniert sah sie dabei zu. Sie hatte von dem Einstich nichts gemerkt. Also hatte er in dieser Hinsicht nicht gelogen.

Zwei kurze Schnitte im warmen Wasser. Du wirst es kaum spüren.

Obwohl er diesbezüglich die Wahrheit gesagt hatte, leuchtete plötzlich in ihrem Kopf ein knallrotes Wort auf.

Lügner!

Aber wie oft hatte er gelogen? Wirklich nur in den letzten Wochen? Oder hatte er auf ihren Vorwurf so aggressiv reagiert, weil er ihn an der empfindlichsten Stelle traf?

Eine andere Erinnerung überkam sie mit aller Gewalt. An jenem Iffezheimer Renntag, an dem sie sich kennengelernt hatten, war ihr während eines spannenden Rennens aufgefallen, wie er einen verstohlenen Blick auf sein Handy geworfen hatte. Obwohl die Pferde bereits den Schlussbogen erreicht hatten und ein hoher Gewinn aus einer riskanten Dreierwette noch im Rahmen des Möglichen lag. Trotzdem hatte er keines der Pferde angefeuert. Ganz im Gegenteil. Direkt nach dem Zieleinlauf war er aufgesprungen und hatte sich schmallippig entschuldigt. Er war zehn Minuten fort gewesen. Vielleicht sogar eine Viertelstunde. Angeblich wegen eines plötzlich aufgetretenen Magenproblems. Damals hatte sie ihm das geglaubt und ihn bemitleidet. Zumal sich nach Auswertung der Zielfotografie herausgestellt hatte, dass ihre lukrative Wette leider nicht gewonnen hatte.

Wie hatte sie das bloß vergessen können? Hatte er eine Nachricht empfangen, die ihm die Laune kurzzeitig verdorben hatte?

Vielleicht sogar von einer Frau?

»Oh mein Gott«, stöhnte Luisa.

Er hatte immer nur knapp von seinen früheren Beziehungen gesprochen. Mal einen Namen fallen lassen, mal eine Erinnerung erwähnt. Ihr hatte das gut gefallen, denn es deutete darauf hin, dass er im Hier und Jetzt lebte. Sich ganz auf ihre Liebe einließ – ohne Ballast aus der Vergangenheit.

Hatte sie das zu naiv gesehen?

Wer war Carlos vor ihrer ersten Begegnung gewesen? Wieso hatte sie das nie näher überprüft? Sie kannte einen Teil der Antwort. Sich vorstellen zu müssen, wie er vor ihrer gemeinsamen Zeit eine andere Frau in seinen Armen gehalten hatte, wäre ihr nicht gut bekommen. Von Natur aus war sie ein eher eifersüchtiger Mensch. Zu einem anderen Mann hatte sie mal gesagt, dass es ihr besser gefallen würde, wenn er frisch aus einem Ei geschlüpft und im nächsten Moment ihr begegnet wäre. Ein unerfüllbarer Wunschtraum. Gerade deshalb hatte ihr Carlos' Schweigen in dieser Hinsicht zugesagt. Andere Frauen waren nie Thema gewesen. Er hatte keiner Verflossenen zum Geburtstag gratuliert. Sich mit keiner Ex Nachrichten geschrieben.

Was, wenn es dafür Gründe gab? Gründe, die sie nie hinterfragt hatte?

Sie zog das Skalpell aus dem Wasser und schleuderte es auf den Fliesenboden. Vorsichtig hob sie den Arm. Die kleine Stichwunde blutete leicht. Luisa stützte sich am Badewannenrand ab und erhob sich. Sie zitterte.

Hatte sie aus Sorge, sich unangenehmen Fragen stellen zu müssen, einen naiven Fehler begangen?

Sie kletterte aus der Wanne und griff zu einem flauschigen Handtuch.

2

Zwei Wochen später.

In einem warmen Bademantel saß Luisa am Schreibtisch. Sie klappte das MacBook auf und startete es. Zu ihrem Glück hatte sie einen fantastischen Apple-Händler, der sie alle zwei bis drei Jahre technisch auf den aktuellsten Stand brachte. Das Handy tauschten sie sogar bei jedem neuen Modell aus, ohne dass sie sich um etwas kümmern musste.

Daher war es keine Frage gewesen, an wen sie sich wenden sollte, als sie Carlos mit einem Smartphone überraschen wollte. Der Händler hatte alles arrangiert und ihr auch einen zusätzlichen Gefallen erwiesen. Luisa war schon seit der Jugend Männern gegenüber ausgesprochen misstrauisch, obwohl sie mit aller Macht gegen dieses belastende Gefühl ankämpfte. Jetzt zahlte sich ihr Misstrauen allerdings aus.

Sie rief eine Software auf, für die sie keine Verknüpfung auf dem Desktop abgelegt hatte. Sekunden später piepste ihr Handy. Das Programm ließ sich nur nach einer Legitimierung mit einer per Mobiltelefon empfangenen PIN bedienen. Sie gab den sechsstelligen Code ein. Nun hatte sie Zugriff auf Carlos' Smartphone, ohne dass er davon erfuhr.

Luisa hatte ihren Händler verstohlen gebeten, eine Spionagesoftware zu installieren, die dem Handynutzer nicht auffallen würde. Er hatte ihr den Preis genannt und sich nicht anmerken lassen, ob er moralische Einwände dagegen hatte. Sie waren schnell handelseinig geworden.

Seit Luisa vor zwei Wochen im letzten Moment nicht den größten Fehler ihres Lebens begangen hatte, spionierte sie Carlos nach. Der bekam davon offensichtlich nichts mit, denn er nutzte das Handy ungeniert weiter. Seit neun Tagen chattete er regelmäßig mit einer Frau, die er wohl als Nachfolgerin auserkoren hatte. Der Tonfall zwischen den beiden wurde immer vertraulicher.

Luisa öffnete das Chatprogramm. Carlos stand mit der Frau namens Johanna seit über einer Stunde im regen Kontakt. Allerdings nannte sie ihn nicht Carlos, sondern Clemens.

Frustriert und wütend beobachtete Luisa den Chat heimlich. Sie erkannte Formulierungen, die Carlos auch bei ihr angewandt hatte. Wie hatte sie bloß auf diesen Schaumschläger hereinfallen können?

»Du armselige, miese Person«, flüsterte sie, nachdem er Johanna ein Kompliment gemacht hatte, das sie Monate zuvor wortgleich von ihm gehört hatte. »Dich mache ich fertig. Verlass dich drauf.«

Aber sie musste zunächst Informationen sammeln, bevor sie ihre Rachepläne in die Tat umsetzen würde.

3

»Guten Abend«, begrüßte ihn die Empfangsdame am Eingang des noblen Restaurants. »Haben Sie reserviert?«

»Frau Johanna Schiller hat das übernommen«, antwortete Clemens. »Ich bin ihr Gast.«

»Wunderbar. Dann folgen Sie mir bitte.«

Die Frau ging voran und prüfte mit einem kurzen Schulterblick, ob er mit ihrem Tempo mithielt. Sie steuerte eine hölzerne Wendeltreppe an. Während in der unteren Etage die etwa zur Hälfte besetzten Tische recht nah beieinander standen, änderte sich das Bild im oberen Stockwerk. An einer Wand hing ein goldfarbenes Schild. *Memberlounge*. Clemens entdeckte Johanna, die ihm zulächelte. Die Servicekraft führte ihn zu dem Platz und zog sich unauffällig zurück. Johanna erhob sich. Sie trug einen erdbraunfarbenen Hosenanzug, der perfekt zu ihrer braunen Haartönung und dem goldenen Armband passte.

Clemens hauchte ihr zur Begrüßung zwei Küsse auf die Wangen.

»Entschuldige meine kleine Verspätung«, sagte er. »Du siehst toll aus.«

»Danke. Ehrlich gesagt habe ich noch später mit dir gerechnet. Bis gerade eben habe ich mit dem Chefkoch gesprochen. Das ist immer sehr kurzweilig. Wie war dein Banktermin?«

Clemens setzte sich. »Erfolgreich. Deswegen habe ich mich auch nur um fünf Minuten verspätet. Die Bank gibt grünes Licht für den Immobilienerwerb. Zu einem Zinssatz von knapp einem Prozent.«

»Das klingt nach einem guten Geschäft.«

Ein Kellner trat an den Tisch und erkundigte sich nach seinem Getränkewunsch. Clemens deutete auf Johannas halb gefülltes Champagnerglas. »Für mich bitte auch.«

»Schade, dass die Immobilie erst in sechs bis acht Monaten fertiggestellt ist«, fuhr er nahtlos fort. »Ich bleibe die nächsten Wochen in meinem Hotel, aber danach suche ich mir eine Unterkunft auf Zeit. Vielleicht irgendwo in der Nähe des Medienhafens. Dort gefällt es mir ausgesprochen gut.«

»Mir ist das Ambiente da zu modern«, entgegnete Johanna.

»Du bist halt eine klassische Schönheit. In jeder Hinsicht.«

Sie lächelte und senkte kurz ihren Blick. Der Kellner erlöste sie aus ihrer Verlegenheit. In einem Kühler brachte er eine bereits geöffnete Flasche Champagner, füllte zuerst Johannas Glas auf, ehe er Clemens einschenkte. Danach legte er zwei Speisekarten auf den Tisch. Johanna hob die Hand.

»Nicht nötig. Maurice stellt uns die Speisen zusammen.«

»Perfekt«, sagte der Kellner. Er nahm die Karten wieder an sich und zog sich dezent zurück.

Clemens stieß mit Johanna an. »Auf einen unvergesslichen Abend mit einer unvergleichlichen Frau.«

Erneut lächelte sie, bevor sie den Blick rasch abwandte.

»Ich hoffe, du kannst mit Maurices Vorschlägen etwas anfangen. Er stellt immer fantastische Drei-Gänge-Menüs zusammen. Ich vertraue ihm so blind, dass ich mich nicht nach Einzelheiten erkundigt habe.«

»Und ich vertraue *dir* blind«, sagte Clemens.

Nach nur einem wunderschönen Abend hatte Clemens es geschafft. Er überredete Johanna, zu ihm ins Taxi zu steigen und mit ins Hotel zu fahren. Dort angekommen steuerten sie sofort die Aufzüge an. Er drückte die oberste Taste.

»Sogar ganz oben.« Johanna klang angemessen beeindruckt.

»Ich liebe den Ausblick. Meine zukünftige Wohnung ist das Penthouse im zwölften Stock des Gebäudes. Es gibt nichts Schöneres, als morgens bei einer Tasse Kaffee die Aussicht über die Stadt zu genießen.« Er schaute ihr in die Augen. »Zumindest fast nichts.«

Der Alkohol, den Johanna in den letzten Stunden genossen hatte, dämpfte ihre Schüchternheit. Trotz aller Vorzüge, die ihr das Leben zugestanden hatte, war sie ein zutiefst verunsicherter Mensch. Clemens konnte über die Gründe nur spekulieren. Vermutlich hatte das etwas mit dem frühen Unfalltod ihrer Mutter und der Tatsache zu tun, dass sie bei ihrem sehr erfolgreichen Vater aufgewachsen war. War sie als Teenager für ihn in die Rolle der Liebhaberin geschlüpft? Oder hatten das die wechselnden Au-pairs übernommen? Das hatte er leider nicht herausfinden können. Allerdings änderte es auch nichts. Wenn er es richtig anstellte, wäre sie Wachs in seinen Händen – bis er sie entsorgen würde.

Der Aufzug kam in der obersten Etage an, in der lediglich die vier teuersten Suiten lagen. Bei seinem anstehenden Auszug durfte Johanna keinesfalls anwesend sein, wenn er die Rechnung beglich. Er hatte ihr gegenüber behauptet, seit einer Woche hier zu schlafen. In Wahrheit war er erst seit gestern Kunde des Nobelhotels.

»Voilà«, sagte er.

Sie trat ein. Nach wenigen Schritten blieb Johanna mitten im großzügigen Vorraum stehen. »Sehr schön«, lobte sie anerkennend. »Und das alles kannst du dir von Pferdewettgewinnen leisten? Eigentlich unglaublich.«

Nicht nur eigentlich, dachte er.

Er trat dicht an sie heran, sodass sie seinen Atem auf dem Nacken spürte.

»Wenn man sich mit Vollblütern auskennt, ist das keine Hexenkunst«, flüsterte er. Clemens legte seine Hände zärtlich auf ihre Schultern und massierte sie sanft. »Das Bad verfügt über einen herrlichen Jacuzzi, in der Minibar steht guter Champagner. Was hältst du davon?«

Jetzt kam der entscheidende Moment. War er zu ungeduldig gewesen? Zu seiner großen Erleichterung nickte sie.

»Das wäre toll«, hauchte sie.

Er massierte sie noch kurz mit leichtem Druck, bevor er ihr den Blazer des Hosenanzugs abstreifte. Dann drehte er sie zu sich herum.

4

Clemens lag in der Dunkelheit auf dem Rücken und starrte an die Decke. Verschiedene kleine Lichter im Zimmer sorgten für genügend Helligkeit. Das Stand-by-Lämpchen des Fernsehers ebenso wie die Anzeige des Digitalweckers. Zufrieden dachte er an ihren Akt zurück. Johanna hatte ihm mehr Spaß als erwartet bereitet. Rasch hatte er bemerkt, wie sehr sie es genoss, wenn er sie nicht nur mit Berührungen in Fahrt brachte. Ein paar ins Ohr geflüsterte Kleinigkeiten hatten sie richtig scharf gemacht. Außerdem hatte sie leicht devote Züge nicht verbergen können. Die nächsten Wochen, in denen er vorgeben würde, auf Wolke sieben zu schweben, könnten sich kurzweiliger als erwartet entwickeln. Er war gespannt darauf, die Grenzen ihrer sexuellen Unterwürfigkeit auszuloten.

Johanna atmete tief und gleichmäßig. Sie war eine Bauchschläferin – zumindest in dieser Nacht. Behutsam schlug Clemens die Bettdecke beiseite. Er schwang die Beine aus dem Bett und stand lautlos auf. Langsam schlich er zu ihrer Handtasche auf dem Tisch, die er an sich nahm. Dann griff er zu seinem Handy. Für eine kleine Bestandsaufnahme war jetzt der richtige Zeitpunkt. Er ging in das hintere der beiden Suite-Badezimmer und schloss die Tür. Für den Fall der Fälle legte er sich ein Handtuch um die Schultern und setzte sich auf die Toilette. Vorsichtig zog er den Reißverschluss der Handtasche auf. Im Inneren steckten ihre Ledergeldbörse, ein Kugelschreiber im Lederetui, ein Tampon und eine faltbare Lesebrille. Er holte die Geldbörse heraus. Sie hatte einhundertvierzig Euro Bargeld dabei. Eine so kleine Beute interessierte ihn nicht. Stattdessen musterte er die einzelnen Fächer, in denen ihr Führerschein, der Personalausweis, zwei Kreditkarten und eine EC-Karte steckten. Das war perfekt. An seinem Handy aktivierte er die Kamerafunktion. Vorsichtig schob er die Toilettentür auf und lauschte. Nichts zu hören. Clemens schloss die Tür wieder und fotografierte zunächst die Vorderseite des Personalausweises, dann die Rückseite. Als Nächstes nahm er sich den Führerschein vor.

5

Johanna erwachte in der unvertrauten Umgebung. Für einen Moment fühlte sie sich desorientiert, ehe ihr wieder einfiel, wo sie gelandet war. Die Bilder der vergangenen Stunden liefen vor ihrem inneren Auge ab. Mit einem Lächeln auf den Lippen drehte sie sich zu ihrem Eroberer um. Seine Seite des Bettes war jedoch leer. Überrascht lauschte sie. Ihr kam das Wort *Totenstille* in den Sinn. Plötzlich fühlte sie sich unwohl. Am liebsten hätte sie laut seinen Namen gerufen – doch das wäre kindisch gewesen. Er konnte nur zur Toilette gegangen sein. Aber warum hörte sie dann nichts?

Sie schlug die Decke beiseite, schaltete eine Nachttischlampe an und stand auf. Dabei unterdrückte sie ein Gähnen. Nun hielt sie es nicht mehr länger aus.

»Clemens?«

6

»Clemens?«

Scheiße!, fluchte er innerlich. Er zwang sich, nicht in Hektik zu verfallen. »Ich bin auf Toilette!«, rief er. Rasch fotografierte er noch die letzte Kreditkarte. Vorder- und Rückseite. Dann steckte er sie zurück ins Portemonnaie. Er hörte, wie Johanna das Badezimmer betrat. Ihm fehlte die Zeit, die Geldbörse in die Handtasche zu schieben. Also legte er Portemonnaie, Handtasche und sein eigenes Handy neben der Toilette zu Boden.

»Ich find dich nicht«, rief sie verwundert.

Clemens zog sich das Handtuch vom Nacken und drapierte es auf den Gegenständen am Boden. Dann betätigte er die Klospülung, erhob sich und verließ den kleinen Raum.

»Die Suite hat zwei direkt nebeneinanderliegende Badezimmer«, sagte er, als er hinaustrat.

»Und warum benutzt du das hintere?«, fragte sie erstaunt.

»Leider gehöre ich zu den Männern, die sich eine

blöde Angewohnheit nicht abgewöhnen können. Ich lasse ganz oft den Toilettendeckel aufgeklappt. Aber in der ersten Nacht sollte man seine Unzulänglichkeiten nicht zu deutlich präsentieren.«

Sie lächelte.

»Hab ich dich geweckt?«

»Keine Ahnung. Ich war wach, und du warst nicht neben mir.«

Ob sie sich über ihre Kleinmädchenstimme im Klaren war? Sie sprach eine oder sogar zwei Oktaven höher als im Restaurant.

Clemens nahm sie in den Arm. »Ich finde das nicht schlecht, dass du jetzt wach bist.« Zuerst küsste er ihren Haarschopf, danach liebkoste er ihre nackten Schultern. »Dann können wir mit den herrlichen Dingen von vorhin fortfahren.«

Johanna kicherte vergnügt. »Lass mich kurz zum Klo«, bat sie ihn.

»Du weißt, wo du mich findest.«

Während sie die vordere Toilette betrat, kehrte er ins Bett zurück. Es war ein Risiko, ihre Handtasche nicht zurückzulegen. Doch die Zeit, die ihm jetzt zur Verfügung stand, würde niemals ausreichen, um seine Spuren zu verwischen. Er musste darauf hoffen, morgen früh oder später in der Nacht eine bessere Gelegenheit zu bekommen.

Clemens legte sich ins Bett und schaltete das Licht auf ihrer Seite aus. Im Dunkeln würde sie hoffentlich nicht bemerken, dass ihre Handtasche fehlte.

7

»Du mieser Typ«, zischte Luisa wütend.

Mittlerweile war es für sie zur Routine geworden, morgens und abends die Spionagesoftware zu starten, um Carlos' Aktivitäten zu überprüfen. Wenn sie an einem Tag besonders viel Zeit hatte oder ihr langweilig war, sammelte sie auch deutlich länger Informationen über den Betrüger. Alles, was sie jetzt zusammenstellte, würde ihr später nützen. Außerdem würde er vermutlich das geschenkte Smartphone irgendwann austauschen. Dann wäre sie blind und müsste einen anderen Weg finden.

Vergangene Nacht war er sehr aktiv gewesen. Sie starrte auf die zehn Fotos, die er aufgenommen hatte. Die letzten zwei Bilder waren leicht verwackelt, die anderen hingegen absolut scharf. Er hatte Personalausweis, Führerschein und die Kredit- beziehungsweise EC-Karten einer Johanna Schiller fotografiert. Luisa startete den Drucker. Sie druckte jedes Foto aus, um es später als Beweis in der Hand zu halten.

»Ich beende deine Machenschaften. Darauf kannst du Gift nehmen. Du hättest mich nicht verraten dürfen.«

Ein Plan nahm in ihrem Kopf Gestalt an.

DEZEMBER

8

Till Buchinger nippte an einem Kaffee. Seit mittlerweile einer Woche nahm er sich jeden Tag ein wenig Zeit, um für seinen Steuerberater Quittungen zusammenzutragen. Seine Auftragslage gab es her, sich damit zu beschäftigen. In den Wochen vor Weihnachten hielten sich Menschen im Regelfall bei ihren Familien auf. Sei es aus Pflichtgefühl oder falsch verstandener Loyalität. Dabei wuchs der Druck über die Feiertage für die Männer, Frauen und Teenager, die sich mit Fluchtgedanken herumschlugen, ins Unerträgliche. Bis der Kessel explodierte. Dann kamen Personenfahnder wie Till ins Spiel. Leute wie er sollten untergetauchte Menschen aufspüren oder zu allem entschlossenen Personen dabei helfen, für immer von der Bildfläche zu verschwinden.

Er druckte einen weiteren Beleg aus. Über das leise Geräusch des Multifunktionsgerätes hinweg vernahm er die Klingel. Till aktivierte die Videoanlage. Vor der Haustür stand eine geschätzt 40-jährige Frau. Ihr Kopf wippte leicht hin und her – wie zum Takt von Musik.

»Sie wünschen?«, fragte Till durch die Gegensprechanlage.

»Oh, hallo, ja, ich, äh, mein Name ist Luisa Claußen«, stammelte die Frau. »Herr Buchinger?«

»Kommen Sie rein.«

Er betätigte den Türöffner. Langsam ging er zur Eingangstür und wartete auf den Gast. Seinem ersten Eindruck nach war die Frau hochgradig nervös. Was eher dafür sprach, dass sie untertauchen wollte. Aber oft trog der Anschein, den potenzielle Klienten vermittelten.

Zumindest angesichts ihres Kleidungsstils schien Luisa Claußen wohlhabend zu sein. Sie trug teure Lederstiefel, den Mantel einer Luxusmarke und am linken Handgelenk eine glitzernde Uhr.

»Herzlich willkommen.« Er reichte ihr die Hand.

Zögerlich schüttelte sie sie mit leichtem Druck.

»Ich bin ziemlich aufgeregt«, murmelte die Frau. »Entschuldigen Sie.«

»Wollen Sie mir Ihren Mantel geben?«

Till führte seine Besucherin in den Teil des Büros, den er für erste Kennenlerngespräche nutzte. Hier stand eine Sitzgruppe mit bequemen Möbeln, die Kaffeemaschine und ein kleiner Kühlschrank. Langsam zog sie den Mantel aus. Till hängte ihn an eine Stehgarderobe in der Ecke des Raums.

»Setzen Sie sich. Möchten Sie einen Kaffee? Wasser? Saft?«

»Nein, danke.« Sie nahm Platz und straffte die Schultern. »Ich suche einen Mann«, sagte sie mit deutlich festerer Stimme.

»Ihren Mann?«, hakte Till nach. Manchmal blieben Klienten seltsam vage – als fiel es ihnen schwer, zu akzeptieren, dass der *eigene* Lebenspartner das Weite gesucht hatte.

»Das war er mal. Vor über einem Jahr. Bis er mich um fast einhunderttausend Euro erleichtert hat und verschwunden ist.«

»Wann genau war das?«

»Im August letzten Jahres. Zusammengekommen sind wir vorletztes Jahr im Herbst.«

»Das ist lange her. Wieso suchen Sie ihn erst jetzt?«

»Haben Sie vielleicht doch ein Wasser ohne Kohlensäure?«

Aus einem Vorratsschrank holte Till das Getränk und ein Glas. Er setzte sich wieder ihr gegenüber hin und schüttete das Longdrinkglas halb voll.

Luisa trank einen Schluck. »Wieso ich ihn erst jetzt suche?«, fragte sie mehr sich selbst. »Ich glaube, er stellt eine große Gefahr für das Leben von Frauen dar, die so naiv sind wie ich.«

Ihr Blick glitt an ihm vorbei ins Leere. Till schwieg. Es dauerte einige Sekunden, bis sie loslegte. Luisa begann chronologisch bei ihrer ersten Begegnung auf der Rennbahn in Baden-Baden und erzählte, wie innerhalb weniger Wochen ein Paar aus ihnen geworden war.

»Nach einem Vierteljahr bat er mich das erste Mal um Geld. Drei- oder viertausend Euro. Ich weiß es nicht mehr genau. Eine relativ kleine Summe. Einige Tage später zahlte er sie mir zurück und lud mich als Dank zum Essen ein. Dabei blieb es allerdings nicht.«

Stockend fuhr sie fort und berichtete, dass er sich immer größere Beträge lieh und sie außerdem zur Beteiligung an einem vermeintlich profitablen Geschäft überredete.

»Inzwischen bin ich überzeugt, er hat die Unterlagen

alle gefälscht. Als ich ihn im Sommer letzten Jahres darauf ansprach, reagierte er äußerst zornig. Danach ging es mit unserer Beziehung rapide bergab. Leider war ich noch immer blind vor Liebe und wollte das Offensichtliche nicht wahrhaben. Wochen später eskalierte es. Er hat mich tagelang psychisch fertig gemacht. Mich in meinem Haus isoliert. In meinem Namen Verabredungen abgesagt. In unseren letzten gemeinsamen Stunden ließ er mir Badewasser ein, legte ein Skalpell auf den Badewannenrand und empfahl mir, Suizid zu begehen. Dann verschwand er für immer.«

Tränen traten ihr in die Augen, die sie rasch wegwischte.

»Ich war so verzweifelt, dass ich schon morgens Wein trank und tatsächlich überlegte, ob es nicht besser sei, seinem Rat zu folgen. Ich stieg sogar in die Wanne und drückte mir die Skalpellspitze an die Haut. Als der erste Blutstropfen das Wasser verfärbte, setzte zum Glück mein Verstand wieder ein. Sonst wäre ich nicht hier.«

»Das haben Sie richtig gemacht. Was ist danach passiert? Haben Sie ihn kontaktiert oder ihn wiedergesehen?«

»Wiedergesehen habe ich ihn eventuell vor zwei Wochen. Hier in Hamburg. Aber ehrlich gesagt bin ich mir nicht sicher. Erschreckender finde ich, was ich herausgefunden habe. Warten Sie kurz.«

Luisa stand auf und ging zu ihrem Mantel. Einer Innentasche entnahm sie mehrere gefaltete Papiere, die sie Till reichte. Der faltete sie auseinander. Es handelte sich um Zeitungsartikel und ausgedruckte Statusmeldungen verschiedener sozialer Medien.

»Johanna Schiller. Margot Bassel. Ich glaube, so hießen in den letzten fünfzehn Monaten meine Nachfolgerinnen. Sie waren mir ähnlich. Nicht unbedingt äußerlich. Dafür stimmen die Lebensumstände überein. Wohlhabende, einsame Frauen, die seinem Charme verfielen. Ich vermute übrigens, er sucht seine Opfer in Städten, in denen es Pferderennbahnen gibt. Mich hat er in Iffezheim angesprochen. Johanna Schiller lebte in Düsseldorf. Margot Bassel nicht weit von der Rennbahn in Hoppegarten entfernt. Das ist bei Berlin. Beide haben sich tödliche Wunden in einer Badewanne zugefügt. Sie hinterließen Abschiedsbriefe, in denen sie erklärten, den Schmerz der Einsamkeit nicht länger zu ertragen.«

»Geben Sie mir einen kurzen Moment«, bat Till. Er vertiefte sich in die Ausdrucke. Manches von dem, was ihm Luisa erzählt hatte, fand er darin wieder. Margot Bassel hatte ihren Abschied auf Facebook kundgetan. Johanna Schiller einen Brief am PC hinterlassen. Wie so oft bei Suiziden war das Echo in den Zeitungen allerdings leise. Medien berichteten ungern über Selbsttötungen, um keine Nachahmer anzustacheln.

»Wie sind Sie darauf gestoßen?«, fragte Till.

»Durch Zufall habe ich vor drei Monaten einen Bericht über Margot Bassel entdeckt. Darin ging es um ihr schmerzlich vermisstes Engagement für den Hoppegartener Rennverein. Ich stieß auf ihr Posting. Und jedes ihrer Worte hätte von mir stammen können. Denn genau so habe ich mich auch gefühlt, als Carlos fort war.«

»Carlos?«

»Carlos Finkel. Eventuell ist das nicht sein echter Name. Obwohl ich seinen Führerschein gesehen habe, der genau wie seine Kreditkarte auf diesen Namen ausgestellt war. Im Internet findet man zumindest nichts Nennenswertes über einen Carlos Finkel.«

In der obersten Zeile der Ausdrucke bemerkte Till eine Zeitangabe, die drei Monate zurücklag.

»Ich vergrub mich tagelang im Internet. Überzeugt davon, dass er diese Masche vor und nach mir schon öfter angewandt hat. So stieß ich auf Johanna Schillers Freitod. Mehr jedoch nicht.« Sie zuckte die Achseln. »Deswegen hatte ich fast aufgegeben.«

»Sie sprachen von einem Wiedersehen in Hamburg.«

»Vor zwei Wochen war ich mit Rennclubfreunden hier in der Stadt zu einem Musicalbesuch. Obwohl man in Baden-Baden herrlich einkaufen kann, haben wir Frauen tagsüber die Zeit genutzt, um uns in den Boutiquen umzusehen. Am Jungfernstieg blieb ich plötzlich wie vom Donner gerührt stehen. Er war an mir vorbeigelaufen. Mit einer Frau an seiner Seite. Er sah leicht verändert aus. Mit Brille und Vollbart. Trotzdem habe ich ihn wiedererkannt. Ich bin mir zu neunundneunzig Prozent sicher. Unsere Blicke haben sich nämlich getroffen, und ich sah die Erkenntnis in seinen Augen dämmern. Als ich wieder in der Lage war, mich umzudrehen, war er verschwunden. Ich weiß, wie das klingt. Paranoid. Verzweifelt. Einsam.«

»Nein«, widersprach Till.

»Verstehen Sie mich nicht falsch. Ich bin über ihn hinweg. Ich will bloß verhindern, dass er die nächste Frau in den Suizid treibt.«

»Sie sprachen von einer Begleitung an seiner Seite. Können Sie ...«

»... die Dame beschreiben? Leider nicht. Ich war zu perplex.«

Till nickte nachdenklich. »Und jetzt kommen Sie zu mir, damit ich ihn aufspüre.«

»Ich habe mich erkundigt. Hier gibt es ja auch einen

Rennclub. Jeden Juli findet in Horn das Rennen der Rennen statt.«

»Das deutsche Derby.«

Luisa lächelte. »Sie interessieren sich für Galoppsport?«

»Zumindest ein bisschen. Leider kenne ich meines Wissens niemanden, der in dem Club Mitglied ist. Trotzdem wäre das ein Ansatz. Lassen Sie mich kurz überlegen.« Till presste die Lippen zusammen. Die Suche nach dem Unbekannten wäre keine Suche nach der sprichwörtlichen Nadel im Heuhaufen. Es gab Anhaltspunkte. »Ich könnte Ihnen anbieten, mich ein bisschen umzuhören. Über gute Polizeikontakte habe ich vielleicht sogar die Möglichkeit, Infos aus Düsseldorf oder Hoppegarten zu erhalten. Zudem haben Sie mir mit dem Rennclub einen vielversprechenden Hinweis geliefert. Falls mich das alles aber nicht weiterbringt, wird es schwierig. Erst recht, wenn er falsche Identitäten nutzt. Ich würde mich eine Woche in die Suche hineinknien und als finanzielle Obergrenze für Sie fünftausend Euro ansetzen. Ist das machbar? Sollten Sie mich länger benötigen, verhandeln wir neu.«

Sie lächelte dankbar. »Das ist überhaupt kein Problem. Carlos – oder wie auch immer er heißt – hat mich am Ende um neunzigtausend erleichtert. Ihr Honorar bringe ich gerne auf.«

»Neunzigtausend? Ich vermute aufgrund Ihrer Schilderungen, dass Sie ihn nicht angezeigt haben.«

»Nein. Ich habe mich geschämt. Niemand in Baden-Baden weiß davon. Selbst meine engsten Freundinnen nicht.«

»Menschlich verständlich. Trotzdem hätte ihm die Polizei vielleicht das Handwerk legen können.«

Sie blickte betreten zu Boden. »Tut mir leid.«

Till überlegte. »Betrug verjährt frühestens nach fünf Jahren. Wir können immer noch überlegen, ob Sie juristische Schritte gegen ihn einleiten.«

Nun schaute sie ihm wieder in die Augen. »Er hat viel Schlimmeres getan, als meine Naivität auszunutzen. Carlos soll für die Morde an den Frauen büßen. Denn genau das war es. Mord. Er hat sie in den Tod getrieben.«

»Haben Sie Ihre Telefonnummer für mich? Und wo kann ich Sie erreichen? Fahren Sie zurück in Ihre Heimat?«

»Nein. Ich habe mich im Hotel Fontenay einquartiert. Mir gefällt die weihnachtliche Stimmung der Stadt. Die nächsten Tage bleibe ich auf jeden Fall hier. Notieren Sie sich meine Handynummer. Darüber können Sie mich rund um die Uhr erreichen.«

9

Die Rezeptionistin verzog ihr Gesicht. Als hätte er sie gezwungen, in eine Zitrone zu beißen. Er ahnte, was das bedeutete. Statt ihm in die Augen zu sehen, fixierte sie die Rechnung.

»Es ist in allen Hotels ähnlich«, fuhr der Mann fort. »Kommt man zu zweit, wird man gebeten, den Namen des Mitreisenden einzutragen.«

»Aber wir überprüfen nicht die Identität der Mitreisenden. Lassen uns keinen Ausweis vorlegen. Da vertrauen wir unseren Gästen«, erwiderte die junge Frau.

»Das bezweifle ich gar nicht. Umso weniger verstehe ich allerdings Ihre Bedenken.«

»Der Schutz sensibler Daten unserer Gäste steht bei uns ...«

»... ganz oben.« Möglichst unauffällig atmete er tief durch. Sie sollte ihm seinen dünnen Geduldsfaden nicht anmerken. Würde er jetzt explodieren, wären seine Chancen auf eine Auskunft endgültig dahin. Vertraulich beugte er sich zu ihr vor. »Aber gerade wenn Sie das Problem kennen, dass viele Ihrer Gäste beim Namen der

Begleitung flunkern, verstoßen Sie nicht einmal gegen den Datenschutz.« Er schob ihr einen grünen Geldschein zu.

»Nein«, erwiderte sie leise. »Mir geht es nicht ums Geld. Ich würde Ihnen helfen, wenn ich dürfte.«

Er zog den Einhundert-Euro-Schein zurück und stopfte ihn sich nachlässig in die Hosentasche.

»Aber Sie dürfen nicht.«

»Es tut mir leid.«

»Dann möchte ich gern mit Ihrem Vorgesetzten sprechen.«

Fast schon erleichtert griff die Mitarbeiterin zum Telefon und tippte eine dreistellige Nummer ein. Sie lauschte kurz, ehe sich jemand meldete. »Hallo, Herr Weißmeier. Ein Gast bittet um ein Gespräch mit Ihnen. Es geht um eine Auskunft, die ich aus Datenschutzgründen nicht erteilen darf.«

Sie hörte sich die Antwort ihres Vorgesetzten an und nickte dabei die ganze Zeit, was den Mann vor dem Tresen unwillkürlich an einen dümmlichen Papagei erinnerte.

»Ich sag es ihm. Vielen Dank, Herr Weißmeier.« Die Mitarbeiterin legte wieder auf. »Herr Weißmeier steckt in einer Besprechung. Er benötigt ungefähr zehn Minuten. Mein Vorgesetzter bittet Sie, im Barbereich auf ihn zu warten. Falls Sie einen Kaffee oder einen Softdrink wünschen, laden wir Sie herzlich ein.«

»Das ist großzügig.« Er zwang sich zu einem Lächeln und nahm die kopierte Rechnung wieder an sich. »Vielen Dank.«

»Gern geschehen.«

Er wandte sich ab. Dabei sah er eine Frau das Hotel betreten. Ein Mitarbeiter am Eingang hielt ihr die Tür auf. Sie trug zwei Einkaufstaschen und wirkte zufrieden. Die Mittvierzigerin erinnerte ihn sofort an die Person, wegen der er die Reise nach Hamburg angetreten hatte. Unauffällig beobachtete er sie. Ohne ihn zu bemerken, lief sie zu den Aufzügen. Die Schultern gestrafft, den Blick geradeaus gerichtet. Sie wirkte mit sich selbst im Reinen. Bestimmt hatte sie für deutlich zu viel Geld zwei vermeintliche Schnäppchen gemacht. Als sich die Fahrstuhltür hinter ihr schloss, steuerte er seinerseits die Aufzüge an und fuhr in den sechsten Stock, in dem die Bar lag. Sofort kam ein Kellner herbei und begrüßte ihn freundlich. Er wollte ihm eine Getränkekarte reichen, doch der Mann lehnte ab.

»Bringen Sie mir einen Gin Tonic«, bat er. »Die Auswahl des Gins überlasse ich Ihnen. Falls Herr Weißmeier mich sucht, sagen Sie ihm bitte Bescheid, wo er mich findet.«

»Sehr gerne.«

Der Hotelmanager betrat die Bar und kam nach einem kurzen Gespräch mit dem Kellner zu ihm. »Sie wollten mich sprechen?«

»Herr Weißmeier?«

Der Mann nickte.

»Ich bin Oliver Bassel.« Er reichte dem Manager die Hand, und ihr Händedruck artete zu einem kleinen Hahnenkampf aus.

»Wie kann ich Ihnen helfen?«, fragte Weißmeier.

»Ich muss Ihnen eine traurige Geschichte erzählen und hoffe, Sie können dazu beitragen, die Hintergründe des Suizids meiner Schwester aufzuklären.«

»Das tut mir leid zu hören.« Weißmeier setzte sich zu ihm.

Bassel senkte den Blick. »Ich käme besser damit klar, wenn ich mir keine Mitschuld an Margots Tod geben würde. Eins vorab: Margot und ich waren Halbgeschwister. Gleicher Vater, andere Mutter. Das nur zur Erklärung. Wir sind als Kinder und Jugendliche in unterschiedlichen Haushalten aufgewachsen. Trotzdem war da immer eine enge Verbindung zwischen uns. Im Erwachsenenalter haben wir dann richtig zueinandergefunden. Es verging kein Monat, an dem wir uns nicht mindestens zweimal getroffen haben. Davon abgesehen, verfolgte Margot ihren Weg und ich meinen. Ich habe mir eine kleine Firma aufgebaut, die ich letztes Jahr verkaufte. Ich war ausgebrannt. Daher beschloss ich, ein Jahr ins Ausland zu gehen. Nach Mittelamerika.« Bassel lächelte versonnen. »Ich nahm kein deutsches Handy mit, war für niemanden zu erreichen. Selbst per E-Mail nicht. Als ich zurückkehrte, erfuhr ich von dem Freitod meiner Schwester. Ich konnte es nicht glauben. Margot war gar nicht der Typ dafür. Aber niemand schien die Version anzuzweifeln. Sie habe sich in der Badewanne die Pulsadern aufgeschnitten. Nachdem ich den Schock überwunden hatte, recherchierte ich, wie meine Schwester ihre letzten Monate verbracht hatte. Sie hatte einen neuen Partner gefunden, war eine Zeit lang glücklich. Keiner aus Margots Bekanntenkreis kannte seinen vollen Namen. Nur den Vornamen. Constantin. Angeblich waren die beiden so innig, dass Margot alle anderen Kontakte abgebrochen hat. Ich konnte das nicht fassen. Denn es klang so gar nicht nach ihr. Als Constantin sie verließ, war meine Schwester wohl am Boden zerstört und hat in ihrer Trauer einen dummen Fehler begangen. Zumindest glauben außer mir alle daran. Ich bohrte tiefer und stellte fest, dass es in den Monaten vor ihrem Tod erhebliche Bargeldabflüsse von ihren Konten gab. Und deutlich höhere Kreditkartenabrechnungen als in allen Jahren zuvor. Das ist nicht koscher. Wissen Sie, was ich glaube?« Bassel sah dem Hotelmanager fest in die Augen.

»Erzählen Sie's mir.«

»Margot war ihr Lebtag psychisch labil. Es gab Höhen und Tiefen. Ich schätze, ein skrupelloser Mistkerl hat sich an sie herangemacht, ihr das Blaue vom Himmel versprochen und sie finanziell ausbluten lassen. In sechs Monaten hat sich ihr Guthaben um rund einhunderttausend Euro verringert. Dann hat er sie verlassen und ihr den Todesstoß versetzt. Ich will mit diesem Mann sprechen. Mein Gefühl sagt mir, da steckt noch mehr dahinter.«

»Haben Sie die Polizei informiert?«

»Natürlich. Aber die haben Margots Akte schnell geschlossen. Suizid ohne Anzeichen von Fremdeinwirkung. Weil es sich so schön einfach darstellt.«

»Vielleicht war es wirklich so«, wandte Weißmeier ein.

Mühselig unterdrückte Bassel einen Wutausbruch. »Selbst wenn sie sich die Pulsadern aufgeschnitten hat, steckt jemand anders dahinter. Der sie dazu getrieben hat. Ein Anstifter. Meine Schwester konnte überhaupt kein Blut sehen. Sie hätte das nicht fertiggebracht.«

»Ich verstehe Ihre Gefühle, aber ...«

»Hören Sie mir bitte weiter zu«, unterbrach Bassel ihn. »In den abgehefteten Quittungen Margots habe ich eine Rechnung Ihres Hotels gefunden. Drei Übernachtungen mit Frühstück für zwei Personen. Die Rechnung lief auf den Namen meiner Schwester. Das war rund vier Wochen vor ihrem Ableben. Ich bin sicher, Margot war mit ihrem Freund hier. Beim Check-in verlangen Ihre Kollegen den Namen der Reisebegleitung. Worum ich Sie bitte, ist ziemlich einfach. Geben Sie mir diesen Namen. Wenn er mit Constantin anfängt, wissen Sie, dass ich Ihnen kein Märchen auftische.«

»Ich glaube Ihnen jedes Wort«, sagte der Manager. »Doch ich kann solche sensiblen Daten nur herausgeben, wenn mir die Polizei oder Staatsanwaltschaft einen richterlichen Beschluss vorlegt. Es tut mir leid.«

»Bitte«, flehte Bassel. »Sie würden mir einen unglaublich großen Gefallen tun. Ich würde Ihnen etwas schulden.«

Weißmeier schüttelte sacht den Kopf. »Das geht nicht. Kennt die Polizei Ihre Geschichte?«

»Natürlich.«

»Wissen die Ermittler auch über die Hotelübernachtung Bescheid?«

»Ja, aber es interessiert sie nicht. Sie haben die Akte geschlossen.«

»Vielleicht sollten Sie mit dem Tod Ihrer Schwester ebenfalls Ihren Frieden schließen.«

Bassel schaute zu Boden.

»Herr Bassel, ich spreche Ihnen noch einmal mein zutiefst empfundenes Beileid aus. Wenn ich Ihnen auf andere Weise helfen kann, sagen Sie mir Bescheid. Aber diesen Wunsch kann ich Ihnen nicht erfüllen. Nur mit ...«

»... einer richterlichen Anordnung. Ich verstehe.«

Weißmeier stand auf. »Es tut mir leid. Ihnen alles Gute. Und zögern Sie nicht, wenn ich Ihnen auf andere Weise helfen kann. Das Getränk geht selbstverständlich ...«

»Nein, ich habe es schon auf meine Zimmerrechnung schreiben lassen. Danke für Ihre Zeit.«

»Machen Sie's gut.« Weißmeier lächelte knapp, ehe er sich abwandte und die Bar verließ.

Bassel sah ihm hinterher. *Du Scheißkerl! Als würde dir ein Zacken aus der Krone fallen, wenn du mir den Namen besorgt hättest. Wichser!*

Um sich nicht in seine Wut hineinzusteigern, winkte er den Kellner herbei und bestellte noch einen Gin Tonic. Es war zwar erst zwei Uhr nachmittags, trotzdem benötigte er die dämpfende Wirkung des Alkohols. Sonst könnte er für nichts garantieren.

Der Kellner brachte ihm schnell das Getränk. »Geht aufs Haus. Egal, was Sie gerade mit Herrn Weißmeier besprochen haben, es schien nicht nach Ihren Wünschen verlaufen zu sein.«

»Ganz und gar nicht«, bestätigte Bassel. »Danke.« Er zwang sich zu einem Lächeln und nippte an dem Glas. Wie sollte er das Schicksal seiner Halbschwester aufklären, wenn sich ihm alle in den Weg stellten? Trugen dann nicht alle, die ihm ihre Hilfe verweigerten, eine Mitschuld an Margots Tod?

10

Till Buchinger klopfte an die Bürotür des Hamburger LKA-Präsidiums.

»Herein«, ertönte es.

Er öffnete die Tür. In dem Büro saß derzeit nur Oberkommissarin Miriam Decking – ein Umstand, der Till entgegenkam.

»Moin, Till«, begrüßte sie ihn.

Er grinste. »Moin, Miriam.«

»Was ist los?«, fragte sie verunsichert.

»Du lebst dich immer mehr in Hamburg ein«, sagte er amüsiert.

»Ich versteh nur Bahnhof.«

»Du hast mich gerade eben das erste Mal mit *Moin* begrüßt.«

Nun grinste auch die Oberkommissarin. »Echt? Ist mir gar nicht aufgefallen.«

Decking war vor einigen Monaten aus dem Rheinland nach Hamburg gezogen und hatte damit einen ähnlichen Lebensweg wie Till viele Jahre zuvor eingeschlagen. Die beiden hatten im Herbst gemeinsam an einem großen Fall gearbeitet und waren seitdem in Kontakt geblieben.

»Wo ist Bastian?«, erkundigte sich Till nach Miriams Partner Hauptkommissar Bastian Dorfer.

»Hat sich heute und morgen freigenommen. Irgendwas mit den Kindern. Läuse, Grippe, keine Ahnung. Ehrlich gesagt, habe ich nicht genau zugehört. Wenn es um seine Kinder geht, wird er schnell geschwätzig. Na ja, morgen Abend haben wir Bereitschaftsdienst, da will er angeblich wieder zur Verfügung stehen, falls nachts etwas passiert.«

»Wie war eigentlich das Konzert letzte Woche?«, fragte Till.

Die beiden unterhielten sich ein paar Minuten über Privates, ehe Till den dienstlichen Grund seines Besuchs ansprach. Er berichtete von dem neuen Auftrag, den er am Vormittag erhalten hatte. Miriam hörte aufmerksam zu, notierte sich die Namen und Orte, außerdem schrieb sie weitere Stichpunkte auf.

»Klingt nach einem wahren Mistkerl«, sagte Miriam. »Trotzdem muss ich deiner Auftraggeberin in einem wichtigen Punkt widersprechen. Ohne die Arbeitsweise der zuständigen Kollegen in Düsseldorf und Berlin zu kennen, behaupte ich, dass die Ermittlungen nicht voreilig eingestellt wurden. Schon gar nicht bei wohlhabenden Frauen, auf deren Konten deutliche Geldabflüsse stattgefunden haben. Ausgeschlossen.«

Till nickte. »Hab ich mir gedacht. Ich wollte es ihr bloß nicht so klar zu verstehen geben.«

Miriam tippte mit den Fingern auf die Schreibtischplatte und starrte ihre Notizen an. »Ich mache ein paar Anrufe. Ist ja alles noch gar nicht so lange her. Insofern sollte sich herausfinden lassen, wer in den jeweiligen

Städten für die Ermittlung verantwortlich war. Heute wird das zeitlich aber ziemlich knapp. Reicht dir morgen?«

»Wann auch immer du das schaffst.«

»Spätestens morgen. Idealerweise bekomme ich Informationen aus Düsseldorf sogar schon heute. Zu meiner alten Dienststelle habe ich noch gute Kontakte.«

»Was hältst du davon, wenn ich dich als Dank morgen Abend zum Essen einlade?«

»So viel Arbeit ist das nicht«, entgegnete Miriam. »Nur ein paar Telefonate. Dafür musst du mich nicht ...«

»Die Rechnung übernimmt die Auftraggeberin. Wird sich in meiner Spesenabrechnung wiederfinden«, unterbrach Till die Oberkommissarin.

Miriam lächelte. »Wenn das so ist, lehne ich nicht ab. Vorausgesetzt, dich stört mein Bereitschaftsdienst nicht.«

»In unserer friedlichen Stadt wird morgen Abend schon nichts passieren. Schaffst du neunzehn Uhr?« Er nannte ihr eines seiner Lieblingsrestaurants.

11

Miriam notierte sich zum dritten Mal an diesem Vormittag einen Namen, die zugehörige Telefonnummer und den Dienstgrad des Zuständigen. Sie bedankte sich bei dem Anrufer und legte auf.

In Düsseldorf hatten ihr gestern zwei Anrufe genügt, um mit dem Ermittlungsleiter in der Todessache Johanna Schiller zu sprechen. Hauptkommissar Müller war ein erfahrener Polizist, der ihr bereitwillig Auskunft gegeben hatte. Nichts deutete bei Johanna Schiller auf ungewöhnliche Umstände hin. Höchstens der nicht handschriftlich, sondern nur mit Computer verfasste Abschiedsbrief. Die Polizisten hatten jedoch auf der Tastatur keine fremden Fingerabdrücke gefunden. Ebenso wenig Spuren, die darauf hingedeutet hätten, dass zuletzt jemand mit Handschuhen die Tasten bedient hätte. Schiller hatte im letzten Jahr vor ihrem Tod ihr Guthaben um einhundertzwanzigtausend Euro reduziert. Der größte Teil davon in den drei Monaten vor dem Suizid. Ab und zu war sie mit einem Mann gesehen worden, dessen Identität niemand kannte. Ein Phantom. Vermutlich der Kerl, der von den Geldabflüssen profitiert hatte. Trotzdem wurde er in der Todesermittlung nicht als verdächtige Person behandelt.

Die Nachfragen in Berlin gestalteten sich für Miriam schwieriger. Doch nun war sie guter Dinge, den richtigen Namen ermittelt zu haben. Sie machte sich eine frische Tasse Kaffee, bevor sie den Polizisten anrief. Miriam schaute auf ihre Uhr. Elf Uhr vormittags. Selbst wenn sich der Hauptkommissar früh ins Wochenende verabschieden sollte, müsste sie ihn jetzt noch erwischen. Miriam trank einen Schluck Kaffee und wählte die Nummer.

»Struntz am Apparat«, meldete sich ein Mann mit auffallend tiefer Stimme nach wenigen Sekunden Freizeichen.

Miriam stellte sich vor. »Sind Sie für den Todesfall Margot Bassel zuständig?«

»Das bin ich«, bestätigte der Hauptkommissar. »Wie kann ich Ihnen helfen?«

»Das LKA Hamburg geht einem Hinweis nach, dass es sich bei dem vermeintlichen Suizid eventuell um einen Mord handelt und ...«

Stöhnend unterbrach Struntz sie. »Lassen Sie mich raten. Sie hatten Kontakt zu Oliver Bassel, richtig?«

»Der Name sagt mir nichts«, bekannte Miriam. »Wer ist das?«

»Oh. Das überrascht mich jetzt. Oliver Bassel ist der Halbbruder der Verstorbenen. Er zweifelt stark an der Suizidtheorie. Er hat mich erst letzte Woche kontaktiert. Zum x-ten Mal.«

Miriam notierte sich den Namen. Dann erzählte sie ihm ausführlich, wie sie über die Todesfälle erfahren hatte.

»Der Name Luisa Claußen ist in unseren Ermittlungen nicht aufgetaucht«, sagte Struntz.

»In Düsseldorf auch nicht. Wie lautet Ihre grundsätzliche Einschätzung?«

Struntz zögerte kurz. »Frau Bassel hat ihren Freitod auf Facebook angekündigt. Allerdings war sie keine regelmäßige Nutzerin. Sie hatte weniger als dreißig Freunde, davor hatte sie ein halbes Jahr lang nichts gepostet. Das hat uns erstaunt. Auf ihrem Schreibtisch lagen schöne Schreibutensilien. Ein Markenfüllfederhalter. Tinte. Ein Block mit eingraviertem Namen. Mein Verstand sagt mir, eine solche Frau hätte einen handschriftlichen Abschiedsbrief hinterlassen. Keine Statusmeldung. Trotzdem kann ich aus diesem Umstand keine Mordtheorie entwickeln. Bassel verfügte über eine Viertelmillion Barvermögen, ein Aktiendepot mit einem Wert von zuletzt fünfzigtausend, zwei vermietete Eigentumswohnungen. Außerdem das Haus, in dem sie gelebt hat.«

»Wer war ihr Erbe? Dieser Oliver Bassel?«

»Er hat nur ein kleines Stück vom Kuchen abbekommen. Das komplette Aktiendepot und zehntausend Euro. Frau Bassel hatte neben dem Halbbruder noch eine Nichte. Nicole, die Tochter ihrer Schwester, die bei einem Autounfall vor gut zehn Jahren ums Leben kam. Die Nichte ist dreiundzwanzig Jahre alt. Sie lebt mit ihrem Ehemann in Amerika, den sie in Harvard während des Studiums kennengelernt hat. Testamentarisch hat sie das meiste abbekommen.«

»Klingt nicht so, als sei die Tote eng mit ihrem Halbbruder verbunden gewesen.«

»Ganz meine Meinung. Ich glaube, Oliver Bassel kniet sich so in die Sache hinein, weil er sich um einen Teil des Erbes betrogen fühlt. Er hat einen Prozentsatz des Barvermögens erhalten. Frau Bassel hat in den Monaten vor ihrem Tod einen knapp sechsstelligen Betrag ausgegeben. Außerdem rund die Hälfte der zuvor gehaltenen Aktien verkauft. Der Erlös ging auf ihr Konto und wurde kurz darauf abgehoben. Wir wissen nicht, wo es geblieben ist. Im Haus der Toten gab es keinen Hinweis auf Fremdeinwirkung. Sie hat Schlaftabletten geschluckt, Alkohol getrunken und sich dann in die Badewanne gelegt, wo sie sich die Pulsadern mit einem Skalpell aufgeschnitten hat. Bei unseren Recherchen erfuhren wir, dass es in den letzten Monaten einen Mann an ihrer Seite gegeben hat. Allerdings haben wir nicht eine Person gefunden, die uns den Namen des Mannes nennen konnte. Ich vermute, die beiden haben eine leidenschaftliche kurze Zweierbeziehung geführt. Als er sich von ihr trennte, hat sie das nicht verkraftet und einen Schlussstrich gezogen. Die ganzen Mittelabflüsse sprechen dafür, dass sie ihn bezahlt hat. Früher nannte man solche Kerle Gigolo. Diejenigen, die ihn zumindest beschreiben konnten, bezeichneten ihn als sehr attraktiv und jünger als Frau Bassel. Ich könnte ihm maximal Trickbetrug vorwerfen, aber wir haben keinerlei gefälschte Unterlagen gefunden. Ich glaube, Frau Bassel hat ihm das Geld gegeben, um sich seine Dienste zu sichern. Das ist kein Verbrechen. Oliver Bassel behauptet genau wie Ihre Frau Claußen, dass der Mann seine Halbschwester in den Freitod getrieben haben muss. Ist das möglich? Vielleicht. Können wir das beweisen? Unwahrscheinlich. Was sollen wir ihm nachweisen? Selbst wenn er sie psychisch fertiggemacht hat, bietet das noch keinen Anlass für eine kriminalistische Ermittlung. Dafür müsste er sich zumindest während des Suizids im Haus aufgehalten haben. Dann hätten wir einen Ansatz. Nach dem, was Sie gerade erzählt haben, sagt Frau Claußen aber aus, dass er nicht mehr im Haus war. Der Kauf eines Skalpells ist nicht strafbar. So leid es mir tut. In meinen Augen hat sich eine einsame Frau in den falschen Mann verliebt, ihn eine Zeit lang bezahlt, und dann dessen Abschied nicht verkraftet. Dass dieser Unbekannte ein großes Arschloch ist, steht außer Zweifel. Aber wenn wir alle Arschlöcher dieser Welt verhaften würden, wäre halb Deutschland ein Gefängnis. Ich kann mich weder der Einschätzung des Halbbruders noch dieser Frau Claußen anschließen. Ganz im Gegenteil. Frau Claußen hat ja ihr Leben *nicht* beendet. Die Wahl hätte Margot Bassel ebenfalls gehabt. Leider hat sie sich anders entschieden.«

»Haben Sie eine Kontaktmöglichkeit zu Oliver Bassel? Vielleicht wäre es mal interessant, seine Sicht der Dinge zu hören.«

»Die suche ich Ihnen gerne heraus.«

12

Der Hotelmanager Stephan Weißmeier freute sich auf das Wochenende, das vor ihm lag. In den letzten Wochen war er dreimal hintereinander für erkrankte Kollegen eingesprungen, sodass er jeweils nur einen arbeitsfreien Wochenendtag mit der Familie hatte genießen können. Dafür standen jetzt vierunddreißig Überstunden auf seiner Habenseite, die er irgendwann am Stück abfeiern würde. Die Erkältungswelle war mittlerweile abgeflaut, und sein Vorgesetzter hatte ihm garantiert, dass er diesmal ein freies Wochenende haben würde.

Die Auszubildende Yvonne kam ihm entgegen.

»Haben Sie schon Feierabend, Herr Weißmeier?«, fragte sie mit leiser Stimme.

Dem Mädchen fehlte eindeutig noch Selbstvertrauen, das im Umgang mit den meist wohlhabenden und oft prominenten Hotelgästen unerlässlich war. Andererseits hatte ihre Ausbildung auch erst im August begonnen.

»Wie kann ich dir helfen, Yvonne?«

»Der Gast aus Zimmer 217 hat mir eine Frage bezüglich einer Musical-Buchung gestellt. Leider ist die gewünschte Veranstaltung komplett ausgebucht. Ich erreiche den Concierge-Service nicht und weiß nicht, was ich dem Gast antworten soll.«

»Gehen wir gemeinsam zum Concierge. Wenn du telefonisch nicht durchkommst, lohnt sich meist das persönliche Aufsuchen.«

Auf dem Weg ins Erdgeschoss erkundigte sich Weißmeier, wie Yvonne das Weihnachtsgeschäft gefallen würde. Momentan hatten zahlreiche Gäste bei ihnen Zimmer gebucht, um den Hamburger Weihnachtsmarkt zu besuchen oder in den vielen Geschäften der Stadt die Weihnachtseinkäufe zu erledigen.

»Ich finde es faszinierend, wie beladen manche Gäste nach ihrem Einkaufsbummel zu uns kommen.«

Weißmeier lächelte. »Den Hamburger Einzelhandel freut's.«

Er sah den Concierge an der Ausgangstür. »René?«, rief er halblaut.

Der Angesprochene drehte sich zu ihnen um. »Hallo, Stephan, was gibt's?«

»Yvonne hat eine Frage an dich für den Gast aus 217. Ich wünsche euch ein schönes Wochenende.« Weißmeier tippte sich an die Stirn.

»Danke, Herr Weißmeier«, rief ihm die Auszubildende hinterher.

In der Garage setzte sich Weißmeier hinters Steuer seines Fahrzeugs und griff zum Handy. Er wählte die eigene Festnetznummer an. Möglicherweise hatte Maria keine Zeit gehabt, einkaufen zu gehen. Dann könnte er das jetzt für sie übernehmen, ehe sie sich mit ihrem 4-jährigen Sohn in den Freitagsnachmittagstrubel stürzte.

»Hallo?«, meldete sich eine kindliche Stimme.

Sofort grinste Weißmeier. »Leon, mein Schatz, hier ist Papa.«

»Wann kommst du nach Hause?«

»Ich bin schon unterwegs. Aber gibst du mir kurz Mama?«

Sekunden später hatte Weißmeier seine Frau am Telefon. »Hallo, Liebling. Soll ich auf dem Heimweg etwas einkaufen?«

»Das wäre super. Ich habe nämlich ein paar Sachen vergessen.« Sie senkte die Stimme. »Leon war im Supermarkt ziemlich anstrengend.«

»Das tut mir leid. Schick mir einfach eine WhatsApp mit den Lebensmitteln, die ich besorgen soll.«

»Kriegst du sofort. Danke!«

»Ferdinand hat mir versichert, dass ich dieses Wochenende nicht zur Bereitschaft gerufen werde. Das ist hundertprozentig sicher. Ich kann dir Leon abnehmen, und du schläfst dich richtig schön aus. Oder tust dir was Gutes.«

»Oh prima. Danke. Dann rufe ich direkt Jasmin wegen eines Termins im Friseursalon an. Vielleicht hat die kurzfristig einen frei. Bis gleich, Liebling.«

»Ich liebe dich.«

Weißmeier beendete das Telefonat.

13

Du hättest dir das alles ersparen können, wenn du mir einfach den Namen genannt hättest. Nur den Nachnamen, denn ich bin mir sicher, Margot hat den Anmeldebogen gewissenhaft ausgefüllt. Constantin Unbekannt. Ich will bloß den Nachnamen haben. Warum wirfst du für den Datenschutz deine Gesundheit weg?

Oliver Bassel saß in seinem unauffälligen Wagen und wartete darauf, dass der Hotelmanager die Garage verließ und sich auf den Heimweg machte. Der Mann fuhr einen schwarzen SUV. Bassel war ihm schon gestern nach Hause gefolgt, ohne dass Weißmeier etwas bemerkt hatte. Er wohnte knapp außerhalb der Stadt, die Fahrtzeit würde an einem Freitagnachmittag bestimmt dreißig oder sogar vierzig Minuten dauern. Und es gab eine Stelle, die sich für einen Überfall ideal eignete. Nun stellte sich die Frage, ob der störrische Manager ohne Umwege die Heimfahrt antrat, oder ob er wie gestern einen Abstecher zu einem Supermarkt unternahm. Auf beides war Bassel vorbereitet.

Endlich sah er in dem Rückspiegel den SUV. Bassel

schenkte dem Mann einen kleinen Vorsprung, bevor er losfuhr. In den nächsten Minuten hielt er Abstand, holte zwischendurch immer wieder auf und ließ sich erneut zurückfallen. Nach etwas mehr als der Hälfte der Strecke näherte sich der Manager einem Kreisverkehr. Die erste Ausfahrt führte ihn zum Supermarkt, die zweite auf den direkten Heimweg.

Er nahm die erste Ausfahrt. Nun verkürzte Bassel rasch die Distanz. Unmittelbar hinter dem SUV steuerte er den Parkplatz an und wählte eine freie Lücke nahe der Ausfahrt. Der Manager hingegen quälte sich drei Reihen vom Eingang entfernt in eine enge Parklücke. Bassel stieg aus. In der Hand hielt er ein kleines Gerät, das Funkwellen blockierte. Damit konnte er verhindern, dass Weißmeier sein Fahrzeug mit der Fernbedienung verriegelte. Er schlich sich in geduckter Haltung an den SUV heran. In der Zwischenzeit verließ der Mann seinen Wagen. Kaum war er ausgestiegen, drückte er auf den Zündschlüssel. Bassel betätigte gleichzeitig sein Gerät. Der SUV verschloss sich nicht, allerdings war der Manager zu abgelenkt, um das mitzubekommen.

Bassel wartete, bis der Mann sich entfernt hatte, dann öffnete er die Fahrertür, damit sie sich nicht automatisch verriegelte. Danach lief er rasch zu seinem Auto zurück, aus dem er eine Sturmmaske und eine schwarze Decke holte. Wieder am SUV schaute er sich um. Niemand beobachtete ihn. Er kletterte in den Rückraum des Fahrzeugs, legte sich flach hin, setzte die Sturmmaske auf und breitete die Decke über sich aus. In seinem Hosenbund steckte eine täuschend echt wirkende Pistolenattrappe. Falls der Manager aufmerksam wäre, könnte er ihn bemerken und fliehen. Wäre er abgelenkt, stände ihm eine unangenehme Begegnung bevor.

14

Kurz nachdem Weißmeier die Einkäufe bezahlt hatte, klingelte sein Handy und übertrug die Nummer seines Vaters.

»Hallo, Väterchen«, begrüßte er ihn auf dem Weg nach draußen. »Alles gut bei euch?«

»Ich habe ein Computerproblem«, brummte der Vater. »Der neue Drucker lässt sich nicht installieren.«

Weißmeier trat ins Freie. Leichter Schneeregen hatte eingesetzt. Er joggte zu seinem Auto und entriegelte den Kofferraum.

»Ich könnte morgen mit Leon vorbeikommen und mir das ansehen«, schlug er vor. »Du weißt, Ferndiagnosen am Telefon sind ein bisschen schwierig.«

»Ein unverhoffter Besuch von Sohn und Enkel würde deine Mutter freuen.«

»Passt euch drei Uhr? Dann schafft Leon vorher noch seinen Mittagsschlaf.« Er öffnete den Kofferraum und stellte den Einkauf hinein.

»Kommt Maria mit?«

»Ich kenne ihre Pläne fürs Wochenende nicht. Kann sein, dass sie einen Friseurtermin hat. Leon war diese Woche ziemlich anstrengend.«

»Okay. Dann sagen wir drei. Und wer mitwill, kommt einfach mit.«

»So machen wir das. Grüß Mama.« Weißmeier beendete das Gespräch und schob das Telefon in die Jackentasche. Er grinste innerlich über seinen Vater, der seit einigen Jahren den Anschluss an die Technik verloren hatte. Aber natürlich war es nie seine Schuld, wenn etwas nicht funktionierte. Weißmeier stieg in den Wagen und schnallte sich an. »Hoffentlich kann mir Leon später alles erklären, sobald ich nicht mehr klarkomme«, murmelte er.

Er startete den Motor. Statt sich umzudrehen, verließ er sich gewohnheitsmäßig auf die eingebaute Kamera. Im Schneckentempo setzte er zurück und fuhr vom vollen Parkplatz. Den restlichen Weg würde er hoffentlich in einer Viertelstunde schaffen. Er freute sich auf seine Familie. Endlich ein freies Wochenende. Weißmeier schaltete Radio Hamburg ein. Im Takt der Musik trommelte er aufs Lenkrad. Der Scheibenwischer trug quietschend seinen Teil zum Rhythmus bei.

Plötzlich sah er im Rückspiegel eine Bewegung. Erschrocken zuckte er zusammen. »Oh mein Gott!« Er verriss das Lenkrad und geriet auf die linke Spur. Geistesgegenwärtig korrigierte er den Fehler.

Ein Mann mit Sturmmaske hatte sich wie aus dem Nichts im Rückraum aufgerichtet und zielte mit einer Waffe auf ihn.

»Du fährst die nächste Gelegenheit rechts ab«, befahl der Mann mit knurrender Stimme.

»Was wollen Sie?«

»Rechts!«, schrie der Maskierte. »Sonst bist du tot!«

Weißmeiers Gedanken überschlugen sich. Was wollte der Mann? Kannten sie sich? Wie war er in den Wagen gelangt? Und wieso kam ihm die Stimme so bekannt vor?

»Jetzt!«

Weißmeier folgte dem Befehl. Die Strecke führte in ein Neubaugebiet, in dem derzeit mehrere Rohbauten standen. Das Areal wirkte wie ausgestorben.

»Die Straße runter und dann den Motor ausschalten.«

»Was wollen Sie von mir?«

»Rate mal!«

Weißmeier erreichte das Ende des Neubaugebiets.

»Motor aus!«

Er folgte dem Befehl.

»Und jetzt aussteigen.«

Mit zittrigen Fingern löste er den Gurt, öffnete die Tür und stieg aus. Er dachte daran, sein Heil in der Flucht zu suchen, doch der Maskierte hatte bereits das Fahrzeug verlassen.

»Gib mir dein Portemonnaie und dein Handy.«

Weißmeier zog beides aus seinen Taschen und reichte es dem Mann. Der steckte das Smartphone in die eigene Hosentasche. Er öffnete die Geldbörse und entnahm ihr die EC-Karte.

»Sag mir die PIN.«

»Sieben, drei, sieben, neun.«

Der Maskierte nickte. »Und von der Kreditkarte?«

»Vier, zwei, drei, eins.«

»Wehe, das stimmt nicht.«

»Ich schwöre.«

»Der Schlüssel steckt noch. Sehr gut. Tritt drei Schritte vom Wagen weg.«

Weißmeier folgte dem Befehl. Sollte der Mistkerl ruhig das Auto klauen. Hauptsache, ihm passierte nichts. Nichts wünschte er sich in diesem Augenblick mehr, als Maria und Leon in die Arme zu schließen.

15

Wie befohlen schritt der Manager zur Seite. Diesen Moment nutzte Bassel. Er preschte vor, holte weit aus und schlug dem Mann brutal ins Gesicht. Der stürzte wie ein gefällter Baum zu Boden. Bassel trat ihm in den Bauch, in den Unterleib, gegen den Kopf. Wieder und wieder. Anfangs stöhnte der Mann, doch schon bald war er still. Basels Wut indes war noch lange nicht verflogen. Ein Tritt folgte dem nächsten. Bis er schwer atmend von seinem reglosen Opfer abließ.

»Scheißkerl!«, zischte er wütend.

Er nahm das Handy des Managers und schleuderte es in hohem Bogen fort. Dem Portemonnaie entnahm er das Bargeld und die Kreditkarte. Er stopfte seine Beute in die Hosentasche. Dann schmiss er die Börse ebenfalls weg.

»Das wird dir hoffentlich eine Lehre sein.«

Er kletterte in den SUV und startete den Motor. Die Versuchung, den Mann zu überfahren, war riesengroß. Stattdessen setzte er nur zurück und verließ das Neubaugebiet. Zehn Minuten später erreichte er im immer stärker werdenden Schneeregen den Supermarktparkplatz. Dort parkte er das schwarze Fahrzeug in der ersten freien Lücke, stieg aus und lief zum eigenen Auto. Im Spa-Bereich des Hotels würde er sich gleich in den Whirlpool legen, um seine Muskeln zu entspannen. Das hatte er sich wahrlich verdient.

16

Im Schneeregen wartete Till Buchinger mit einem aufgespannten Regenschirm auf Miriam Decking. Die fuhr zwei Minuten vor der vereinbarten Zeit auf den Restaurantparkplatz und blendete das Fernlicht auf. Till trat an ihre Fahrerseite.

»Du bist ein erstaunlich formvollendeter Gentleman«, sagte sie, als sie die Tür öffnete.

»Mehr Schein als Sein«, entgegnete er. »Manchmal habe ich lichte Momente.«

Sie lächelte. Bevor ihr Blickkontakt zu intensiv wurde, hielt er ihr den Arm entgegen.

»Ich hoffe, du hast Hunger mitgebracht.«

»Wehe, die haben keine guten, blutigen Burger.«

»Ich verspreche, du wirst fündig.«

Schnellen Schrittes liefen sie auf den Eingang zu. Till zog die Tür auf und ließ Miriam den Vortritt. Er klappte den Schirm zu und steckte ihn in einen Ständer. Ein Mitarbeiter kam ihnen entgegen und nahm ihnen die Jacken ab.

»Ich habe auf den Namen Buchinger für zwei Personen reserviert.«

Der Mann hängte die Jacken auf und prüfte das Reservierungsbuch. »Wir haben einen schönen Platz direkt am Fenster für Sie. Da können Sie das wunderbare Hamburger Matschwinterwetter im Scheinwerferlicht der Autos bewundern.«

»Gibt es etwas Schöneres?«, fragte Miriam.

Die Servicekraft führte sie an den Tisch und zündete eine Kerze an. Kaum saßen sie, brachte ihnen eine Kellnerin die Speise- und Getränkekarte.

»Ich würde gerne einen Wein mit dir trinken. Aber das geht leider nicht wegen des Bereitschaftsdienstes.«

»Dann verzichte ich auch. Dafür kann ich dir die Mocktails sehr ans Herz legen.«

»Und die Auswahl an Burgern klingt ebenfalls verlockend. Du hast nicht zu viel versprochen«, lobte Miriam ihn.

Fünf Minuten später gaben sie ihre Bestellung auf. Mit den Mocktails stießen sie auf einen schönen Abend an.

»Zuerst das Dienstliche?«, fragte Miriam.

»Spricht nichts dagegen.«

»Gestern hatte ich mit dem Düsseldorfer Ermittlungsleiter geredet, heute habe ich den Zuständigen in Berlin erreicht. Keiner von ihnen äußert Zweifel an der Suizidtheorie. Trotz minimaler Unstimmigkeiten. Margot Bassel hat zum Beispiel ihren Abschiedsbrief im Internet veröffentlicht, obwohl sie ein teures Schreibset besaß. Füller, Tinte, Block mit graviertem Namen. Auch Johanna Schiller hat keinen handschriftlichen Brief verfasst. Beide haben vor ihrem Tod anscheinend eine mehrmonatige

Beziehung zu einem Mann geführt. In dieser Zeit sind jeweils knapp einhunderttausend Euro Vermögen abgeflossen. Der Mann verschwand aus dem Leben der Frauen, die sich daraufhin töteten. Freunde und Bekannte der Toten kannten nicht den Namen von Mister X.«

»Spricht für die Aussagen meiner Klientin.«

»Grundsätzlich ja. Aber es beweist nicht, ob der Betrüger die Frauen zum Suizid gedrängt hat. Wenn es so wäre, frage ich mich, warum sie nicht genau wie Claußen im letzten Moment zurückgeschreckt sind.«

»Eine Kurzschlussreaktion? Zum Beispiel aus Angst vor der drohenden Einsamkeit. Oder weil sie sich geschämt haben, einem Betrüger auf den Leim gegangen zu sein?«

»Vielleicht.« Miriam zuckte die Schultern. »Ich finde die Vorgänge undurchsichtig. Einerseits kann ich mir nicht vorstellen, dass ein Mann solche Macht über Frauen ausübt, dass sie in seiner Abwesenheit Suizid begehen. Andererseits gibt es zweifellos zwei tote Menschen. Ansatzpunkte, um ihn hier in Hamburg aufzuspüren, hat meine Recherche leider nicht erbracht. Sorry. Aber mit einer Sache kann ich dir wenigstens noch dienen.« Miriam erzählte von dem Halbbruder, der den Berliner Kommissar seit dem Tod immer wieder kontaktierte. Ihrem Portemonnaie entnahm sie einen Zettel mit der Telefonnummer und dem Namen des Mannes. »Vielleicht hat der Halbbruder Informationen, die er der Polizei vorenthält.«

»Cool. Das nenne ich einen vielversprechenden Ansatz. Danke.«

Die Kellnerin brachte ihnen eine Auswahl an Antipasti und läutete damit den privaten Teil des Abends ein.

. . .

Eine knappe Stunde später entschuldigte sich Miriam. Sie stand auf, lächelte ihm zu und ging zur Toilette. Till sah ihr hinterher. Dann griff er nachdenklich zu seinem Getränk. Miriam und er hatten sich bereits ausgesprochen gut verstanden, als sie vor wenigen Monaten bei der Suche nach zwei verschwundenen Menschen zusammengearbeitet hatten. Dieses gemeinsame Essen toppte das allerdings bei Weitem. Die Zeit war wie im Fluge vergangen, sie hatten viel gelacht und über sehr persönliche Dinge gesprochen. Nicht zuletzt über Antje, Tills vor acht Jahren verstorbene Ehefrau. Er hatte aus seinen noch immer starken Gefühlen für sie keinen Hehl gemacht, und Miriam hatte absolut verständnisvoll reagiert.

Um sich abzulenken, griff er zu seinem Handy. Keine Nachrichteneingänge.

»Bist du etwa Smartphone-süchtig?«, fragte Miriam gespielt schockiert.

»Ohne dieses Teil verlasse ich nie das Haus.«

Miriam setzte sich hin, und in derselben Sekunde klingelte ihr Telefon.

»Du offenbar auch ...« Till sprach den Satz nicht zu Ende, denn Miriam verzog das Gesicht.

»Das ist Bastian. Verdammter Mist!« Sie nahm das Gespräch entgegen und lauschte. »Schick mir die Adresse. Ich fahre sofort los.« Seufzend schob sie das Telefon in ihre Handtasche. »Tut mir leid. Es gibt einen Mord, zu dem wir als Rufbereitschaft hinzugezogen werden. Schade um unseren schönen Abend. Ich revanchiere mich. Das nächste Mal zahle ich.« Miriam stand auf und berührte kurz seinen Handrücken. Dann wandte sie sich von ihm ab und eilte auf den Ausgang zu.

17

Miriam Decking traf nach ihrem Partner am Tatort ein. Die Spurensicherung hatte ein großes Zelt aufgestellt. Miriam ahnte allerdings, dass der noch immer anhaltende Schneeregen die meisten Spuren verwischt haben würde.

»Ich hoffe, mein Anruf kam nicht total ungelegen«, begrüßte Dorfer sie.

»Geht so«, antwortete Miriam knapp. »Was ist hier passiert?«

»Der Tote heißt Stephan Weißmeier. Wir haben die Geldbörse und sein Smartphone in einiger Entfernung entdeckt. Das Handy scheint defekt zu sein. Vermutlich beim Aufprall kaputtgegangen, dafür spricht ein zersplittertes Display. Die Nässe hat dem Gerät wohl den Rest gegeben. Im Portemonnaie fehlten Bargeld, EC- und Kreditkarte. Weißmeier war Hotelmanager im Fontenay. Die Ehefrau des Toten ist informiert. Gemeinsam haben sie einen 4-jährigen Sohn.«

»Scheiße.«

»Weißmeier wurde erschlagen. Ein Mann, der in

diesem Neubaugebiet zu seinem Grundstück unterwegs war, hat ihn leblos am Straßenrand gefunden und sofort den Notruf gewählt. Anfangs sah alles nach einem Raubüberfall aus. Portemonnaie verschwunden, Auto gestohlen.«

»Anfangs?«

»Wir haben von der Ehefrau erfahren, dass der Tote vom Hotel aus einkaufen fahren wollte. Der Wagen steht auf dem Parkplatz des Supermarkts. Wir wissen also nicht, wie und mit wem Weißmeier hierhergekommen ist. Im Kofferraum des Wagens liegt eine Tüte mit den Einkäufen. Der Supermarkt hat bis Mitternacht geöffnet. Schutzpolizisten sind vor Ort und sichern die Videoaufzeichnungen. Wenn wir hier fertig sind, sollten wir uns die noch ansehen.«

Eine halbe Stunde vor Schließung des Geschäftes saßen Miriam und Dorfer leicht durchfroren im Büro des Supermarktdetektivs und sichteten die Aufnahmen. Miriam nippte an einem heißen Pfefferminztee, den der Detektiv ihr zubereitet hatte. Er hatte das Material für sie vorbereitet und den Toten auf den Videos identifiziert.

Weißmeier machte einen beschwingten Eindruck. Es gab keine Hinweise darauf, dass er kurz zuvor eine unangenehme Begegnung gehabt hatte. Ganz im Gegenteil. Der Mann schien Spaß am Einkauf zu haben. Die Kameras hatten ihn beim Betreten des Marktes, in verschiedenen Gängen, an der Kasse und beim Verlassen aufgenommen.

»Fällt dir jemand auf, der ihm folgt?«, fragte Miriam.

»Nein«, brummte ihr Partner.

»Mir auch nicht.« Sie wandte sich dem Detektiv zu. »Gibt es Kameraaufnahmen vom Parkplatz?«

»Leider nicht. Der Platz wird nicht videoüberwacht.«

»Weißmeier kauft ein und stellt seine Einkäufe in den Kofferraum. Und dann? Steigt er zu jemandem ins Fahrzeug? Oder lief das Ganze anders ab?« Miriam schaute Dorfer an.

Der zuckte ratlos die Schultern. »Wir müssen Plakate drucken lassen. Die Kunden um ihre Hilfe bitten. Vielleicht hat irgendwer etwas beobachtet. Zumindest lässt sich ja der Zeitraum gut eingrenzen.«

Miriam nickte. »Das gehen wir morgen früh an.« Sie drehte sich wieder zu dem Privatdetektiv um. »Können Sie uns das Material auf einen USB-Stick ziehen?«

»Schon erledigt«, sagte der Mann stolz. Er reichte Miriam den Datenträger.

»So habe ich mir den Samstagmorgen nicht vorgestellt«, stöhnte Bastian. »Meine Familie wird begeistert sein.«

»Was soll ich denn sagen?«, entgegnete Miriam. »Du hattest wenigstens ein paar Tage frei. Ich hingegen ...« Sie vollendete den Satz nicht.

18

Till Buchinger schaute auf seine Armbanduhr. Vor ihm lag der Zettel mit der Telefonnummer, den ihm Miriam gestern gegeben hatte. Er dachte an den Abend zurück. Bis zu dem abrupten Ende war es sehr anregend gewesen. Till fühlte sich an die Vertrautheit mit seinem Anfang des Jahres ermordeten Freund Jonathan erinnert.

Er seufzte unbewusst. Ob Miriam schon Fortschritte in der Ermittlung erzielt hatte, wegen der sie gestern plötzlich gehen musste? Im Laufe der nächsten Stunden würde er ihr eine Nachricht schicken, sich für die Verabredung bedanken und sich bei ihr nach dem Fall erkundigen. Bis dahin wollte er allerdings endlich eigene Erfolge erzielen. Noch einmal schaute er auf seine Armbanduhr. Hoffentlich war der Mann kein Langschläfer.

Till wählte die Handynummer. Schon nach wenigen Sekunden verstummte das Freizeichen.

»Hallo?«, brummte eine markante Stimme.

»Guten Morgen, Herr Bassel. Hier spricht Till Buchinger.«

»Wer sind Sie?«

»Ich habe Ihre Nummer von Oberkommissarin Decking, LKA Hamburg.«

»Den Namen habe ich nie gehört. Warum rufen Sie an?« Der Mann klang aggressiv.

»Es geht um Ihre Halbschwester Margot Bassel.«

»Was wollen Sie von mir? Woher kennen Sie Margot?«

»Dazu muss ich etwas weiter ausholen. Wie gesagt, mein Name lautet Till Buchinger. Ich bin Personenfahnder. So eine Art Privatdetektiv, der sich auf die Suche nach Personen spezialisiert hat. Ich habe vor wenigen Tagen einen neuen Auftrag angenommen. Die Klientin hat mich gebeten, einen Mann zu finden. Einen Trickbetrüger. Der hat sie um einen hohen Geldbetrag erleichtert und danach beinahe zum Suizid angestiftet.«

»Nicht Ihr Ernst.«

»Leider ja. Im Laufe der Suche nach dem Mann ist auch der Name Ihrer Halbschwester gefallen.«

»Wissen Sie, wo sich dieser Scheißkerl aufhält? Wie heißt er?«

»So weit bin ich leider noch nicht.«

»Sehe ich das richtig? Sie rufen aus Hamburg an? Zumindest überträgt mir das Display die entsprechende Vorwahl«, vergewisserte sich Bassel.

»Wieso fragen Sie?«

»Ich bin gerade auch in Hamburg und folge einer Spur. Dieser Mensch, der das meiner Schwester angetan hat, muss dafür bezahlen. Die Bullen sind aber nicht von der Suizidtheorie abzubringen. Was total lächerlich ist. Das hätte meine Schwester niemals getan.«

»Vielleicht sollten wir uns persönlich treffen«, schlug Till vor. »Schlafen Sie in einem Hotel oder ...«

»Ich bin im Fontenay.«

»Oh. Ein irrer Zufall. Meine Klientin übernachtet dort ebenfalls. Was halten Sie davon, wenn wir uns um zwölf Uhr in der Bar im sechsten Stock treffen? Falls es meine Klientin einrichten kann, bringe ich sie mit.«

»Einverstanden. Ich sage am Empfang Bescheid, dass ich zwei Gäste erwarte. Dann führt der Kellner Sie zu mir. Bis dahin.«

Abrupt beendete Bassel das Telefonat. Verwundert legte Till den Hörer auf und ließ das Gespräch Revue passieren. Der erste Eindruck von dem Halbbruder der Toten war nicht positiv. Trotzdem wollte Till ihn persönlich treffen. Sein Gefühl verriet ihm, dass der Mann Licht ins Dunkel bringen konnte.

Er griff zum Handy und wählte Luisa Claußens Nummer. Die Klientin meldete sich ebenfalls nach wenigen Sekunden.

»Herr Buchinger! Haben Sie Carlos aufgespürt?« In ihrem Tonfall schwang große Hoffnung mit. So, als würde sie sich trotz allem noch immer darauf freuen, den Betrüger wiederzusehen.

»Das leider nicht. Trotzdem gibt es vielleicht einen entscheidenden Durchbruch. Ich möchte mich gern mit Ihnen um zwölf Uhr mit einem Mann in der Bar des Fontenays treffen.«

»Oh. Um wen handelt es sich?« Plötzlich klang Luisa viel defensiver.

»Um den Halbbruder von Margot Bassel. Er zweifelt so wie Sie an der Suizidtheorie. Deshalb recherchiert er auf eigene Faust nach einem Unbekannten, bei dem es sich um Ihren Carlos handeln könnte.«

»Und dieser Halbbruder ist hier in Hamburg?«, wunderte sich Luisa.

»Was Ihre Theorie unterstützt. Haben Sie um zwölf Uhr Zeit? Sonst könnten wir den Termin verlegen. Ich hätte Sie gern dabei.«

»Ich weiß nicht«, murmelte Luisa. »Macht Sie das gar nicht misstrauisch?«

»Was meinen Sie?«

»Dass der Mann im selben Hotel wie ich übernachtet. Vielleicht verfolgt er mich.«

»Dafür gibt es keine Anhaltspunkte. Das Fontenay ist momentan für das entsprechende Klientel die erste Adresse in Hamburg. Außerdem hat er eventuell schon vor Ihnen eingecheckt. Das könnten wir bei einem Treffen herausfinden.«

Luisa erwiderte nichts. Till ließ ihr Zeit. *Er* würde in jedem Fall zum Hotel aufbrechen.

»Na gut«, sagte sie leise. »Aber wir gehen gemeinsam in die Bar. Ich warte unten in der Lobby auf Sie. Ohne Sie treffe ich mich nicht mit ihm.«

19

Zur vereinbarten Zeit traten Till und Luisa an das Empfangspult der Hotelbar in der sechsten Etage. Ein Mitarbeiter begrüßte sie freundlich. Till nannte Bassels Namen, der Angestellte schaute in sein Reservierungsbuch und bat sie, ihm zu folgen.

Er führte sie zu einem Tisch, an dem ein hünenhafter Mann saß, der sie interessiert musterte und sich dann erhob. »Herr Buchinger?«

»Das bin ich. Und das ist Frau Claußen.«

Sie begrüßten sich mit Handschlag.

»Verzeihen Sie mir, dass ich schon etwas bestellt habe. Das habe ich zur Beruhigung meiner Nerven gebraucht.« Bassel deutete auf das Longdrinkglas an seinem Platz. »Setzen Sie sich.« Er interessierte sich viel mehr für Luisa als für Till. Er musterte sie sogar so unverhohlen, dass es Till unangenehm wurde. War es ein Fehler gewesen, seine Klientin mitzubringen?

»Seit wann sind Sie hier im Fontenay?«, erkundigte er sich, um die Aufmerksamkeit auf sich zu lenken.

»Seit letzter Woche«, sagte Bassel. »Tolles Hotel, erstklassiger Service. Aber ich kann es nicht richtig genießen.« Er räusperte sich. »Entschuldigen Sie mein Starren«, wandte er sich an Luisa. »Sie erinnern mich vom Typ her an meine Schwester Margot. Damit habe ich nicht gerechnet.«

Ein Kellner brachte ihnen zwei Karten. Till winkte sofort ab.

»Ich nehme einen doppelten Espresso.«

Auch seine Klientin warf keinen Blick in die Getränkeauswahl. »Für mich einen Milchkaffee.«

»Können Sie uns zur Einstimmung etwas über sich erzählen?«, bat Till.

»Ich bekenne gerne meine größte Sünde«, begann der Mann leise. »Wäre ich nicht im Ausland gewesen, würde Margot noch leben.« Er griff zum Glas, warf einen Blick aus dem Fenster und trank einen kleinen Schluck. »Ich hatte letztes Jahr eine Sinnkrise. Anfangs nahm ich die Symptome nicht ernst. Mir machte mein Job keinen Spaß mehr, aber ich hielt das für eine vorübergehende Phase. Die Lustlosigkeit verschwand nicht. Ich verkaufte meine Firma zu einem fantastischen Preis und beschloss, ein Jahr auszusteigen. Aus Deutschland zu verschwinden. Es verschlug mich nach Mittel- und Südamerika. Um keine Nachrichten aus der Heimat zu empfangen, ließ ich mein Handy zu Hause und meldete meine E-Mail-Adressen ab. Nach zwölf Monaten kehrte ich entspannt und vor allem voller Geschäftsideen zurück. Ich kontaktierte gleich nach der Landung Margot – beziehungsweise versuchte es. So erfuhr ich von ihrem Tod. Ich war wie vor den Kopf geschlagen. Seitdem versuche ich, einen Sinn hinter ihrer Tat zu erkennen. Den es nicht gibt. Sie hätte das niemals getan. Ich grub tiefer und hörte von dem Unbekannten an ihrer Seite. Für mich war schnell klar, dass er hinter ihrem vermeintlichen Suizid stecken muss. Aber die Polizei nimmt mich nicht ernst. Niemand glaubt mir. Umso gespannter bin ich, was Sie zu erzählen haben.« Er rutschte ein wenig in seinem Sessel herum und schien sich voll auf Luisa zu konzentrieren.

Der Kellner kehrte zurück und brachte die Heißgetränke.

»Wie heißt es so schön?«, murmelte Luisa. »Es ist kompliziert.« Sie pustete in die Kaffeeschale und nippte daran. »Bei mir nannte er sich Carlos Finkel.«

»Einen kleinen Augenblick«, bat Bassel. Er griff in die Innentasche seines Jacketts und zog einen Notizblock heraus. In einer Lasche steckte ein Kugelschreiber, den er aufdrehte. »Carlos Finkel. Endlich höre ich mal einen Namen.«

»Wir gehen von einer gefälschten Identität aus«, sagte Till.

»Das macht nichts. Trotzdem ist das ein Ansatz. Reden Sie bitte weiter, Luisa. Dieser Hund wird dafür bezahlen, was er meiner geliebten Margot angetan hat.«

Luisa warf Till einen verstohlenen Blick zu. Ihr gefiel die Ausdrucksweise des Halbbruders anscheinend genauso wenig wie ihm. Um den Moment zu überbrücken, trank sie erneut einen kleinen Schluck. »Carlos hat mir sehr galant den Hof gemacht. Kennengelernt habe ich ihn übrigens auf der Galopprennbahn in Iffezheim. War Ihre Halbschwester auch Galoppsportfan?«

»Ja. Sie hat mich zweimal nach Hoppegarten mitgenommen, aber ich konnte Ihre Begeisterung nicht teilen.«

Nun lächelte Luisa Till zufrieden zu. »Ich wusste es. Das war kein Zufall. Baden-Baden, Düsseldorf, Hoppegarten.« Die Bestätigung ihrer Theorie beflügelte sie. In den nächsten Minuten erzählte sie freiherzig, wie sich die Beziehung zwischen Carlos und ihr entwickelt hatte. Sie kam rasch auf seine erste Bitte nach finanzieller Unterstützung zu sprechen, der schon bald weitere folgten.

»Sie haben ihm all seine hanebüchenen Erklärungen geglaubt?«, wunderte sich Bassel.

»Ich war verliebt. Er wird Ihrer Halbschwester mit ähnlichen Argumenten das Geld aus der Tasche gezogen haben.«

Till registrierte Bassels zornigen Gesichtsausdruck. Er starrte durch das bodentiefe Fenster nach draußen. »Mistkerl«, flüsterte er. »Der muss bezahlen. Und wenn es das Letzte ist, was ich zustande bringe.«

»Wir sind uns sicher, dass er sich derzeit hier in Hamburg aufhält«, sagte Till.

»Aber wo?«, entgegnete Bassel.

»Dann haben Sie auch keine Anhaltspunkte. Umso mehr interessiert es mich, was Sie nach Hamburg verschlagen hat?«, fragte Till.

»Eine Übernachtungsrechnung aus diesem Hotel. Wenige Wochen vor ihrem Tod war Margot hier mit einer Begleitperson. Ich hatte gehofft, den Namen des Kerls zu erfahren. Der Datenschutz macht mir einen Strich durch die Rechnung. Ohne richterlichen Beschluss kann mir niemand weiterhelfen.«

»Und deswegen sind Sie seit letzter Woche hier?«, wunderte sich Till.

Bassel lächelte. »Nicht nur. Ich mag die Stadt und dieses Hotel. Außerdem muss ich bekennen, jetzt schon mehrfach erfreuliche Abende auf der Reeperbahn verbracht zu haben.« Er zuckte die Achseln. »Für einen Single bietet die Stadt viel Abwechslung. Aber Sie haben natürlich recht. Bei der Suche nach dem Mörder meiner Schwester bin ich nicht sehr weit gekommen.«

»Wie lange bleiben Sie noch?«, erkundigte sich Till.

»Das entscheide ich spontan.« Der Mann warf einen Blick auf seine Luxusarmbanduhr. »Schon so spät? Wir müssen das jetzt leider beenden. Ich habe gleich eine Massage im Spa gebucht. Die Rechnung für Ihre Getränke geht auf mich. Was halten Sie davon, wenn wir uns bei Neuigkeiten gegenseitig informieren?«

Till und Luisa erhoben sich fast gleichzeitig. »So machen wir das. Danke für die Einladung.«

»Keine Ursache.«

Gemeinsam mit seiner Klientin verließ Till die Bar. Sie schwiegen, bis die Aufzugstür vor ihnen zugeglitten war.

»Was für ein unangenehmer Mensch!«, platzte es aus Luisa heraus. Sie drückte den Knopf für die vierte Etage. »Herr Buchinger, ich brauche jetzt eine Pause. Telefonieren wir später?«

»Sie erreichen mich jederzeit.«

Die Aufzugtür öffnete sich im vierten Stock, und Luisa verabschiedete sich von ihm. Auf der Fahrt nach unten rekapitulierte Till das Gespräch. Seine Eindrücke deckten sich mit denen seiner Klientin. Bassel *war* ein unangenehmer Mensch. In ihm schlummerte eine gefährliche Grundaggression. Till würde sich genau überlegen, welche Informationen er mit dem Halbbruder der toten Margot Bassel teilen würde.

Der Aufzug erreichte das Erdgeschoss. Till verließ die Kabine – und blieb wie vom Donner gerührt stehen.

»Miriam? Bastian?« Die beiden Polizisten standen mit dem Rücken zu ihm. Sie drehten sich um – genauso überrascht wie er selbst.

»Hallo, Till«, sagte Miriam. »Was machst du hier?«

»Ich war mit meiner Klientin bei dem Halbbruder der toten Margot Bassel. Der ist ebenfalls Hotelgast.«

»Habt ihr Fortschritte erzielt?«

»Nein. Und was macht ihr hier?«

Miriam trat nah an ihn heran. »Hat mit dem gestrigen Anruf zu tun«, sagte sie leise.

Bastian Dorfer wirkte verwirrt. »Habt ihr Geheimnisse vor mir?«

Ein Hotelmitarbeiter in perfekt geschnittenem dunkelblauen Anzug trat zu ihnen. »Hauptkommissar Dorfer, Oberkommissarin Decking? Ich hätte jetzt Zeit für Sie.« Er deutete zu einer offenen Tür.

Miriam blickte Till an. »Wir reden später.«

20

»Oh mein Gott!« Der Hotelmanager wirkte völlig erschüttert. »Sind Sie absolut sicher?«

»Ja«, erwiderte Miriam bedauernd. »Bei dem Toten handelt es sich um Ihren Mitarbeiter Stephan Weißmeier.«

Der Mann starrte zu Boden. »Wie kann das sein? Ich habe mich erst gestern mit ihm unterhalten.«

»Ist Ihnen dabei etwas aufgefallen? Hat er beunruhigt gewirkt?«, fragte Bastian.

Sofort schüttelte ihr Gegenüber den Kopf. »Nein. Er war gut gelaunt. Freute sich auf sein freies Wochenende.«

»Ist in den letzten Wochen sonst etwas vorgefallen, über das er sich beunruhigt geäußert hat?«, erkundigte sich Miriam. »Eine Begegnung mit einem Hotelgast? Drohungen, die hier eingetroffen sind?«

»Nein. Stephan war gestresst. Wir hatten beim Führungspersonal eine Grippewelle. Er ist mehrfach am Wochenende eingesprungen. Gerade deswegen hatte er sich ja auf die freien Tage gefreut. Oh Gott. Wie verkraften Maria und Leon das?«

»Also schließen Sie Ihres Wissens aus, dass die Tat mit seinem Beruf zu tun hat?«, vergewisserte sich Bastian, ohne auf die Rückfrage einzugehen. Bislang hatten die Polizisten noch keine Gelegenheit gehabt, die Witwe ausführlich zu befragen. Sie stand unter Schock, hatte sich aber zu einem Gespräch am Nachmittag bereiterklärt.

Der Hotelmanager runzelte die Stirn. »Haben Sie Hinweise, die darauf hindeuten? Ich kann es mir beim besten Willen nicht vorstellen. Was meinen Sie überhaupt mit Drohungen? Gegen ihn persönlich? Davon hat er nichts erzählt.«

»Und gegen das Hotel?«

»Dann hätten wir die Polizei informiert. Da war nichts.«

»Hören Sie sich trotzdem bei Ihren Mitarbeitern um. Manchmal liegt der Schlüssel zur Auflösung in völlig unscheinbar wirkenden Begebenheiten«, sagte Miriam.

Der Hotelmanager nickte. »Ich frage bei den Kollegen nach. Auch wenn ich mir davon nichts verspreche.«

21

Noch vom Hotelparkplatz aus kontaktierte Till die Personenfahnderin Jessica Sturm. Früher hatte sie zusammen mit Jonathan gearbeitet – wenn auch in unterschiedlichen Büros. Seit seinem Tod schlug sie sich alleine durch. Jessica und Till unterstützten sich, wo sie nur konnten.

»Bist du im Büro?«, fragte er. »Ich brauche deinen Rat.«

»Komm vorbei!«, antwortete sie sofort.

Till lächelte. Sich nicht nach dem Grund zu erkundigen passte perfekt zu Jessicas unkomplizierter Art, die schon sein Freund Jonathan sehr geschätzt hatte.

Zwanzig Minuten später saßen sie sich bei einer Tasse Kaffee gegenüber. Till erzählte von seinem aktuellen Auftrag und den wenigen Fortschritten, die er bislang erzielt hatte. Nachdenklich rieb sich Jessica die Stirn.

»Ich kenne leider niemanden, der im Hamburger Renn-Club Mitglied ist.«

»Schade«, brummte Till. »Ich hatte gehofft, du hättest Schnittmengen mit denen.«

»Aber ich habe eine andere Idee«, sagte sie. »Er hat sich vermutlich an eine einsame Frau aus der High Society herangemacht. Das heißt, wir suchen jemanden aus diesen Kreisen, der eine neue Beziehung führt. Außerdem scheint sein bevorzugtes Alter irgendwo um die vierzig zu liegen.«

»Wo willst du ansetzen?«

»Zum Glück stecken wir mitten in der Weihnachtszeit. Ein Wohltätigkeitstermin jagt den nächsten. Die infrage kommenden Damen haben in der Adventszeit oft nichts Besseres zu tun, als sich bei solchen Anlässen blicken zu lassen. Besonders, wenn die Presse vor Ort ist.«

»Du glaubst, wir könnten Fotos von ihnen auf den Seiten des Abendblatts und der Morgenpost entdecken? Aber ich habe keine Ahnung, wie sie aussieht. In den Kreisen kenne ich mich nicht aus.«

»Dafür hast du ja mich. Ich liebe lokalen Klatsch und Tratsch.« Jessica deaktivierte den Bildschirmschoner. Zuerst rief sie die Homepage des Abendblatts auf und gab als Suchbegriff ›Galaveranstaltung‹ ein. In der folgenden Stunde durchsuchten sie unzählige Fotos, die in den letzten Wochen auf verschiedenen Wohltätigkeitsveranstaltungen entstanden waren. Viele davon auf dem roten Teppich, manche aber auch während der Feierlichkeiten. Jessica kannte die meisten Anwesenden und wusste sogar, ob sie fest liiert waren oder nicht.

»Wie schon gesagt, ich liebe lokalen Tratsch«, sagte sie lachend, als sie Tills verwunderten Blick auffing. »Das hier ist übrigens Frieda Engelmann. Seit vielen Jahren mit Dominik Engelmann, einem Vorstandsmitglied bei Beiersdorf verheiratet. Insgesamt drei Kinder.«

»Unfassbar«, brummte Till. »Wie du dir das merken kannst.«

Nachdem sie fast alle Fotos der letzten Wochen durchgeklickt hatten, kamen noch sechs Frauen in Betracht. Die hatten sich allesamt auf dem roten Teppich ohne Begleitung gezeigt, waren aber anschließend auf den Feierlichkeiten an der Seite von Männern abgelichtet worden. Außerdem waren sie ungefähr in Luisas Alter. Einige dieser Männer drehten den Fotografen den Rücken zu. Till notierte die Namen der Frauen.

»Jetzt gehen wir ins Detail«, sagte Jessica. »Schauen wir mal, was die sozialen Medien zu bieten haben.«

Jessica rief verschiedene Profile der Kandidatinnen auf. Zwei von ihnen fielen dabei durchs Raster: Eine führte seit Jahren eine Beziehung, die andere hatte sich vor nicht allzu langer Zeit als homosexuell geoutet. Blieben vier potenzielle Frauen übrig, die sich grundsätzlich in der Öffentlichkeit allein zeigten, aber anscheinend einen Partner hatten.

Jessica versuchte, weitere Kandidatinnen auszuschließen, schüttelte jedoch schließlich den Kopf. »Weiter verfeinern kann ich es nicht. Ich würde fast darauf wetten, dass eine von denen gerade von deinem gesuchten Betrüger umgarnt wird.« Sie tippte auf den Zettel mit den vier Namen.

»Perfekt!«, sagte Till. »Vielen, vielen Dank. Wie kann ich das gutmachen?«

Jessica winkte ab. »Das hat Spaß gemacht. Jetzt bin

ich in der High Society wieder auf dem neuesten Stand. Das war mir die Suche wert.«

22

Der Hausarzt der Witwe empfing Miriam Decking und Bastian Dorfer an der Haustür.

»Wie Sie sich vorstellen können, hat Frau Weißmeier einen Schock erlitten. Sie wollte allerdings nicht ins Krankenhaus. Ich kenne die Familie seit vielen Jahrzehnten, deswegen treffen Sie mich heute hier an, obwohl Samstag ist. Das Wohl meiner Patientin steht eindeutig über Ihrem legitimen Interesse, mehr zu erfahren.«

»Selbstverständlich. Können wir uns trotzdem mit ihr unterhalten?«, fragte Miriam.

Der Hausarzt zögerte. »Höchstens kurz und nur einer von Ihnen. Frau Weißmeiers Schwester ist zum Glück ebenfalls da und kümmert sich um Leon.«

Miriam wandte sich an ihren Partner. »Warte du im Auto, ich übernehme das.«

Bastian wirkte erleichtert. Der Hausarzt brachte Miriam ins abgedunkelte Wohnzimmer, in dem die Witwe auf einer Couch lag. Miriam bemerkte die unzähligen Taschentücher auf dem Boden.

»Maria, hier ist eine Kommissarin, die kurz mit dir sprechen möchte. Geht das in Ordnung?«

»Ja«, hauchte die Witwe.

»Fünf Minuten. Höchstens«, sagte der Hausarzt streng zu Miriam. »Wenn ich gleich wieder zu Ihnen komme, ist das Gespräch sofort beendet.«

Miriam setzte sich in einen Sessel. »Mein herzliches Beileid. Eins vorab: Wir setzen alles daran, den Täter zu finden. Aber dafür brauchen wir Informationen.«

»Was wollen Sie wissen?«

»Der Wagen Ihres Mannes stand auf einem Supermarktparkplatz. Im Kofferraum waren Einkäufe.«

»Ja. Er hatte mir angeboten, ein paar Sachen zu kaufen, die ich bei meinem Wochenendeinkauf vergessen hatte.«

»Hat er sich vom Supermarkt bei Ihnen gemeldet? Vielleicht angekündigt, sich ein bisschen zu verspäten, weil er jemanden getroffen habe?«

»Nein. Zuletzt hatte ich von ihm gehört, als er ...« Ihre Stimme brach. Sie griff zu einem Taschentuch. »Entschuldigung. Stephan rief mich vom Hotel an. Direkt nach Feierabend.«

»Ist er in letzter Zeit bedroht worden?«

»Stephan? Wieso sollte das jemand tun?«

»Hat er vielleicht Spielschulden gehabt oder steckte in anderen finanziellen Schwierigkeiten?«

»Ausgeschlossen. Ich verwalte bei uns die Finanzen. Vor Leons Geburt habe ich als Finanzbeamtin gearbeitet. In zwei Jahren sollte es zurück ... na ja, das hätte ich mitbekommen. Er hätte keine Geldflüsse an mir vorbeischmuggeln können.«

»Und bei der Arbeit? Hat er Ihnen von unangenehmen Situationen erzählt?«

Diesmal überlegte die Witwe länger. »Das kam selten vor.«

»Wann zuletzt?«

»Ist bestimmt schon wieder vier oder fünf Wochen her. Da wollte ein gehörnter Ehemann Auskünfte, wie oft sich seine Frau mit ihrem Liebhaber im Hotel getroffen hat. Natürlich unterliegt das dem Datenschutz. Der Mann muss wohl ziemlich wütend gewesen sein und Stephan bedroht haben, weil er ihm die Auskunft verweigerte.«

»Erinnern Sie sich an den Namen?«

Sie schüttelte den Kopf. »Tut mir leid.«

»Nicht schlimm. Bestimmt erinnert sich im Hotel jemand an den Vorfall. Wissen Sie, wie oft so etwas vorkam?«

»Höchstens zweimal im Jahr. Die Hotelgäste haben im Regelfall gute Manieren. Oh Gott! Wie soll das bloß ohne ihn weitergehen?«

Die Witwe schluchzte herzzerreißend. Miriam streckte ihr eine Hand entgegen. Maria Weißmeier umklammerte sie wie eine Ertrinkende.

»Sie müssen ihn finden. Ich will wenigstens wissen, wer unser schönes Leben zerstört hat. Bis gestern war alles perfekt!«

»Das werden wir«, versprach Miriam.

23

Das Treffen mit dem Halbbruder hatte Luisa stark aufgewühlt. Ausgerechnet dieser Mann übernachtete im selben Hotel wie sie. Sie überlegte kurz, ob sie in ein anderes erstklassiges Hotel wechseln sollte – doch das wäre ihr wie eine feige Flucht vorgekommen. Also beschloss sie, ihre Nerven mit einer Shoppingtour durch die lohnenswerten Boutiquen zu beruhigen.

Sie zog die warmen Stiefel und ihren Mantel an. Als sie die Hand auf den Türgriff legte, überkam sie eine dunkle Vorahnung. Hatte der Halbbruder herausgefunden, in welchem Zimmer sie übernachtete? Würde er ihr auflauern?

Sie warf einen Blick durch den Türspion. Natürlich war er nicht so dumm, direkt vor der Zimmertür zu warten.

Die Ahnung erschien übermächtig. Der Mann hatte sie so intensiv gemustert. Wie eine Spinne ihr Opfer. Bestimmt würde er sich nicht mit den Informationen zufriedengeben, die sie ihm mitgeteilt hatten. Das hatte sie an seinem Blick gesehen.

Sie trat von der Tür weg. Dieser Bassel war ein gefährlicher Gegner – daran bestand für Luisa kein Zweifel. Trotzdem durfte sie sich nicht von ihm einschüchtern lassen.

Oder entsprang das alles bloß ihrer überbordenden Fantasie? Er hatte von einem Massagetermin erzählt. Vielleicht ließ er sich gerade verwöhnen. Entschlossen schritt sie auf die Tür zu. Sie würde sich nicht wie eine ängstliche Maus verhalten. Diese Zeiten waren schon lange vorbei.

24

Luisa Claußen war der Schlüssel. Das hatte Bassel sofort gemerkt. Mit ihrer Hilfe würde es ihm gelingen, den Mörder seiner Schwester aufzuspüren. Allerdings hatte er von Anfang an den Verdacht, dass sie Geheimnisse verbarg. Von denen noch nicht einmal der Personenfahnder etwas ahnte.

In dicker Kleidung gut vor der Kälte geschützt, wartete Bassel in der Nähe seines draußen geparkten Fahrzeugs. Er vermutete, dass die Frau nicht den ganzen Tag im Hotel verbringen würde. Eine Stunde, nachdem er sich auf die Lauer gelegt hatte, wurde seine Geduld belohnt. Claußen trat durch die Drehtür aus dem Hotel. Sie blieb in der Nähe des Eingangs stehen. Nur Sekunden später fuhr ein Taxi langsam die Straße entlang und rollte auf das Hotelgelände. Der Fahrer stoppte kurz vor der Frau und ließ sie einsteigen. Bassel stieg in seinen Wagen und folgte dem Taxi in einigem Abstand. Als das Fahrzeug vor ihm auf den Mittelweg bog, musste er die auf rot umspringende Ampel ignorieren, um nicht abgehängt zu werden.

Die Fahrt ging in die Innenstadt. Würde sich Claußen dort mit jemandem treffen, oder stand ihr der Sinn nach einem Einkaufserlebnis? Das Taxi wählte die Route über die Mönckebergstraße und hielt am Rathaus an. An dieser Stelle konnte Bassel nicht unauffällig stoppen. Er fuhr langsam weiter. Im Rückspiegel sah er die Frau aussteigen. Sie eilte zum Jungfernstieg. Lohnte es sich, einen Parkplatz zu suchen? Oder verlor er sie in der Zwischenzeit aus dem Blick? Bassel gab Gas. Heute hatte Claußen Glück. Ewig würde ihre Glückssträhne allerdings nicht anhalten.

25

Till rieb sich die müden Augen. Seit Samstagnachmittag hatte er unzählige Stunden am PC verbracht. Das Ergebnis konnte sich sehen lassen. Er griff zu seinem doppelten Espresso. Wie viele hatte er an diesem Sonntag schon getrunken? Er konnte es nicht genau sagen. Und trotz des hohen Koffeinlevels musste er immer wieder gähnen.

Dennoch war er hochzufrieden. Diese Momente liebte er an seinem Job ganz besonders. Wenn Rädchen ineinandergriffen und das große Gesamtbild freilegten. Falls er sich nicht täuschte, hatte er starke Anhaltspunkte darauf gefunden, welche Frau derzeit im Netz des Trickbetrügers zappelte.

Till kippte den letzten Rest des Espressos hinunter. Er wollte noch einmal sein Ergebnis durchgehen, bevor er Feierabend machte.

Die Frau hieß Vera Hellweg, war zweiundvierzig Jahre alt und Besitzerin einer kleinen Buchhandlung im vornehmen Stadtteil Rotherbaum. Sie gehörte zu den vier Kandidatinnen, die Jessica Sturm ausfindig gemacht hatte. Till hatte am Vorabend eigenständig den entscheidenden Fortschritt erzielt, denn er hatte eher zufällig zwei weitere Instagram-Profile entdeckt, die Hellweg betrieb. Sie nutzte einen unter ihrem richtigen Namen und einen für ihre Buchhandlung. Bei dem geschäftlich genutzten Account war ihm ein weiblicher Fan aufgefallen, der regelmäßig Beiträge des Buchladens mit Herzen versah und manchmal sogar kommentierte. Also hatte er auch dieses Profil unter die Lupe genommen. Die Nutzerin gab kein einziges privates Foto von sich preis – trotzdem war er irgendwann überzeugt, dass sich Vera Hellweg dahinter verbarg. Nicht zuletzt deshalb, weil sie im Sommer Bilder vom Galoppderby gepostet hatte – genau wie auf ihrem offiziellen Profil. Noch interessanter fand er allerdings die Sinnsprüche und romantischen Fotos, die sie seit ungefähr sechs Wochen regelmäßig veröffentlichte. Die Instagram-Nutzerin war schwer verliebt.

Es passte einfach alles zusammen. Nun fehlten ihm nur noch Bilder des Mannes, der anscheinend ihr Herz erobert hatte.

Da Hellweg die Geschäftsführerin der Buchhandlung war, hatte es ihn bloß wenige Klicks gekostet, ihre Privatadresse zu ermitteln. Der würde er nun einen Besuch abstatten, um sich einen ersten Eindruck zu verschaffen.

Till stand vom Schreibtisch auf und reckte sich. Dann stellte er die Espressotasse in die Spüle und füllte etwas Wasser ein. Er ging noch zum Klo, bevor er das Büro nach dem arbeitsreichen Wochenende abschloss.

Hellweg lebte und arbeitete in Rotherbaum. Nach einer Fahrtzeit von wenigen Minuten erreichte Till die Buchhandlung. Auf dem Instagram-Profil erweckte Hellweg den Eindruck, an jedem Tag im Geschäft anwesend zu sein. Ob das stimmte, würde er morgen oder übermorgen herausfinden. Von außen wirkten die Schaufenster liebevoll gestaltet. Die linke Seite neben dem Eingang dominierten Kinderbücher, die zu Dekorationszwecken an verschiedenen Kuscheltieren lehnten. Rechts standen Ratgeber. Die Themen waren bunt gemischt. Gesundheit, Liebe, Finanzen. Ein einzelner Liebesroman, der jedoch in fünffacher Ausfertigung auslag, stach ihm ebenfalls ins Auge. Offenbar thematisierte das Buch eine Romanze zwischen zwei Menschen in den mittleren Jahren. Hatte Hellweg den Roman selbst ausgesucht? Vielleicht sogar erst in den letzten Wochen?

Till stieg zurück in den Wagen. Bis zu Hellwegs gemeldeter Wohnadresse benötigte er nur zwei Minuten. Er stellte sein Fahrzeug am Anfang der Straße ab und schlenderte zur richtigen Hausnummer. Die kleine Villa war durch ein Tor vom Bürgersteig getrennt. Vor der Garage stand ein Auto, das sofort sein Interesse weckte. Ein silberfarbener Jaguar mit Hamburger Kennzeichen.

Luisa Claußen hatte in ihrem Gespräch erwähnt, welchen Wagen Carlos Finkel während ihrer gemeinsamen Zeit gefahren war: einen silberfarbenen Jaguar.

Lächelnd lief Till an dem Haus vorbei. An der nächsten Straßenkreuzung bog er rechts ab und kehrte über einen kleinen Umweg zu seinem Wagen zurück. Er war überzeugt, den Trickbetrüger aufgespürt zu haben. Außerdem wusste er genau, wie er morgen früh vorgehen würde. Falls Hellweg ihren Laden selbst öffnete, würde sie spätestens wenige Minuten vor zehn das Haus verlassen. Vielleicht wäre sie dabei nicht allein.

26

Am nächsten Morgen näherte sich Till um halb neun dem abgezäunten Grundstück. Er fand einen Parkplatz, von dem er den Hauseingang perfekt im Auge behalten konnte. Da er befürchtete, mit einer professionellen Kamera die Aufmerksamkeit misstrauischer Nachbarn zu wecken, hielt er bloß sein Handy griffbereit.

Bereits nach zwanzig Minuten wurde er belohnt. Ein Mann trat vor die Haustür. Unter dem Vordach drehte er sich noch einmal um und küsste die Bewohnerin, die Till eindeutig als Vera Hellweg identifizierte. Dann ging der Mann auf den Wagen zu. Till schoss vier Fotos von ihm und ließ den Motor an. Unterdessen stieg der Unbekannte in den Luxuswagen ein. Das Tor öffnete sich, und der Jaguar bog auf die Straße.

»Scheiße!«, fluchte Till.

Der Jaguar kam ihm entgegen. Also wartete er, bis der Wagen aus seinem Sichtfeld verschwunden war. Dann fuhr er los, wendete und nahm die Verfolgung auf.

An der folgenden Kreuzung bog er ab, wie er allerdings von seinem gestrigen Spaziergang wusste, folgte kurz darauf die nächste Straßenkreuzung. Von dem Jaguar fehlte jede Spur. Till spekulierte und steuerte sein Auto zum langgezogenen Mittelweg. Dort schaute er hektisch nach rechts und links. Ganz am Ende seines linken Sichtfeldes sah er einen silbernen Wagen. War das der Jaguar? Er ging das Risiko ein und fuhr in die entsprechende Richtung. Statt der erlaubten fünfzig Stundenkilometer beschleunigte er auf fünfundsechzig. Innerhalb des nächsten halben Kilometers reduzierte er den Abstand. Dann erkannte er seinen Irrtum. Bei dem Fahrzeug handelte es sich um keinen Jaguar. Till bremste ab. Gerade rechtzeitig, denn in diesem Moment sah er eine halb hinter einem Baum versteckte Radarfalle.

In seinem Büro wählte Till eine Nummer, die er in den letzten Monaten nicht benötigt hatte.

»Kfz-Zulassungsstelle Hamburg, Ahlers, guten Morgen.«

»Hallo, Dieter. Till Buchinger hier. Was hältst du von einer gemeinsamen Mittagspause um zwölf Uhr?«

»Einverstanden. Selber Ort wie immer?«

»Bis dahin.« Till beendete das Gespräch.

Jonathan Albrecht hatte ihm vor vielen Jahren diesen wichtigen Kontakt organisiert. Dieter Ahlers war Beamter an der Kfz-Zulassungsstelle. Gegen eine akzeptable Gebühr besorgte er zügig Daten von Fahrzeughaltern. Da der Mann damit seinen Job gefährdete, waren persönliche Treffen zwingend notwendig. Telefonisch gab er grundsätzlich nie Auskunft. Außerdem befolgte er die eiserne Regel, für jeden Detektiv oder Personenfahnder höchstens dreimal im Jahr Daten zu besorgen. Deswegen nahm Till ihn nur in Anspruch, wenn es wirklich dringend war.

Er öffnete die Bildergalerie seines Handys und überprüfte die von dem Mann geschossenen Fotos. Im Laufe des Tages würde er sie seiner Klientin zeigen. Bis dahin wollte er weitere Informationen sammeln.

Der übergewichtige Beamte betrat pünktlich den Imbissladen.

»Moin, Dieter!«, begrüßte ihn der Gastwirt. »Currywurst, Pommes?«

»Du weißt, was einen verheirateten Mann nach einem Wochenende voller Gemüse glücklich macht.«

Der Wirt lachte pflichtschuldig. »Gib mir fünf Minuten.«

Ahlers steuerte den Stehtisch in der hinteren Ecke an, den Till ausgesucht hatte.

»Moin«, sagte Till. Auf dem Tisch lag ein weißer Briefumschlag mit der Gebühr für die Serviceleistung: dreihundert Euro. Außerdem steckte in dem Umschlag das notierte Kennzeichen.

»Trinken wir um fünfzehn Uhr einen Glühwein zusammen?«, fragte Ahlers. »Ich habe den Abbau einer Überstunde beantragt. Sollte zeitlich also klappen. Nehmen wir den Stand an der Sankt-Petri-Kirche?«

»Ich kann's einrichten. Sind Frau und Kinder gesund?«

»Der Bengel steckt so richtig in der Pubertät. Seit Neuestem ernährt er sich vegan und hält mir laufend Vorträge über Massentierhaltung. Das nervt gewaltig.«

Till grinste. »Das vergeht. Hoffe ich zumindest für

dich. Wir sehen uns um fünfzehn Uhr.« Till trank das vor ihm stehende Glas Cola leer und nickte dem Beamten zu. Dann verließ er den Imbiss. Je kürzer sie gemeinsam gesehen wurden, desto besser.

27

Miriams Handy klingelte und übertrug eine Hamburger Telefonnummer. »Decking.«

»Ruhnke«, sagte ein Mann. »Guten Tag, Frau Oberkommissarin.«

Miriam brauchte einen Moment, um den Namen zuzuordnen. Dann erinnerte sie sich wieder an den Hotelmanager, mit dem sie am Samstag gesprochen hatte.

»Hallo, Herr Ruhnke. Haben Sie Neuigkeiten für mich?«

»Ich habe mich bei meinen Mitarbeitern umgehört. Wir sind alle noch immer am Boden zerstört wegen Stephans Tod. Er war im gesamten Team extrem beliebt. Schrecklich. Einfach schrecklich.« Ruhnke räusperte sich. »Insgesamt sind mir drei Vorkommnisse berichtet worden, bei denen Stephan und die anfragenden Kunden nicht auf einer … nun ja … Linie lagen.«

Miriam griff zu ihrem Kugelschreiber und schlug eine Seite in ihrem Notizbuch um. »Erzählen Sie!«

»Stephan hatte gleich zweimal das Pech, sehr

enttäuschten Gästen gegenüberzustehen, denen wir für ein ausverkauftes Konzert beziehungsweise Musical keine Karten besorgen konnten. Das kommt hin und wieder vor. Manchmal gelingt es dem Concierge, solche Tickets zu organisieren, oft allerdings auch nicht. Je nach Charakter des Gastes wird das schon mal zum Drama hochstilisiert.«

»Aber mehr als eine wüste Beschimpfung müssen Sie oder Ihre Kollegen dann vermutlich nicht erdulden?«

»So ist es.«

»Sie sprachen von drei Vorkommnissen.«

»Erst vor wenigen Tagen wollte ein Gast Informationen, die wir ihm aus Datenschutzgründen nicht geben konnten. Zunächst hatte der Mann mit einer Mitarbeiterin am Empfang gesprochen. Als er bei ihr nicht weiterkam, wollte er mit einem Vorgesetzten sprechen. Stephan hatte Dienst und hat das übernommen.«

Ob Ruhnke von dem Vorfall sprach, den die Witwe erwähnt hatte? Allerdings war der betrogene Ehemann bereits vor mehreren Wochen vorstellig geworden, nicht vor einigen Tagen. »Um welche Informationen hat der Gast gebeten?«

»Er wollte den Namen eines Mitreisenden in Erfahrung bringen. Die Schwester des Mannes hatte hier übernachtet, wenige Wochen bevor sie Suizid begangen hat. Der Bruder wollte den Sinn hinter der Tat verstehen.«

»Haben Sie den Namen des Mannes?« Miriam blätterte in ihrem Notizbuch zurück.

»Oliver Bassel. Er war hier bis heute Vormittag Gast und ist dann abgereist. Wollen Sie seine Telefonnummer haben?«

»Ja«, bestätigte Miriam.

Ruhnke nannte ihr die Nummer, die ihr bereits vorlag.

»Wissen Sie, wie Herr Bassel reagiert hat?«

»Der Empfangsmitarbeiterin gegenüber ist er höflich geblieben. Am Donnerstag hat Stephan den Kollegen von keiner unangenehmen Erfahrung erzählt. Ich vermute, Herr Bassel hat eingesehen, dass Stephan ihm nicht helfen *durfte*.«

»Das war also erst am Donnerstag? Einen Tag vor der Ermordung?«

»Genau.«

»Maria Weißmeier hat mir noch von einem anderen Erlebnis berichtet. Ein betrogener Ehemann hatte herausfinden wollen, wie oft sich seine Ehefrau mit ihrem Geliebten bei Ihnen getroffen hat. Auch da konnte Herr Weißmeier wegen des Datenschutzes nicht weiterhelfen. Wissen Sie über diesen Vorfall Bescheid? Ist schon einige Wochen her.«

»Nein. Tut mir leid. Aber meine Mitarbeiterin konnte sich an den Vorgang erinnern, nach dem sich dieser Bassel erkundigt hat. Der Begleiter seiner Schwester hat sich unter dem Namen Constantin Zwirlein angemeldet. Constantin mit C.«

Miriam notierte die Information und umkringelte sie. Kurz darauf beendeten sie das Gespräch. Sie starrte auf den Namen des Halbbruders. Am Donnerstag erhielt er eine abschlägige Antwort, Freitag starb der Manager. Samstag tauchte die Polizei im Hotel auf, und vielleicht hatte sogar Till Buchinger mit Bassel geredet. Montag reiste er ab. Übereilt oder geplant? Miriam tippte mit dem Kugelschreiber gegen die Schreibtischkante. Ob ihr Till eine Einschätzung des Mannes geben konnte?

28

Trotz des dichten Gedränges auf dem Weihnachtsmarkt sah Till seine Kontaktperson Dieter Ahlers bereits aus mehreren Schritten Entfernung. Der Beamte nippte an einem Glühwein und entdeckte ihn ebenfalls. Er hob eine Hand.

»Schmeckt's?«, fragte Till. Sein Handy klingelte. »Sorry«, entschuldigte er sich bei Ahlers. Das Display zeigte Miriams Namen. Er nahm das Gespräch an. »Ich ruf dich in ein paar Minuten zurück. Bis gleich.«

»Okay«, lautete ihre knappe Antwort.

Till schob das Telefon in die Hosentasche. »Hast du ...«

»Natürlich«, sagte Ahlers. »Geliefert wie bestellt.«

Er griff in seine Jackentasche und zog einen Briefumschlag heraus. Till nahm ihn rasch an sich und steckte ihn ein.

»Danke. Frohes Fest und guten Rutsch.«

»Mit dir lässt sich arbeiten. Du bist immer sehr kurz angebunden. Das gefällt mir. Manche deiner Kollegen sind extrem geschwätzig. So wie ich jetzt gerade.« Ahlers schmunzelte.

»Diesen knappen Umgang mit dir hat mir Jonathan ans Herz gelegt.«

Ahlers' Gesicht verfinsterte sich. »Der alte Mann fehlt mir.«

»Mir auch.«

Till tippte sich an die Stirn und drehte sich um. Er verließ das Gedränge und wählte Miriams Handynummer.

Eine Dreiviertelstunde später saß er ihr im Büro gegenüber. Er war auf dem Flur Bastian Dorfer begegnet, der sich im Gegensatz zu seiner Kollegin bereits in den Feierabend verabschiedet hatte.

Miriam erzählte ihm ohne Umschweife von dem Telefonat. »Hast du Bassel persönlich kennengelernt? Oder nur am Telefon?«

»Samstagmittag in der Bar des Fontenay. Ein eher unangenehmer Mensch.« Till gab die Eindrücke wieder, die er von ihm gesammelt hatte.

»Seine bevorstehende Abreise hat er nicht erwähnt?«

»Mit keinem Wort.«

»Aber er hat zugegeben, bei Weißmeier mit seiner Bitte auf taube Ohren gestoßen zu sein?«, vergewisserte sich Miriam.

»Hat er. Dabei klang er so, als hätte er das akzeptiert.«

»Mein Bauchgefühl schlägt Alarm. Mich stört der zeitliche Zusammenhang.«

»Und wenn du ihm begegnet wärst, würden deine Alarmglocken noch lauter schrillen.«

Sie seufzte. »Solange wir nicht wissen, wo er sich jetzt aufhält, können wir wohl erst mal nichts unternehmen.« Ihr entfuhr ein weiterer Seufzer. »Hast du Fortschritte erzielt?«

Till zögerte. Würde sie ihn fragen, wie er an die Adresse des Fahrzeughalters herangekommen war? Er gab sich einen Ruck. Miriam hatte es nicht verdient, nur lückenhafte oder bewusst falsche Informationen zu erhalten. Er berichtete von der Buchhändlerin, die auf ihrem anonym betriebenen Instagram-Profil schwer verliebt wirkte.

»Ich habe mich bei ihr auf die Lauer gelegt und heute Morgen Glück gehabt. Ein Mann hat vor ihr das Haus verlassen.« Er zeigte ihr die Fotos auf dem Handy.

»Ist das der Trickbetrüger?«

»Weiß ich noch nicht. Ich bin bislang nicht dazu gekommen, meine Klientin aufzusuchen. Ich war ... na ja ... irgendwie ...«

Überrascht sah Miriam ihn an. »Warum stammelst du jetzt so?«

Till überzeugte sich mit einem Blick über die Schulter von der geschlossenen Bürotür. »Ich habe mir die Adresse des Fahrzeughalters besorgt. Nicht ganz legal, fürchte ich.«

Miriam grinste. »Wie viel kostet dich eine solche Information?«

»Dreihundert Euro.«

Überrascht riss sie die Augen auf. »Wow!«

»Letztlich zahlt das die Klientin. Ist also nicht mein Verlust.«

Nun schaute auch Miriam zur Tür. »Falls das nicht zu häufig vorkommt, könnte ich so etwas für dich kostenlos in Erfahrung bringen. Zumindest bei Ermittlungen wie diesen. Immerhin könnte sich das mit unserer Mordermittlung überschneiden.«

»Du bist schwer in Ordnung«, sagte Till. »Danke fürs Angebot.«

»Häng es bloß nicht an die große Glocke«, bat sie ihn. »Keine Ahnung, was Bastian darüber denkt. Wie gehst du jetzt vor?«.

»Ich rufe meine Klientin an. Am liebsten würde ich ihr die Fotos zeigen und dabei ihre Reaktion mitbekommen. Sollte sie heute keine Zeit haben, würde ich ihr die Bilder schicken.«

»Und dann?«

Till schaute auf die Wanduhr. »Sollte sie ihn identifizieren, will ich morgen früh direkt nach Geschäftsöffnung gemeinsam mit Luisa in den Buchladen marschieren. Könnte ein interessantes Gespräch werden. Wie sehen deine Pläne aus?«

»Für heute mache ich Feierabend. Durch die Rufbereitschaft sind genug Überstunden zusammengekommen. Und ansonsten?« Sie zuckte die Achseln. »Ich will mich nicht vorschnell auf Bassel einschießen. Der Täter hat Weißmeier extrem brutal getötet. Passt da ein Verdächtiger ins Bild, der den Suizid seiner Halbschwester aufklären will?« Sie stöhnte. »Ich weiß es nicht. Vielleicht müssen Bastian und ich viel tiefer ins Leben der Familie Weißmeier eintauchen. Aber die Witwe ist derzeit keine große Hilfe. Wenn du noch ein paar Minuten Zeit hast, können wir das Präsidium gemeinsam verlassen.«

»Spricht nichts dagegen.«

Er sah dabei zu, wie sie ihre Sachen zusammenpackte und den Computer ausschaltete. »Was hältst du davon, wenn ich versuche, Bassel zu erreichen? Meine Nummer auf seinem Display dürfte ihn nicht misstrauisch stimmen.«

»Gute Idee!«

Till suchte die Nummer aus seiner Kontaktliste und baute die Leitung auf. Allerdings sprang sofort die Mailbox an.

»Hallo, Herr Bassel«, sagte er. »Hier ist Till Buchinger. Können Sie mich bitte zurückrufen, mir ist nach unserem Treffen noch eine Frage gekommen, die Sie bestimmt beantworten können. Vielen Dank!« Till nannte seine Mobilfunknummer und trennte die Verbindung.

»Bin gespannt, wann er sich bei dir meldet.«

»Du wirst es bald erfahren«, versprach Till.

Gemeinsam verließen sie das Büro. Miriam nickte verschiedenen Kollegen zu, einige von ihnen musterten Till interessiert.

»Werden wir jetzt zum Präsidiumsgespräch?«, fragte er draußen auf dem Parkplatz.

»Polizisten sind von Natur aus neugierig. Und selbst wenn sie sich über uns die Mäuler zerreißen, mich würde es nicht stören.« Miriam hob die Hand zum Gruß und zwinkerte ihm zu. Dann wandte sie sich von ihm ab.

Überrumpelt schaute Till ihr hinterher.

29

Mit einer weiteren frischen Information betrat Till Buchinger das Fontenay. Er nickte den Rezeptionistinnen zu und steuerte zielstrebig die Aufzüge an. Till hatte sich mit seiner Klientin in der Bar verabredet. Schon vom Eingangstresen aus entdeckte er Luisa, die ihm sofort zuwinkte. Trotzdem gab er dem Barmitarbeiter Bescheid, der es sich nicht nehmen ließ, ihn zum Tisch zu führen.

»Sie klangen am Telefon so, als hätten sie vielversprechende Neuigkeiten«, sagte Luisa.

Till setzte sich. »So ist es.« Er zog sein Handy aus der Hosentasche und rief die Bildergalerie auf. »Ich bin mir ziemlich sicher, ihn gefunden zu haben.«

»Sie haben Carlos gefunden? Wirklich?« Luisas Augen weiteten sich wie bei einem Kind, das die Geschenke unter dem Weihnachtsbaum fand.

»Er nennt sich jetzt übrigens Christopher Köchner.«

»Christopher? Das klingt ziemlich vulgär«, entgegnete Luisa enttäuscht. »Vielleicht irren Sie sich.«

Till vergrößerte eines der Fotos und reichte ihr das Handy. »Was glauben Sie? Irre ich mich?«

Mit leicht zittriger Hand nahm sie das Telefon entgegen. »Oh mein Gott«, flüsterte sie. »Das ist er wirklich. Ja, die Brille und der Vollbart sind neu. Die Haare sind getönt. Aber er ist es.« Luisa grinste breit. »Sie haben ihn gefunden. Herzlichen Glückwunsch. Sie sind jeden Cent Ihres Honorars wert.«

»Danke.«

»Was können Sie mir über ihn erzählen?«

»Einiges. Er muss perfekt gefälschte Papiere haben, denn das Auto ist auf einen Christopher Köchner zugelassen. Übrigens ein silberfarbener Jaguar.«

»Haben Sie vom Wagen ein Foto?«

Till zeigte ihr das Bild. Diesmal schüttelte Luisa allerdings den Kopf.

»Die Marke stimmt, aber es ist nicht das Modell, in dem wir gemeinsam gefahren sind.«

»Ich habe vorhin im Büro ausführlich im Internet recherchiert und bin dabei auf eine vor rund drei Monaten archivierte Immobilienanzeige gestoßen. Sehr wahrscheinlich ging die inserierte Wohnung zu diesem Zeitpunkt vom Markt. Zwei möblierte Zimmer im gehobenen Segment, knapp achtzig Quadratmeter, eintausendachthundert Euro kalt. Die abgebildeten Fotos deuten auf eine repräsentative Ausstattung hin.«

»Das passt zu ihm. Mir hat er damals erzählt, eine im Bau befindliche Eigentumswohnung erworben zu haben, die in einem Dreivierteljahr bezugsfertig wäre. Anfangs lebte er in einem Hotel, dann wechselte er in eine möblierte Dreizimmerwohnung. Hier in Hamburg leistet er sich wohl nur zwei Zimmer.«

»Die Fotos sind entstanden, als er eine Villa in

Rotherbaum verließ. Das Haus gehört einer selbstständigen Geschäftsfrau, Inhaberin einer Buchhandlung.«

»Also hat er tatsächlich sein nächstes Opfer umgarnt.« Ihre Augen verengten sich. »Wie heißt sie?«

»Vera Hellweg. Anfang vierzig. Mitglied der Hamburger High Society. Die Buchhandlung läuft gut, allerdings stammt der größte Teil ihres Vermögens aus Familienbesitz. Ihre Eltern waren angesehene Hamburger Geschäftsleute. Vera war ihr einziges Kind.«

»Sie sprechen in der Vergangenheitsform. Sind die Eltern tot?«

»Schon seit Jahren«, bestätigte Till. »Der Vater starb an einem Herzinfarkt, die Mutter keine vierundzwanzig Monate später an einer Krebserkrankung.«

»Und Frau Hellweg war nie verheiratet?«

»In jungen Jahren. Damals trug sie den Namen ihres Ehemanns. Nach der Scheidung nahm sie den Geburtsnamen wieder an. Nichts, was ich bislang herausgefunden habe, spricht dafür, dass sie danach eine längere Beziehung geführt hat. Es gab Gerüchte, der Ex habe sie finanziell bluten lassen.«

»Also ein leichtes Opfer für Carlos«, murmelte Luisa. »Oder Christopher. Dieser Mistkerl.« Sie winkte einen Kellner herbei. »Trinken Sie etwas mit mir.«

Bei dem Kellner bestellte sie einen Gin Tonic. Till wählte ein Gingerale.

»Was machen wir jetzt?«, fragte Luisa. »Wenn wir nicht aufpassen und diese Vera psychisch labil ist, beklagen wir bald ein drittes Opfer. Das müssen wir verhindern. Carlos soll endlich das Handwerk gelegt werden. Fahren wir zu ihr!«, schlug sie vor. »Noch heute Abend.«

»Das wäre zu überstürzt«, widersprach Till.

»Wieso?«

»Wie hätten Sie reagiert, wenn zwei fremde Personen vor Ihrer Haustür gestanden hätten, um Sie vor Carlos zu warnen?«

Luisa zögerte kurz. »Irritiert.«

»Hätten Sie mit uns geredet? Vor allem, wenn Carlos bei Ihnen gewesen wäre?«

Sie zuckte lediglich die Achseln. »Was schlagen Sie stattdessen vor?«

»Besuchen wir Frau Hellweg in ihrer Buchhandlung. Dann minimiert sich die Gefahr, dass Carlos beziehungsweise Christopher vor Ort ist.«

Sie warf einen Blick auf die Uhr. »Hat der Laden noch geöffnet?«

»Ich dachte an morgen früh. Vermutlich schließt sie als Inhaberin das Geschäft selbst auf. Und dienstagvormittags ist dort vielleicht nicht ganz so viel los.«

»Wie soll ich das bloß so lange aushalten?«

Der Kellner kam mit den Getränken. Luisa nahm ihm den Gin Tonic ab und bestellte gleich Nachschub.

»Es gibt übrigens weitere interessante Neuigkeiten«, sagte Till. »Oliver Bassel hat heute Morgen aus dem Hotel ausgecheckt.«

»Gott sei Dank!«, entfuhr es ihr laut. Die Gäste am Nebentisch schauten irritiert zu ihnen herüber. »Der Mann war mir unheimlich. Das erleichtert mich sehr.«

»Sind Sie ihm noch einmal begegnet?«

Luisa schüttelte den Kopf. »Zum Glück nicht.«

Da sie nicht nachfragte, woher er die Information hatte, erwähnte Till nichts von dem Mord an dem Hotelmanager. Zumindest vorläufig gab es keine Anhaltspunkte, dass Bassel als Verdächtiger infrage kam.

30

Am nächsten Morgen betraten Till und Luisa um Viertel nach zehn die Buchhandlung. Hinter der Kasse stand eine junge, höchstens zwanzigjährige Frau.

»Wie kann ich Ihnen helfen?«, erkundigte sich die Buchhändlerin.

»Wir möchten gern mit Frau Hellweg sprechen.«

Die Angestellte schaute auf ihre Armbanduhr. »Ich erwarte meine Chefin in ungefähr einer halben Stunde zurück. Sie hat einen Banktermin. Wollen Sie so lange warten und ein bisschen in unserer Auslage stöbern?«

»Wir kommen gleich einfach wieder«, antwortete Till. »Vielen Dank.«

Till dirigierte Luisa nach draußen, bevor es der Mitarbeiterin einfallen konnte, nach dem Grund des Besuchs zu fragen. Er deutete zu einem Café auf der anderen Straßenseite. »Warten wir dort.«

Sie fanden einen Platz an der Fensterfront, von dem sie einen guten Blick auf den Eingang der Buchhandlung hatten. Till bestellte einen Kaffee Crema, Luisa einen Cappuccino.

»Darf ich Sie etwas Persönliches fragen?«

Die Angesprochene nickte.

»Sie schienen sich gestern zu freuen, als ich Ihnen die Fotos von Carlos zeigte.«

»Natürlich«, bestätigte sie. »Nur so können wir ihm das Handwerk legen. Weil Sie ihn aufgestöbert haben.«

»Ist das alles? Oder hegen Sie noch Gefühle für ihn?« Till hatte gestern lange über das Gespräch in der Hotelbar nachgedacht und war zu diesem Schluss gekommen.

Luisas Zögern war aufschlussreich.

»Sie sind ein guter Menschenkenner«, sagte sie. »Ich war sehr verliebt in ihn. Er kann so charmant und liebevoll sein. Von seiner dunklen Seite hatte ich keine Ahnung. Außerdem ist er ein fantastischer Liebhaber. Ja, vermutlich haben sie recht.« Sie tippte auf ihre Brust. »In meinem Herzen sind noch ein paar der Gefühle, die ich für ihn empfunden habe. Allerdings tief vergraben. Denn in erster Linie bin ich wütend.« Sie senkte die Stimme. »Er wollte meinen Tod. Carlos hat mindestens zwei Frauen in den Suizid getrieben. Er ist skrupellos. Ich hasse das, was er mit meinen Nachfolgerinnen anstellt.«

»Aber vergessen Sie bei unserem Gespräch mit der Inhaberin eine wichtige Sache nicht«, bat Till sie. »Frau Hellweg steckt vermutlich noch in der Verliebtheitsphase. Reagieren Sie nicht unwirsch, wenn sie uns anfangs nicht glaubt. Wir benötigen ziemlich viel Einfühlungsvermögen, damit sie nicht direkt abblockt.«

Luisa nickte. »Ich überlasse das Reden weitgehend Ihnen.«

. . .

Zwanzig Minuten später sah Till die Inhaberin ihr Geschäft betreten. Sofort winkte er die Kellnerin herbei und beglich die Rechnung. Sie verließen das Café und betraten kurz darauf die Buchhandlung, wo Vera Hellweg gerade mit ihrer Angestellten ins Gespräch vertieft war.

»Da sind die Herrschaften«, sagte die junge Frau.

Hellweg, die einen dunkelblauen Blazer, einen farblich passenden Rock und Schuhe mit flachen Absätzen trug, drehte sich zu ihnen um.

»Meine Auszubildende hat mir gesagt, Sie wollten mich sprechen? Habe ich einen Termin verschwitzt?«

»Nein«, sagte Till. »Können wir irgendwo in Ruhe …«

»Es geht um Christopher Köchner«, platzte es aus Luisa heraus. »Oder wie auch immer er sich gerade nennt. Ich kannte ihn unter dem Namen Carlos Finkel.«

Till ließ den Kopf leicht sinken. Luisas Schweigegelübde hatte nicht lange angehalten. »Haben Sie ein Büro, oder gibt es eine ruhige Ecke, in der wir ungestört sind?«

Hellweg runzelte die Stirn. »Kommen Sie mit«, sagte sie schließlich.

Sie ging voran und führte sie in die erste Etage der Buchhandlung, in der neben unzähligen Büchern in Drehregalen hinter einer Tür ein separates Büro lag. »Für drei Personen ist es ein bisschen eng«, sagte sie, als sie die Tür schloss. Sie nahm an ihrem Schreibtisch Platz.

Till überließ Luisa den zweiten freien Stuhl. »Darf ich?«, fragte er und deutete auf die hüfthoch angebrachte Fensterbank.

»Setzen Sie sich«, sagte die Buchhändlerin. »Woher kennen Sie Christopher?«

Luisa wandte sich Till zu. »Ich weiß, ich habe vorhin

versprochen, mich zurückzuhalten. Aber vielleicht ist es besser, wenn ich anfange.«

Till nickte. Er könnte sie ohnehin nicht daran hindern. In den nächsten Minuten erzählte Luisa von ihren eigenen Erlebnissen. Von dem Mann, der sich bei ihr Carlos Finkel genannt hatte, einen silberfarbenen Jaguar fuhr und sein Geld vermeintlich mit Pferdewetten verdiente. Till beobachtete Hellwegs Gesichtszüge. Immer, wenn Luisa von Begebenheiten berichtete, die ihr anscheinend bekannt vorkamen, verfinsterte sich ihr Gesicht. Luisa ließ in ihrer Erzählung den romantischen Teil außen vor. Sie kam darauf zu sprechen, dass sie ihm zu verschiedenen Anlässen und in kürzer werdenden Abständen Geldbeträge zur Verfügung gestellt hätte. Bis sie irgendwann misstrauisch geworden sei.

»Ich entschied mich, ihm einen finanziellen Wunsch abzuschlagen. Von da an zeigte er mir sein wahres Wesen.« Verstohlen strich sie sich eine Träne aus dem Augenwinkel. Stockend fuhr sie fort und landete bei dem Abend, an dem es ihm fast gelungen wäre, sie in den Tod zu treiben. »Ich habe es mir in buchstäblich letzter Sekunde anders überlegt. Danach nie wieder von ihm gehört. Vor ein paar Monaten stieß ich allerdings auf erschütternde Nachrichten.« Luisa brauchte mehrere Minuten, um die Geschichte zu Ende zu erzählen.

»Das darf nicht wahr sein«, flüsterte Vera Hellweg. Sie drehte die Sitzfläche des Bürosessels um einhundertachtzig Grad und schaute nach draußen. »Normalerweise würde ich Ihnen so eine Story nicht glauben.« Sie war kaum zu verstehen. »Aber mich hat schon einmal ein Mann finanziell bluten lassen. Außerdem war ich heute bei der Bank, um Christopher aus einem Engpass zu helfen.«

»Um welche Summe ging es?«

»Zwanzigtausend. Er will sie mir nächste Woche Freitag zurückzahlen.« Sie schüttelte den Kopf und drehte sich wieder zu ihren Gästen um.

»Sagen Sie mir, dass das nicht wahr ist. Bitte. Ich liebe ihn.«

»Es tut mir so leid«, wisperte Luisa. »Ich weiß genau, wie Sie sich fühlen.«

»Wir stehen in Kontakt mit der Polizei in Düsseldorf und Berlin«, sagte Till. »Was meine Auftraggeberin über die dortigen Ereignisse erzählt hat, entspricht definitiv den Fakten. Die Taten sind als Suizide zu den Akten gelegt worden. Vorschnell. Denn es gab Unstimmigkeiten. Zum Beispiel auffällige Geldabflüsse vor dem Tod der Frauen. Einen Mann an ihrer Seite, der für Freunde oder Bekannte ein Phantom geblieben ist. Keine handschriftlich verfassten Abschiedsbriefe.«

Vera Hellweg senkte den Blick. »Können Sie bitte mein Büro verlassen? Ich muss das sacken lassen.«

»Was haben Sie jetzt vor?«, fragte Till.

»Das weiß ich noch nicht.«

»Bitte glauben Sie uns!«, flehte Luisa.

»Das ist ja das Schlimme«, sagte Vera Hellweg, ohne den Blick zu heben. »Ich kann es mir vorstellen. Trotzdem *weiß* ich nicht, wie ich darauf reagieren soll.«

»Sie haben ihm den Geldbetrag wahrscheinlich überwiesen«, spekulierte Till. »Vielleicht können Sie das rückgängig machen.«

»Ich muss mir seine Erklärungen anhören. Vorher kann ich das nicht entscheiden.«

»Der Mann ist gefährlich«, warnte Luisa sie. »Sie dürfen ihn nicht reizen.«

»Keine Sorge. Durch Ihr Auftauchen bin ich vorgewarnt. Er wird mich garantiert nicht in den Tod treiben. So labil bin ich nicht. Falls hinter Ihrer Geschichte auch nur ein Fünkchen Wahrheit steckt, werde ich ihn wie einen tollwütigen Hund aus der Stadt vertreiben.«

»Der Überraschungseffekt wäre größer, wenn wir ihn mit Luisa konfrontieren«, schlug Till vor. »Zum Beispiel in Ihrem Haus.«

Hellweg dachte kurz darüber nach. »Da haben Sie recht. Trotzdem lehne ich ab. Das muss ich ohne Hilfe mit ihm klären. Allein schon für mein Selbstwertgefühl. Haben Sie eine Visitenkarte? Dann melde ich mich morgen früh bei Ihnen. Sie erfahren haarklein, ob ich Ihnen oder Christopher glaube.«

Till kapitulierte. Momentan standen sie auf verlorenem Posten. Hellweg würde nicht von ihrem Entschluss abrücken, das war offensichtlich. Aber da sie die Frau gewarnt hatten, dürfte sie nicht in großer Gefahr schweben. Der Trickbetrüger würde hiervon erfahren. Selbst wenn er die anderen Frauen eigenhändig getötet hatte, könnte er nicht das Risiko eingehen, Hellweg aus dem Weg zu räumen. Er entnahm dem Portemonnaie eine Visitenkarte und reichte sie der Frau.

»Wann kann ich mit Ihrem Anruf rechnen?«

»Spätestens gegen elf.« Sie nahm die Karte entgegen.

31

Gut gelaunt griff Christopher zu dem üppigen Blumenstrauß auf dem Beifahrersitz. Vor zwei Stunden hatte ihm die Banking-App eine Benachrichtigung über den Geldeingang geschickt. Er hatte sich diesmal für eine deutlich riskantere Strategie entschieden. Keines seiner vorherigen Opfer hatte über Veras finanzielle Möglichkeiten verfügt. Deswegen hatte er sie direkt um einen größeren Betrag gebeten – und ihn erhalten.

Er stieg aus. Gedanklich war er bei den nächsten Schritten. In einer Woche würde er ihr die Rückzahlung der gesamten Summe ankündigen. Bis ihm unerwartete Probleme wegen der Immobilienfinanzierung einen Strich durch die Rechnung machen würde. Kurz vor den Feiertagen würde sie ihm bestimmt noch einmal aushelfen. Und dass Banken über den Jahreswechsel nicht im normalen Umfang arbeiteten, war kein Geheimnis.

Aus dem Kofferraum holte er die beiden Tüten mit den Einkäufen aus dem Gourmetgeschäft. Er ging auf das Haus zu. Vera würde frühestens in zwei Stunden heimkehren. Zeit, die er nutzen würde, um sie mit einem selbstgekochten Essen inklusive sämtlicher Vorbereitungen für einen romantischen Abend zu begeistern. Dazu würde auch ein Nachtisch gehören, den sie im Bett einnehmen und in ihr Liebesspiel integrieren konnten.

Christopher steckte den Schlüssel ins Schloss. Zu seiner Überraschung war die Tür nicht verriegelt. An der Alarmanlage erklang kein Signalton, der ihn aufforderte, den Sicherheitscode einzugeben.

»Vera?«, rief er. »Bist du zu Hause?«

»Ja«, antwortete sie knapp.

Wenn er sich nicht irrte, kam ihre Stimme aus der Bibliothek. Hatte sie sich in ein Buch vertieft? Er stellte die Einkaufstüten im geräumigen Vorraum ab und ging in das Zimmer, dessen Regalwände mit mindestens tausend Büchern bestückt waren. Das Kaminfeuer loderte. Vera saß in einem der insgesamt vier Sessel und starrte nach draußen.

»Hallo, mein Liebling«, begrüßte er sie.

Wieso sah sie ihn nicht an?

»Geht's dir nicht gut?«

Er ging zu ihr. Endlich sah sie ihn an, verzog aber keine Miene. Sie bemerkte den Blumenstrauß, kommentierte ihn allerdings nicht.

Etwas lief hier gewaltig schief.

»Was ist los? Du hast früh Feierabend gemacht. Geht's dir nicht gut?«

»Ich hatte heute unerwarteten Besuch im Geschäft. Das hat mich aufgewühlt.«

»Oh je. Willst du mir davon erzählen? Du klingst total mitgenommen. Lass mich raten. Dein Ex-Mann?«

»Schlimmer. Setz dich!« Sie deutete auf den Sessel, der ihr gegenüberstand.

32

Das schlechte Gefühl hatte auch nach Stunden noch nicht nachgelassen. Till hielt Hellwegs Entscheidung, das Gespräch mit dem Trickbetrüger allein zu führen, für falsch. Aber wie hätte er sie davon abbringen können?

Am späten Nachmittag beschloss er, Miriam ins Boot zu holen. Er wählte ihre Handynummer und erreichte sie sofort.

»Hast du einen Moment Zeit? Mich interessiert deine Meinung.«

Aufmerksam hörte sie sich seinen Bericht an.

»In meiner Fantasie sehe ich diesen Köchner als Mörder der beiden Frauen vor mir. Haben wir mit unseren Enthüllungen Vera Hellweg gefährdet?«

»Das kann ich mir nicht vorstellen«, sagte Miriam beruhigend. »Selbst wenn er ein Doppelmörder wäre, kann er seine Masche nicht anwenden. Würde sie jetzt unter mysteriösen Umständen sterben, wäre er auf dem Polizeiradar. Außerdem ist die Mordtheorie fraglich. Deine Klientin hat nie behauptet, dass er sie umbringen wollte. Seine Methode ist hinterhältiger. Er nutzt die psychische Anfälligkeit seiner Opfer aus, die er zuvor anfacht.«

»Also sollte ich sie deiner Meinung nach besser bis morgen früh in Ruhe lassen?«

»Hast du eine Alternative? Sie wird dich wohl kaum zum Klärungsgespräch als Schiedsrichter einladen.«

»Ich könnte mich vor ihrem Haus postieren. Dem Betrüger dadurch signalisieren, dass ich ihn im Auge behalte.«

»Wie würde Hellweg darauf reagieren, wenn sie dich vor ihrem Haus stehen sieht?«

»Nicht begeistert«, sagte er zögerlich.

»Du musst wohl oder übel bis morgen Vormittag warten. Ich bin gespannt, was sie dir erzählt. Rufst du mich an, sobald du von ihr hörst?«

»Versprochen.«

33

»Und du glaubst diesen Mist?« Fassungslos schüttelte Christopher den Kopf. »Wie kannst du mir so misstrauen?«

»Ich frage mich, wieso Wildfremde in meinen Laden kommen, um mir eine solche Geschichte zu erzählen, wenn sie nicht wahr ist.«

»Keine Ahnung. Vielleicht wollen sie mir schaden.«

»Aus welchem Grund?«

»Woher soll ich das wissen? Ich kenne keine Luisa Claußen und keinen Till Buchinger. Die Namen habe ich noch nie gehört. Hast du dir einen Ausweis zeigen lassen? Wer weiß, wie sie in Wirklichkeit heißen.«

»Wer weiß, wie *dein* richtiger Name ist. Ich habe mir Buchingers Homepage angeschaut. Sieht alles vertrauenserweckend aus.«

Auf dem Boden neben dem Sessel lag ihr Notebook. Sie griff danach und weckte das Betriebssystem aus dem Ruhemodus. »Kennst du ihn?«

Christopher musterte das Bild des Mannes. »Das muss ein Missverständnis sein. Ich hab den Kerl nie zuvor gesehen.« Christopher sah seine Felle davonschwimmen. Er musste jetzt den richtigen Zug machen. Er atmete dreimal tief durch, ehe er mit ruhiger Stimme weitersprach. »Schatz, dieser Streit ist total überflüssig. Wie ich dir erzählt habe, war ich die letzten vier Jahre Single und habe keine Frauen um ihr Vermögen betrogen. Aber der Zeitpunkt unserer Auseinandersetzung wundert mich nicht. Wahrscheinlich hast du wegen der Überweisung ein schlechtes Gefühl bekommen. Wäre ja kein Wunder, bei deinen Erfahrungen mit der Scheidung. Soll ich dir das Geld zurücküberweisen?« Überzeugt, dass sie einlenken würde, schaute er ihr in die Augen.

»Das wäre ein Anfang«, sagte sie kalt.

Äußerlich ließ er sich nichts anmerken. Jetzt könnte er nicht mehr zurückrudern. Er nahm sein Smartphone zur Hand und öffnete die Banking-App. »Ich mache eine Echtzeitüberweisung«, brummte er. »Kostet zwar extra, aber das ist es mir wert. In wenigen Minuten hast du das Geld wieder.« Während er die Transaktion veranlasste, sann er darüber nach, wie er Vera für ihr Verhalten büßen lassen würde. Wenn es ihm gelänge, ihr Vertrauen zurückzuerobern, würde sie diesen Streit bitter bereuen. »Fertig«, sagte er. »Hier! Guck selbst.« Er hielt ihr das Telefon hin.

Da sie zu weit auseinander saßen, musste sie aufstehen. Sie nahm das Handy entgegen und überprüfte die von ihm eingegebenen Daten. Ihr harter Gesichtsausdruck änderte sich nicht. Sie wirkte sogar noch unversöhnlicher. Wortlos gab sie ihm das Smartphone zurück.

»Glaubst du mir jetzt?«

»Ganz im Gegenteil. Du hast einen schweren Fehler begangen. Die App zeigt mir deinen Kontostand an.

Wieso leihst du dir von mir zwanzigtausend, wenn du selbst fünfzigtausend auf dem Konto hast? Was soll das?«

Er antwortete nicht. Insgeheim ärgerte er sich über seine eigene Dummheit.

»Es stimmt also!«, schrie sie wutentbrannt. »Du nimmst Frauen wie mich aus und treibst sie dann in den Selbstmord. Wie krank ist das?«

Nun sprang er vom Sitz auf. »Selbstmord? Was redest du denn jetzt schon wieder?«

»Davon hat mir Luisa auch berichtet. Du machst sie finanziell und psychisch fertig und treibst sie in den Tod.«

»Bullshit! Ich treibe niemanden in den Tod. Diese Frau lügt! Sie ist krank!«

»Woher weißt du das, wenn du sie gar nicht kennst?«

»Wer so etwas erzählt, muss krank sein. Liebling, ich ...«

»Nenn mich nie wieder so!«, fauchte Vera. »Was bin ich für dich, du Scheißkerl? Ein Versuchskaninchen? Mit wie vielen Frauen hast du das abgezogen?«

Sie stieß ihn mit beiden Händen vor die Brust. Von der Wucht überrascht, taumelte er zurück. Mit einem Ausfallschritt stabilisierte er sein Gleichgewicht. Vera ließ jedoch nicht von ihm ab. Sie verpasste ihm eine schallende Ohrfeige.

»Wichser!«, schrie sie wütend. Ihr Speichel benetzte ihn.

Plötzlich sah Christopher rot. Als sie erneut zum Schlag ausholte, blockte er ihren Arm ab, umklammerte ihr Handgelenk und verdrehte es grob. Sie brüllte vor Schmerz. Wütend versuchte sie, ihn zu treten. Er ließ das Gelenk los. Sie kratzte ihn am Arm, wofür er ihr einen Stoß versetzte.

Vera taumelte nach hinten. Fast sah es so aus, als

würde sie zu Boden stürzen. Doch irgendwie hielt sie sich auf den Beinen. Sie kam in Reichweite eines kleinen Beistelltisches, auf dem eine leere Glasvase stand. Vera griff nach dem bauchigen Gegenstand und verkürzte die Distanz zwischen ihnen. Unsicher sprang er zurück.

»Mach das nicht!«, warnte er sie.

Trotz seiner Worte warf sie das Gefäß. Zwar wich er mit dem Kopf aus, doch prallte die Vase gegen seine Schulter, ehe sie zu Boden fiel, aber intakt blieb.

»Du blöde Hure!«

Nun war er außer sich vor Zorn. Ohne über die Konsequenzen nachzudenken, verpasste er ihr einen Faustschlag ins Gesicht. Vera kippte wie ein gefällter Baum um. Mit dem Hinterkopf schlug sie gegen die Holzkante des Beistelltisches. Ihr Körper landete auf dem dicken Teppichboden. Sie ächzte und blieb dann reglos liegen.

34

Um zehn vor elf schaute Till zum wiederholten Male auf sein Handy. Vera Hellweg hatte sich spätestens um elf Uhr melden wollen. Allerdings konnte er nicht einschätzen, wie zuverlässig sie bei solchen Zusagen war.

Er lenkte sich mit einfachen Büroarbeiten ab. Ein paar Minuten später klingelte endlich das Telefon und übertrug eine Hamburger Vorwahl. Erleichtert atmete er durch. Seine dumpfe Vorahnung schien sich nicht zu bestätigen. Was sie wohl von ihrem Gespräch mit dem Betrüger zu erzählen hatte?

»Buchinger!«, meldete er sich.

»Guten Tag, Herr Buchinger«, erklang eine weibliche Stimme. »Mein Name ist Thaler. Ich rufe von den Hamburger Stadtwerken an. Können Sie ...«

»Tut mir leid«, entgegnete Till. »Keine Zeit!« Er beendete das Gespräch.

Die nächste Viertelstunde zog sich quälend langsam dahin. Als sich Hellweg um zehn nach elf noch immer nicht gemeldet hatte, rief er in der Buchhandlung an. Es meldete sich die Auszubildende, wie er gleich an der Stimme erkannte.

»Hier spricht Till Buchinger. Wir haben uns gestern Vormittag kennengelernt. Der unangekündigte Termin mit Frau Hellweg.«

»Ja, ich erinnere mich.«

»Ist Frau Hellweg zu sprechen?«

»Tut mir leid. Ich erwarte sie auch dringend. Eigentlich hätte sie seit zehn Uhr im Laden sein müssen. Bislang hat sie sich nicht gemeldet. Ich habe um zwölf Uhr Feierabend. Keine Ahnung, wo sie ist.«

»Dann ist ihr wohl etwas dazwischengekommen. Sagen Sie ihr Bescheid, dass sie mich zurückrufen soll? Sie hat meine Rufnummer.«

»Das mache ich gern, Herr Buchinger.«

Till beendete das Gespräch. »Scheiße«, flüsterte er. Obwohl sich Hellweg nicht Luisas Nummer notiert hatte, kontaktierte er als Nächstes seine Auftraggeberin.

»Herr Buchinger«, begrüßte sie ihn gut gelaunt. »Was hat Frau Hellweg erzählt?«

Till schloss für einen Moment die Augen. Auch diese kleine Hoffnung zerschlug sich. »Ich habe noch keine Rückmeldung erhalten. Und in der Buchhandlung kann ich sie nicht erreichen. Ihre Auszubildende weiß nicht, wo sie steckt.«

»Was bedeutet das?«

»Ich habe keine Ahnung.« Er wollte seine Auftraggeberin nicht voreilig beunruhigen. »Geben Sie mir direkt Bescheid, falls Sie etwas von ihr hören?«

»Versprochen.«

Till beendete das Gespräch und trat an den Kaffeevollautomaten. Er füllte Bohnen nach, bevor er sich einen Espresso zubereitete. Was hatte die fehlende Rückmeldung zu bedeuten? Till blieb an der Küchentheke stehen und leerte die Tasse in einem Zug. Danach rief er erneut in der Buchhandlung an. Die Auszubildende hatte noch immer nicht mit ihrer Chefin gesprochen. Er trennte die Verbindung und wählte Miriams Nummer.

»Hi«, begrüßte sie ihn. »Hat sich Hellweg bei dir gemeldet?«

»Nein.«

Miriam schwieg überrascht.

»Der Anruf ist seit elf Uhr überfällig. Sie ist nicht im Laden, und ihre Auszubildende hat nichts von ihr gehört. Was absolut untypisch ist.«

»Verdammt! War ich gestern zu ...«

»Wenn überhaupt, dann wir beide.«

»Ich hole eben Bastian ins Boot.« Miriam schaltete die Mithörfunktion ein und gab ihrem Partner eine kurze Zusammenfassung der Ereignisse.

»Ihr habt die Adresse der Buchhändlerin?«, fragte Bastian.

»Sie wohnt im Stadtteil Rotherbaum.« Till nannte den beiden die Adresse.

»Treffen wir uns in zwanzig Minuten vor Ort«, entschied Miriam. »Bis gleich.«

Da Till den kürzeren Weg hatte, kam er zuerst an. Sofort fiel ihm das offen stehende Tor auf, das wie ein düsteres Vorzeichen wirkte. Nur der strahlende Sonnenschein an diesem kalten Wintermorgen passte nicht zu seiner Stimmungslage. Obwohl ihn Ungeduld plagte, wartete er auf Miriam und Bastian. Die beiden trafen rund zehn Minuten später ein. Sie begrüßten sich, und Till wies sie sofort auf das Tor hin.

»Als ich am Sonntag hier war, war es geschlossen. Außerdem stand ein silberner Jaguar vor der Garage.«

Sie gingen auf das Haus zu, Till ließ den Polizisten den Vortritt. Miriam klingelte. Sie wartete ein paar Sekunden, dann drückte sie erneut die Klingel. Keine Reaktion. Auch nicht, als Bastian anschließend mit der Faust dreimal gegen die Tür klopfte.

»Gehen wir einmal rum«, schlug er vor. »Vielleicht sieht man etwas durch die Fenster. Till, du bleibst mit einigen Schritten Abstand hinter uns.«

Die Polizisten gingen voran. An jedem Fenster blieben sie stehen und versuchten, im Inneren Einzelheiten zu erkennen. Fast überall waren die Vorhänge zugezogen – allerdings nicht die Außenrollläden heruntergelassen. Sie betraten den der Straßenseite abgewandten Rasen.

»Die Terrassentür steht offen«, rief Miriam. »Till, bleib bitte, wo du bist.«

35

Miriam öffnete die Lasche des Holsters und legte ihre Hand auf den Pistolengriff. Noch gab es keinen Grund, von einer unmittelbaren Gefahr auszugehen. Trotzdem beunruhigten die Vorzeichen sie.

Sie betrat das Wohnzimmer, Bastian folgte mit zwei Schritten Abstand.

»Kalt hier drinnen«, sagte sie. »War die Tür die ganze Nacht offen?«

»Scheint so.«

Im Wohnzimmer entdeckten sie keine ungewöhnlichen Anzeichen. Als sie den nächsten Raum betraten, änderte sich das Bild. In der Bibliothek lag eine gläserne Vase auf dem Teppichboden. Ein Beistelltisch war verrutscht.

Miriam kniete sich in Höhe des Tisches hin. »Hier ist eine kleine Menge Blut in den Teppich gesickert.«

Bastian trat zu ihr und beleuchtete mit einer Taschenlampe den Fleck. »Oder eine andere rote Flüssigkeit.«

»Der Blumenstrauß passt so gar nicht ins Bild«, sagte

Miriam. Sie deutete auf den Strauß, der neben einem Sessel lag und bereits vertrocknete.

Von der Bibliothek erreichten sie den großen Vorraum. In der Nähe des Eingangs stand eine Tüte mit Einkäufen. Bastian warf einen Blick hinein. »Hirschfilet, Gemüse, Kräuter. Eine Flasche Rotwein.«

»Zusammen mit dem Blumenstrauß ergibt sich für mich ein aussagekräftiges Szenario.«

Bastian nickte. »Da hat jemand einen romantischen Abend im Sinn gehabt, der aber nicht nach Wunsch verlaufen ist.«

Sie durchkämmten das Haus weiter. Weder in der Küche noch in den zwei folgenden Räumen stießen sie auf Spuren. Dann betraten sie das Schlafzimmer. Das Bett war frisch hergerichtet. In der Nacht hatte offenbar niemand darin geschlafen. An den Raum grenzte ein weiteres Zimmer, dessen Tür verschlossen war. Miriam öffnete sie. Sie sog scharf den Atem ein.

»Weibliche Leiche in der mit Wasser gefüllten Badewanne. Die Frau ist bekleidet.«

Miriam und Bastian traten näher heran. Das Wasser war klar und kalt. Miriam fühlte nach einem Puls, obwohl es bereits keinen Zweifel am Zustand der Frau gab.

»Sie hat keine aufgeschnitten Adern«, sagte Bastian.

»Dafür einen blauen Fleck im Gesicht. Deutet auf einen heftigen Schlag hin.« Miriam nahm den Hinterkopf der Frau in Augenschein. »Ich sehe durchs Haar eine Blutkruste. Wir müssen die Kollegen der Spurensicherung rufen.«

36

Till wartete auf der Terrasse. Nach ein paar Minuten kehrte Miriam zu ihm zurück. Ihr Gesichtsausdruck war eindeutig.

»Weibliche Leiche in der Badewanne. Hast du ein Foto von Frau Hellweg, damit wir sie identifizieren können? Ich möchte dich als Zivilisten nur ungern ins Haus lassen, um eine Tatortverunreinigung zu verhindern.«

»Es gibt ein aktuelles Bild von ihr auf der Homepage der Buchhandlung.« Er zog sein Handy aus der Jackentasche. »Hatte sie aufgeschnittene Pulsadern?«

»Nein. Dafür ein Hämatom im Gesicht und eine Wunde am Hinterkopf.«

Till zeigte Miriam das Foto.

Bastian gesellte sich unterdessen zu ihnen. »Ich habe die Spurensicherung alarmiert.«

Miriam nahm Till das Handy ab und hielt es ihrem Kollegen hin. »Eindeutig, oder?«

»Ja. Bei der Toten handelt es sich um diese Frau.«

»Fuck!«, fluchte Till. »Und jetzt?«

»Du hast die Adresse, unter der unser Verdächtiger laut Zulassungsstelle gemeldet ist?«

Till nannte ihnen die Daten. Sofort führte Bastian das nächste Telefonat und forderte Unterstützung an.

»Die Kollegen sind in ungefähr zwanzig Minuten vor Ort.«

»Ich würde es schneller schaffen«, sagte Till. »Von hier aus brauche ich höchstens zehn.«

»Und was soll das bringen?«, entgegnete Miriam. »Das Wohnzimmer war total ausgekühlt. Hellweg lebt wahrscheinlich seit gestern Abend nicht mehr. Wenn es dieser Kerl war, ist er längst ausgeflogen.«

»Trotzdem fahre ich hin. Hier störe ich euch bloß.«

»Aber du klingelst nicht bei dem Mann«, wies Bastian ihn an.

»Nein! Ich will nur vor Ort sein. Das Haus beobachten.«

»Erinnerst du dich, was das letzte Mal passiert ist, als du die Wohnung einer Mörderin observiert hast?«, fragte Bastian. Er sprach die Ereignisse in Leipzig an, die mittlerweile fast ein Jahr zurücklagen.

»Das war nicht meine Schuld«, erwiderte Till.

»Hat nie jemand behauptet. Ich will einfach an deinen Verstand appellieren. Du bist kein ausgebildeter Polizist.«

»Ich fahre jetzt trotzdem dorthin.« Till deutete auf die offen stehende Terrassentür. »Für das da fühle ich mich verantwortlich.«

»Bist du aber nicht«, beruhigte Miriam ihn. »Wir sagen den Kollegen Bescheid, dass du sie als Kontaktperson vor Ort erwartest. Nicht, dass sie dich aus Versehen verhaften. Pass auf dich auf.«

»Versprochen.« Er lächelte den beiden Polizisten kurz zu. Dann wandte er sich ab und rannte ums Haus herum.

Dank einer günstigen Ampelschaltung benötigte er für den Weg weniger als die kalkulierten zehn Minuten. Von der angeforderten Unterstützung war bisher nichts zu sehen. Das dreistöckige Haus lag am Ende einer Sackgasse. Till näherte sich im Schritttempo. Er traute seinen Augen kaum. Das Haus verfügte auf dem Grundstück über einige Parkbuchten. In einer davon stand der silberne Jaguar mit geöffnetem Kofferraum. Der Betrüger stellte gerade eine große Reisetasche hinein und warf die Heckklappe zu. Anschließend lief er zum Hauseingang.

Till wählte Miriams Nummer. »Ich bin angekommen«, sagte er. »Wie weit sind eure Kollegen entfernt? Der Kerl ist noch da, hat aber gerade eben eine Reisetasche ins Auto gepackt.«

»Wo ist er jetzt?«

»Zurück ins Haus gelaufen.«

»Die Verstärkung braucht ein paar Minuten. Bastian ruft schon die Zentrale an, um auf die Dringlichkeit hinzuweisen.«

»Was soll ich tun?«

»Hast du ein Messer dabei, um ihm die Reifen aufzustechen?«

»Nein«, sagte Till. Er sah den Mann wieder das Haus verlassen. »Er kommt zurück. Ich lasse mir was einfallen.«

»Bring dich bloß nicht in …«

Till drückte das Gespräch weg. Der Betrüger stieg ins Auto. Vielleicht war es von Vorteil, dass der Mann nur in eine Richtung davonfahren konnte. Till wendete den Wagen und stellte ihn mitten auf die Fahrbahn.

Sekunden später rollte der Jaguar vom Grundstück. Der Fahrer bremste abrupt und hupte. Durch die Windschutzscheibe bemerkte Till die gerunzelte Stirn des Verdächtigen. Erkannte der Mann ihn, obwohl sie sich nie zuvor begegnet waren? Wo blieb die Polizei? Der Jaguar setzte ein paar Meter zurück. Dann lenkte der Verdächtige nach rechts. Was hatte er vor? Hektisch schaute Till sich um. Der Bürgersteig war eventuell breit genug, um an ihm vorbei zu manövrieren. Und Till konnte ihm nicht den Weg abschneiden, weil genau vor ihm am Straßenrand ein Wagen parkte.

»Scheiße!«

Der Verdächtige überwand die Bürgersteigkante. Es ertönte ein lautes Knarzen. Offenbar schrammte er an die Mauer, die das Hausgrundstück vom Bürgersteig trennte. Trotzdem setzte er die Fahrt fort. Nun musste Till auf engstem Raum seinen Wagen manövrieren. Er rollte vor, schlug das Lenkrad weit ein, fuhr ein Stück zurück und drehte erneut am Steuer. Nach insgesamt vier Zügen hatte er gewendet. Der Jaguar hatte unterdessen schon das Ende der Straße erreicht. Till raste ihm hinterher. Doch mit dem deutlich stärkeren Motor des Jaguars und der Skrupellosigkeit des Fahrers konnte er nicht lange mithalten. Der Verdächtige preschte drei Straßenzüge später über eine auf rot umspringende Ampel. Der Verkehr auf der kreuzenden Straße rollte bereits an, eine Hupe erklang. Till bremste mit quietschenden Reifen. Kurz vor der Haltelinie blieb er stehen. Vor ihm tat sich keine Lücke auf, die er ausnutzen konnte. Wütend schlug er aufs Lenkrad.

37

Zwei Stunden nach der knapp geglückten Flucht telefonierte Till kurz mit Miriam.

»Die Großfahndung nach dem silbernen Jaguar hat leider keinen Erfolg erzielt. Wahrscheinlich hat er die Stadt sofort verlassen. Die Rechtsmediziner haben DNA-Spuren unter Hellwegs Fingernägeln sichern können. Minimale Hautpartikel, die das Wasser nicht weggespült hat. Wir würden am liebsten seine Wohnung durchsuchen, momentan gibt es aber zu wenig Anhaltspunkte für einen Durchsuchungsbeschluss. Der Staatsanwalt probiert es trotzdem. Er hofft auf einen Richter, der uns ein bisschen Spielraum lässt. Im Hausflur beziehungsweise der Vorhalle stand eine Einkaufstüte eines Gourmetmarktes. Die Quittung lag im Inneren – leider bar bezahlt. Bastian und ich begeben uns gleich dorthin. Vielleicht haben die an der Kasse Videoüberwachung. Oder jemand kann sich an den Mann erinnern. Das würde ihn mit dem Tatort in Verbindung bringen und Munition für den Richter liefern.«

»Ich drücke die Daumen«, sagte Till.

»Was hast du jetzt vor?«

»Ich fahre gleich ins Hotel, um meine Klientin schonend zu informieren. Keine Ahnung, wie sie darauf reagiert.«

»Hauptsache, ihr gebt euch keine Schuld daran. Dazu gibt es keinen Grund. Ihr habt nichts falsch gemacht.«

»Danke, dass du das sagst. Aber es fühlt sich anders an.«

»Till!«

»Mach dir keine Sorgen. Die Selbstvorwürfe werden verschwinden.«

»Ich verlasse mich darauf. Sobald es Neuigkeiten gibt, erfährst du sie.«

Eine halbe Stunde später saß Till Luisa gegenüber. Diesmal allerdings nicht in der Bar, sondern in ihrem geräumigen Zimmer, denn er wollte dieses Gespräch ohne neugierige Mithörer führen. Er berichtete ihr, was mit Vera Hellweg passiert war.

Die Nachricht erschütterte Luisa. »Das darf nicht wahr sein«, flüsterte sie verzweifelt. »Dieser Mistkerl.« Sie wandte den Blick von ihm ab, erhob sich und öffnete die Balkontür. Kalte Luft wehte in den Raum. Luisa ging nach draußen und schlang die Arme um ihren Körper. »Ist das unsere Schuld?«

»Nein«, antwortete Till. »Mit einer solchen Entwicklung konnten wir nicht rechnen.« Er behielt seine Selbstvorwürfe lieber für sich. Warum sollte er es ihr unnötig schwer machen?

Sie drehte sich wieder zu ihm um und kam herein. »Ich verstehe das nicht. Sie sagen, die beiden haben gekämpft, und sie lag angezogen in der Badewanne. Hat er sie ertränkt?«

»Das muss die Obduktion klären.«

»Aber er hat vorher nie Hand an eine der Frauen gelegt. Oder?« Sie schloss die Balkontür.

»Das ist alles Spekulation. Ich vermute, sie hat ihm gedroht, und er hat die Kontrolle über sich verloren.«

»Herr Buchinger, das habe ich nicht gewollt.«

»Es ist nicht Ihre Schuld. Das hat allein ‚Carlos' – oder wie auch immer er heißt – zu verantworten. Die Polizei wird ihn dafür zur Rechenschaft ziehen.«

»Das hoffe ich sehr.« Sie ging zur Minibar und entnahm ihr eine Flasche Orangensaft, die sie mehrfach schüttelte. »Möchten Sie einen Schluck?«

»Nein, danke.« Ihn wunderte ihr offensichtlicher Bewegungsdrang.

Luisa trank direkt aus der Flasche. »Macht es für mich Sinn, jetzt noch hier in Hamburg zu bleiben? Oder ist Ihr Job beendet?«

»Vorläufig kann ich nichts mehr ausrichten. Die Polizei sucht nach dem Verdächtigen, und ich habe keinen Anhaltspunkt, wo er sein könnte.«

»Das habe ich befürchtet.«

»Zumindest kann ich mir nicht vorstellen, dass er in absehbarer Zeit seine alte Masche anwendet. Er wird größte Mühe haben, unterzutauchen und sich dem Fahndungsdruck zu entziehen. Irgendwann geht er der Polizei ins Netz. Davon bin ich überzeugt.«

»Wenigstens etwas.« Sie lächelte leicht gequält. Dann straffte sie die Schultern. »Okay. Ich fahre nach Hause. Schicken Sie mir die Rechnung zu, oder wie handhaben wir das?«

»In den nächsten Tagen. Falls die Polizei Rückfragen hat, erreicht man Sie ja telefonisch.«

»Natürlich.« Sie reichte ihm die Hand. »Danke für alles. Auch wenn ...« Luisa presste die Lippen zusammen und vollendete den Satz nicht.

38

Miriam Decking und Bastian Dorfer klingelten an einer Haustür in Hellwegs Nachbarschaft. Die ersten beiden Befragungen hatten leider keine Fortschritte erbracht.

Eine Frau in den Sechzigern öffnete ihnen kurz darauf. Die Polizisten legitimierten sich mit ihren Dienstausweisen.

»Ist Vera etwas zugestoßen?«, erkundigte sich die Nachbarin. »Ich habe vorhin aus dem Wohnzimmerfenster einen Leichenwagen auf ihr Grundstück fahren sehen.«

»Kannten Sie und Frau Hellweg sich gut?«, fragte Miriam.

»Ich bin Stammkundin in ihrer Buchhandlung. Und ja, natürlich kennt man sich, wenn man seit Jahrzehnten so nah beieinander wohnt. Ist sie tot?«

»Dann habe ich die traurige Pflicht, Ihnen das zu bestätigen.«

Die Nachbarin schloss die Augen. »Oh mein Gott. Sie sind Kriminalkommissare. War es Mord?«

»Genau das versuchen wir herauszufinden«, erwiderte Miriam vage. »Haben Sie gestern Abend etwas beobachtet?«

Überraschenderweise nickte die Frau. »Allerdings war das nicht abends, sondern eher später Nachmittag.«

»Was haben Sie gesehen?«

»Kommen Sie rein«, bat die Nachbarin.

Sie führte die Beamten ins Wohnzimmer, wo ein Kaminfeuer prasselte. Die Frau ging zu einer Sitzgruppe und setzte sich. Miriam und Bastian folgten ihrem Beispiel. Das Feuer hatte den Raum stark aufgeheizt. Miriam öffnete den Reißverschluss ihrer gefütterten Jacke.

»Vera hatte seit ein paar Wochen einen neuen Freund. Zumindest vermute ich, dass es ihr *Freund* war. Sie hat ihn allerdings weder mir noch jemandem aus der Nachbarschaft vorgestellt. Ich habe sie bei einem meiner letzten Bücherkäufe auf ihn angesprochen. Sie hat ein bisschen herumgedruckst. Wollte nicht mit der Sprache rausrücken. Schließlich hat sie gesagt, es würde einen neuen Mann in ihrem Leben geben, aber sie wolle sich nicht zu schnell Hoffnungen machen.«

»Wie lange ist dieses Gespräch her?«

»Zwei Wochen. Als ich die Nikolauseinkäufe für meine Enkel bei ihr gemacht habe. Dieser Mann ist gestern Nachmittag mit seinem Jaguar aufs Grundstück gefahren. Eine Weile später sehe ich ihn aus dem Haus rennen. Er wirkte wie auf der Flucht, stieg in seinen Wagen und raste davon. Hat sich nicht mal die Zeit genommen, das Tor wieder zu schließen.« Sie riss die Augen auf. »Oh Gott! Er war es, oder?«

»So weit sind wir noch nicht mit unseren Ermittlungen«, antwortete Bastian. »Hat er das Haus durch die Vordertür verlassen?«

»Wie sonst?«

»Und er wirkte gehetzt?«, fragte Miriam.

»Genau den Eindruck hatte ich trotz der Entfernung.«

Miriam zeigte der Frau auf ihrem Smartphone eines der Fotos, die Till heimlich geschossen hatte. »Ist das der Mann, den Sie gesehen haben?«

Die Nachbarin musterte das Bild nur kurz, ehe sie nickte. »Das ist er«, bestätigte sie.

»Haben Sie gestern sonst noch etwas beobachtet? Frau Hellweg zu einem späteren Zeitpunkt draußen vor ihrer Tür bemerkt? Einen anderen Besucher gesehen?«

»Nein. Allerdings ist abends auch mein Mann zu Hause. Da habe ich keine Gelegenheit, aus dem Fenster zu schauen.«

»Was schätzen Sie?«, fragte Bastian. »Wie viel Zeit ist zwischen dem Eintreffen des Mannes und dessen Flucht vergangen?«

»Schwierig«, murmelte sie. »Vielleicht eine halbe Stunde. Aber das würde ich vor Gericht nicht beschwören.«

Direkt nach dem Gespräch mit der Nachbarin kontaktierte Bastian Dorfer den zuständigen Staatsanwalt. Der zeigte sich über die neuesten Erkenntnisse erfreut. Da die Augenzeugin den Verdächtigen mit dem Tatort am Tattag in Verbindung bringen konnte, schien die Ausstellung eines Durchsuchungsbeschlusses nur noch Formsache zu sein. Der Staatsanwalt versprach, den Vorgang zu beschleunigen. Er rechnete mit einer zügigen Entscheidung des Richters.

Bastian schob das Telefon zurück in die Jacke. Er wirkte zufrieden. Miriam hingegen quälten Zweifel.

»Entweder schmerzt deine Schulter wieder, oder dir ist eine andere Laus über die Leber gelaufen«, sagte ihr Partner.

»Die Schulter ist es nicht«, antwortete sie.

»Wann hast du eigentlich den MRT-Termin?«

»Morgen Vormittag.«

»Was geht dir denn gerade durch den Kopf?«

»Siehst du nicht die Unstimmigkeiten?«

»Die da wären?«

»Warum steht die Terrassentür offen, wenn er durch die Haustür abgehauen ist?«

»Er könnte absichtlich eine falsche Spur gelegt haben.«

Miriam runzelte die Stirn. »Oder eine uns unbekannte Person ist über die Terrasse verschwunden, um nicht das Interesse neugieriger Nachbarn zu wecken.«

»An wen denkst du dabei?«

»An Weißmeiers Mörder. Ich habe das Gefühl, dass die Taten zusammenhängen. Weißmeier wurde brutal erschlagen. Hellweg hat ebenfalls Hämatome und eine Wunde am Hinterkopf.«

»Wäre es derselbe Täter, ist der Flüchtige aus dem Schneider, oder?«

»Wieso?«, fragte Miriam, obwohl sie die Antwort erahnte.

»Weißmeier hat keine Informationen über Bassels Begleitung herausgegeben. Der Trickbetrüger hat also keinen Grund, ihn dafür zu töten. Ganz im Gegenteil.

Nur durch seinen Tod hat uns Ruhnke mitgeteilt, welcher Name auf dem Anmeldeformular stand.«

»Ein offenbar gefälschter Name. In Deutschland gibt es niemanden, der so heißt. Zumindest nicht mit der Schreibweise des Vornamens.«

»Hätte denn der momentan nicht erreichbare Oliver Bassel einen Grund gehabt, Vera Hellweg zu töten? Ihm wäre es wohl eher um den Betrüger gegangen. Dessen Identität Hellweg nach ihren neuesten Erkenntnissen vermutlich nicht geschützt hätte.«

Miriam nickte. »Es fehlt ein Puzzleteil.«

»Oder es sind zwei unterschiedliche Täter. Der Mord an Weißmeier kann ein schrecklich fehlgeschlagener Raubüberfall gewesen sein. Oder es gibt andere Gründe für den Hass, den der Totschläger an dem Familienvater ausgelassen hat.«

»Scheiße! Ich habe das Gefühl, wir sind noch kein bisschen vorwärtsgekommen.«

Bastians Handy klingelte.

»Das ist der Staatsanwalt«, sagte er nach einem Blick aufs Display.

39

Dank der archivierten Immobilienanzeige, deren Link ihnen Till weitergeleitet hatte, konnte Miriam Kontakt zum Vermieter der Wohnung aufnehmen. Sie erreichte den Mann beim ersten Anruf und verabredete sich mit ihm für sechzehn Uhr vor dem Haus. Um halb vier hatten sie endlich den Durchsuchungsbeschluss. Der Immobilienbesitzer überflog das Schriftstück lediglich.

»Was hat Herr Köchner angestellt?«, fragte er neugierig.

»Er steht unter Verdacht, eine Frau getötet zu haben und hat auf ziemlich spektakuläre Weise die Flucht ergriffen«, antwortete Miriam vage.

»Oh Gott! Hoffentlich hat er nicht die Wohnung verwüstet.«

Gemeinsam betraten sie das Haus und gingen in den zweiten Stock.

»Hat er immer pünktlich bezahlt?«, fragte Bastian Dorfer.

»Was heißt *immer*? Waren ja erst zwei Mietzahlungen.

Aber ja, die sind fristgemäß bei mir eingegangen.« Er schloss die verriegelte Wohnungstür auf.

»Sie warten hier im Hausflur, bis wir uns einen Eindruck verschafft haben«, wies Bastian den Mann an.

»Wenn's sein muss«, brummte der unzufrieden.

Die Polizisten betraten die Wohnung und inspizierten alle Räume. Die Befürchtung des Vermieters bestätigte sich nicht. Es gab keine Anzeichen auf Vandalismus. Zudem fanden sie keinen einzigen persönlichen Gegenstand des Mieters in den Zimmern.

»Das Bett ist abgezogen«, sagte Miriam im Schlafzimmer.

Sie betrat das Bad, in dem ebenfalls keine Handtücher an den Haken hingen.

»Die Waschmaschine ist voll«, rief Bastian aus einem anderen Teil der Wohnung.

Miriam ging zu ihm in den Hauswirtschaftsraum und schaute in die Trommel, in der sie Bettwäsche und Handtücher entdeckte. Der Temperaturschalter war auf fünfundneunzig Grad eingestellt.

In der Küche bot sich ihnen ein ähnliches Bild. Nirgendwo stand benutztes Geschirr, stattdessen lagerten in der Spülmaschine frisch gespülte Teller, Gläser und Besteck.

»Vielleicht ist er deswegen nicht schon gestern Abend verschwunden«, sagte sie. »Er musste in Ruhe seine Spuren beseitigen und wollte nichts übersehen.«

Von der Wohnung fuhren sie mit dem Vermieter in dessen Büro in den Stadtteil St. Georg, wo der Mann eine Versicherungsagentur leitete. Aus einem Aktenschrank holte er die Bewerbungsunterlagen des verschwundenen Mieters.

»Ich hatte die Anzeige damals ins Internet gestellt und muss bekennen, zu den Interessenten nicht ganz ehrlich gewesen zu sein«, erzählte er.

»Inwiefern?«, fragte Miriam.

»Eigentlich ist die Wohnung für meinen 23-jährigen Sohn gedacht. Der studiert noch ein, maximal zwei Jahre in London. Danach will er zurück nach Hamburg kommen. Ich habe mir immer die Option freigehalten, eine Eigenbedarfskündigung vorzunehmen.«

»Was Sie in der Anzeige nicht erwähnt haben«, folgerte Bastian.

»Genau. Auch im Gespräch mit den ersten Interessenten nicht. Dann kam Herr Köchner und erzählte von sich aus, dass er an einem auf ein Jahr befristeten Mietvertrag interessiert wäre. Ob das für mich eine Option wäre. Er stände in fortgeschrittenen Kaufverhandlungen für eine im Bau befindliche Immobilie, die spätestens nächsten Herbst fertiggestellt wäre. Mir war das sehr recht, und wir einigten uns auf eine einjährige Mietdauer. Letztlich mag ich keinen Mieter nach kurzer Dauer rausklagen. Das gibt immer nur Ärger und macht Anwälte reich.«

Miriam begutachtete die Unterlagen, die Köchner eingereicht hatte. Eine Kopie des Personalausweises, eine Steuererklärung des vergangenen Jahres, außerdem eine Schufa-Auskunft.

»Haben Sie die Dokumente auf Echtheit überprüft? Zum Beispiel die Schufa-Auskunft?«

»Nein«, bekannte der Vermieter. »Erschien mir nicht notwendig. Glauben Sie, das ist alles gefälscht?«

»Nach unseren Informationen heißt der Mann nicht Christopher Köchner.«

»Unfassbar! Das sieht so echt aus.«

Miriam gab dem Vermieter recht. Der Betrüger verfügte offenbar über eine große Trickkiste, um von einer Identität in die nächste zu schlüpfen. Was die Suche nach ihm erschweren würde.

Vor dem Büro der Versicherungsagentur beschlossen Miriam und Bastian, den Arbeitstag zu beenden. Da sie kaum eine Chance sahen, den Verdächtigen im Mordfall Hellweg aufzuspüren, würden sie sich wieder auf den Mord an Weißmeier konzentrieren. Sie wussten zu wenig über das Leben des Hotelmanagers und hofften, dass die Ehefrau den ersten Schock überwunden und ihnen ausführlichere Einblicke geben würde.

Bei der Verabschiedung erinnerte Miriam ihren Partner noch einmal an ihren morgigen Untersuchungstermin. Sie überließ Bastian den Wagen. Kaum war er losgefahren, griff sie zu ihrem Telefon und wählte Tills Rufnummer.

»Hast du heute schon was vor? Ich bin in St. Georg und hätte Lust auf einen Weihnachtsmarktbesuch. Als kleine Entschädigung für den Restaurantbesuch, den ich so abrupt beendet habe.«

»Gib mir dreißig Minuten«, antwortete er.

Miriam lächelte. Sie mochte es, spontan zu sein. »Treffen wir uns am Jungfernstieg.«

40

Auf Miriams Wunsch hin steuerten sie zuallererst einen Stand an, der Waffeln, Kaffeespezialitäten und Tee anbot. Till kaufte zwei Puderzuckerwaffeln, während Miriam zwei große Kaffee orderte.

Sie stellten sich an einen der freien Tische. Genüsslich verspeisten sie die Waffeln. Unterdessen berichtete Miriam von den kleinen Fortschritten, die sie tagsüber erzielt hatten.

»Die Zeugenaussage der Nachbarin hat geholfen, den Richter zu überzeugen. Der Verdächtige ist übrigens gestern schon am frühen Nachmittag in dem Viertel aufgetaucht und kaum länger als eine Stunde geblieben. Eher kürzer. Dann hat ihn die Zeugin aus der Haustür stürmen sehen.«

»Aus der Haustür?«, vergewisserte sich Till.

Statt ihm direkt zu antworten, lächelte Miriam.

Till richtete sich ein wenig auf und fuhr sich übers Gesicht. »Was guckst du so komisch? Hab ich Puderzucker an der Nase?«

Miriam lachte. »Nein! Red weiter. Was stört dich an der Haustür?«

»Die offene Terrassentür«, antwortete er prompt. »Warum war die geöffnet, wenn er das Haus durch den Eingang betreten und verlassen hat?«

»Bastian vermutet, der Verdächtige hat damit eine falsche Spur legen wollen.«

»Das wäre zwar eine Erklärung, aber macht es sich dein Partner nicht ein bisschen einfach?«

»Ganz meine Meinung.«

»Hat die Rechtsmedizin den Todeszeitpunkt festlegen können?«

»Nicht auf die Stunde genau. Das ist leider unmöglich, weil die Frau so lange im Wasser gelegen hat. Dienstagnachmittag bis Dienstagabend. Eine exaktere Schätzung bekommen wir nicht.«

»Schade.« Till spülte den letzten Bissen Waffel mit Kaffee herunter. »Könnte Oliver Bassel der Mörder sein? Vielleicht sogar ein Doppelmörder? Ist schon seltsam, dass er von jetzt auf gleich aus Hamburg abreist und telefonisch nicht mehr erreichbar ist.«

»Aber welche Motive hätte er, Weißmeier und Hellweg zu töten?«

Till überlegte. »Wir wissen von Weißmeier, dass er Bassel nicht die gewünschte Information gegeben hat. Vielleicht taucht er nach der Flucht des Verdächtigen bei Hellweg auf, aber die weigert sich, mit ihm zu sprechen.«

»Bassels Auftauchen dort zum richtigen Zeitpunkt wäre schon ein sehr großer Zufall. Und da Hellweg vermutlich wütend auf den Betrüger war, hätte sie wohl mit ihm geredet.«

Till nickte. »Anzunehmen. Und hätte Bassel das Haus beobachtet ...«

»... hätte er sich eher für den Mann als für sein nächstes Opfer interessiert.«

Sie schwiegen eine Weile. Till ging im Kopf denkbare Varianten durch. Derselbe Täter oder zwei verschiedene. Ein Zusammenhang zwischen den Toten oder eine unglückliche Verkettung, die auf Zufall beruhte.

»Vertrackt«, brummte er. »Luisa Claußen ist übrigens auch aus Hamburg abgereist. Auf meine Empfehlung hin. Ich habe ihr eine Rechnung für die letzten Tage geschrieben, die sie mir anstandslos als Echtzeitüberweisung bezahlt hat. Das Geld ist schon auf meinem Konto. Aber sie steht euch natürlich zur Verfügung.«

»Du weißt, was das heißt? Alle Zugereisten, die an dem Fall beteiligt waren, haben Hamburg wieder verlassen. Sowohl der Verdächtige als auch Oliver Bassel und jetzt auch noch deine Klientin. Das macht es nicht einfacher.« Sie tupfte sich mit einer Serviette die Mundwinkel ab. »Das war eine gute Vorspeise. Gibt's hier irgendwo leckere Fleischspieße? Geflügel würde ich bevorzugen.«

»Äh«, entfuhr es Till überrumpelt. »War das gerade nicht eher so eine Art Dessert?«

»Na und? Ich lasse mir keine Vorschriften machen, in welcher Reihenfolge ich Süßes und Herzhaftes esse.«

»In dir steckt eine Rebellin.«

»Worauf du dich verlassen kannst.«

Er schaute sich kurz um. »An der Binnenalster gab es in den letzten Jahren gute Putenspieße vom Grill. Allerdings war ich dieses Jahr noch nicht da.«

»Probieren wir's aus.«

Im Gedränge der Innenstadt kamen sie nur langsam voran. Anfangs unterhielten sie sich über Aspekte der Mordermittlungen. Dann wechselte Miriam das Thema.

»Arbeitest du schon an einem anderen Auftrag, nachdem du mit Claußen abgerechnet hast?«

»Nein. Vor Weihnachten ist es in meinem Business meistens ziemlich ruhig.«

»Das wundert mich.«

»Wer abhauen will, wartet oft die Feiertage ab. Manchmal habe ich den Eindruck, die Menschen hoffen auf ein göttliches Wunder. Oder dass sich zumindest ihre Mitmenschen ändern.«

»Was ja das größte Wunder wäre.«

»So ist es. Nach Neujahr stellen sie fest, es hat sich nichts geändert, und sie verschwinden. Bis dann Angehörige bei mir im Büro auftauchen, vergehen noch mal ein paar Wochen. Ich setze mich morgen wieder an den Jahresabschluss fürs Finanzamt. Bin froh, wenn ich meinem Steuerberater alles zugeschickt habe. Fährst du über die Feiertage zurück ins Rheinland?«

»Dieses Jahr muss ich. Habe ich meinen Eltern versprochen. Nächstes Jahr will ich sie nach Hamburg einladen. Mal gucken, wie sie darauf reagieren. Über die Weihnachtstage wird man immer wieder zum Kind seiner Eltern und beugt sich den Wünschen. Geht zumindest mir so. Als hätte ich Angst vor der ausbleibenden Bescherung. Wie verbringst du die Feiertage?«

»Ich bleibe in der Stadt und treffe mich mit Freunden. Wenn viele andere Heiligabend in die Kirche gehen, findest du mich auf dem Friedhof an Antjes Grab.«

»Ist das an Weihnachten schwerer als sonst? Witwer zu sein?«

Till entging die Neugier in ihrem Tonfall nicht. Es freute ihn, dass sie sich ohne Zurückhaltung danach erkundigte.

»In den ersten Jahren war das so. Mittlerweile finde

ich unseren Hochzeitstag oder Antjes Geburtstag schwieriger.«

»Wann habt ihr Hochzeitstag?«

»Am achten August. In der Woche vorher war es für Hamburg ungewöhnlich heiß gewesen. Die Hundstage. Antje hatte die ganze Zeit befürchtet, völlig verschwitzt im Standesamt aufzutauchen. Aber am Tag zuvor fielen die Temperaturen um über zehn Grad. Wir hatten strahlend blauen Himmel und fünfundzwanzig Grad. Es war einfach perfekt.«

»Danach klingt es.«

Till sah aus dem Augenwinkel Miriams Lächeln. Er rang mit sich selbst. Würde er sie mit dem Vorschlag abschrecken, der ihm auf der Zunge lag? »Irgendwann möchte ich dir unsere Hochzeitsbilder zeigen. Du wirst staunen. Ich war damals ein stattlicher, junger Kerl.«

»Das würde mich freuen. Ich liebe Hochzeitsfotos. Gibt es etwas Romantischeres als ein verliebtes Paar, das sich das Ja-Wort gibt?« Sie zeigte nach vorn. »Ist das der Stand?«

»Genau den meinte ich.«

»Gott sei Dank. Die Waffel hat meinen Heißhunger geweckt.« Miriam beschleunigte ihren Schritt.

41

Till saß am nächsten Morgen außergewöhnlich früh in seinem Büro. Er hatte in der Nacht wenig geschlafen und in den kurzen Phasen immer wieder von Antje und Miriam geträumt. In seinem letzten Traum hatten sich die beiden Frauen fantastisch verstanden. Sobald die Temperaturen draußen über den Gefrierpunkt stiegen, würde er zum Friedhof gehen. Insgeheim hoffte er darauf, die Witwe Keller anzutreffen, um mit ihr zu reden.

Er öffnete die Buchhaltungssoftware, in der er eine Kopie der Rechnung für Luisa Claußen erfasste. Kaum hatte er das erledigt, erhob er sich vom Schreibtisch und trat an den Kaffeevollautomaten. Hinter ihm lag ein erfolgreiches Geschäftsjahr. Ihn beschäftigte die Frage, ob er aus Steuerspargründen noch Anschaffungen tätigen sollte. Sein Büro war allerdings auf dem neuesten Stand der Technik. Spontan fiel ihm keine Investition ein, die er dringend in Angriff nehmen müsste.

Mit dem vollen Kaffeebecher in der Hand ging er zurück an den Schreibtisch. Er dachte an die gestrige

Verabredung zurück. Miriam und er hatten sich durchgefroren gegen zehn Uhr abends voneinander verabschiedet. Die Stunden zuvor hatten sie viel gemeinsam gelacht und einiges übereinander erfahren.

Till reiste weiter in die Vergangenheit zurück. Zu jenen Adventswochen, in denen er mit Antje die Hamburger Weihnachtsmärkte besucht hatte. Er spürte Schwermut in sich aufsteigen. Das Schicksal hatte sie viel zu früh auseinandergerissen. Ohne den verdammten Krebs wäre er vermutlich seit Jahren Vater. Leider war ihm das nicht vergönnt gewesen.

Er umklammerte den Becher mit beiden Händen, nippte an dem Kaffee und starrte ins Leere. In ein paar Stunden würde er sich bei Miriam für den gelungenen Abend bedanken. Je nachdem, wie sich ihre Konversation entwickelte, könnte er sie um eine Wiederholung bitten, ehe sie zu ihrer Familie ins Rheinland aufbrechen würde.

Das Festnetztelefon klingelte. Er schaute aufs Display, in dem ›unbekannter Anrufer‹ stand. Till nahm den Hörer ab und aktivierte die Mithörfunktion. So konnte er den Kaffeebecher weiter mit beiden Händen umfassen.

»Buchinger, guten Morgen.«

»Sind Sie der Privatdetektiv, den Luisa engagiert hat?«, fragte eine ihm unbekannte, männliche Stimme.

Aus einem Impuls heraus stellte Till den Becher ab und griff zu seinem Smartphone. Er entsperrte das Display und öffnete die Diktier-App.

»Mit wem spreche ich?«, fragte er und startete den Mitschnitt.

»Mein richtiger Name tut nichts zur Sache. Luisa kennt mich unter dem Namen Carlos Finkel.«

»Und wie soll *ich* Sie nennen?« Till gab sich Mühe, seine Überraschung zu überspielen.

»Was spricht gegen Carlos?«

»Soll mir recht sein, Carlos. Wie kann ich Ihnen helfen?« Er schob das Handy näher an den Lautsprecher des Festnetzgeräts und vergewisserte sich, dass der Mitschnitt im Gange war.

»Sie sind der Mann, der sich mir gestern mit seinem Fahrzeug in den Weg gestellt hat, richtig?«

»Waren Sie das im Jaguar?« Till fragte bloß, um die Antwort des Mannes aufzunehmen.

»Wer sonst? Ihretwegen hat der Wagen jetzt eine zerstörte Seitenpartie. Ich muss ihn neu lackieren lassen.«

»Falls Sie eine Entschuldigung wollen, vergessen Sie's. Sie hätten einfach mit mir reden können.«

»Was läuft da für eine miese Nummer gegen mich?«, fragte Carlos aufgebracht.

»Das wissen Sie ganz genau. Sonst wären Sie nicht Hals über Kopf geflohen und hätten Ihren teuren Luxuswagen verkratzt.«

»Ich hatte nach dem Gespräch mit Vera ein mieses Gefühl. Nachdem ich eine Nacht darüber geschlafen habe, dachte ich mir, es ist wohl an der Zeit, Hamburg schleunigst zu verlassen. Und dann versucht ein Fremder, mir den Weg abzuschneiden.«

»Welches schlechte Gefühl hatten Sie?«

Till musste ihn zu einem Mordgeständnis bewegen. Für Miriam wäre das wie ein Lottogewinn. Der Anrufer schwieg ein paar Sekunden. Till widerstand der Versuchung, seinerseits die Gesprächsführung zu übernehmen. Der Mordverdächtige hatte bei ihm angerufen. Nicht umgekehrt. Also war es nicht Tills Pflicht, das Gespräch am Laufen zu halten.

»Was reden wir um den heißen Brei? Ja, ich bekenne mich schuldig. Menschen wie Sie hätten mich früher wohl als Heiratsschwindler bezeichnet.«

»Und wie nennen Sie sich?«

»Partner auf Zeit.« Er schmunzelte selbstgefällig. »Ich biete den Frauen ein paar traumhafte Monate und lasse mich dafür bezahlen. Was ist daran verwerflich?«

»Ziemlich viel. Luisa haben Sie das Herz gebrochen.«

»Luisa ist verrückt. Das haben Sie hoffentlich erkannt.«

»Verrückt?«

»Regelrecht besessen von mir. Als würde ich ihr gehören. Die Alte ist wahnsinnig. Es war mein größter Fehler in den vergangenen Jahren, mich auf sie eingelassen zu haben. Hören Sie, meinetwegen können Sie mein Handeln moralisch verurteilen. Mir egal. Aber was genau mache ich eigentlich? Ich schenke den Frauen ein paar schöne Monate, erfülle jeden ihrer sexuellen Wünsche, hole sie für eine Zeit aus ihrer Einsamkeit. Dann ziehe ich zur nächsten Blume weiter. Die Frauen geben mir dafür Geld. Absolut freiwillig. Ich habe keine von ihnen gezwungen. Sie führen die Überweisungen eigenständig und ohne Druck aus. Das müssen Sie mir glauben. Und ich habe nie mehr genommen als angemessen.«

Der Anrufer schwieg nach dieser Selbstverteidigungsrede. So leicht würde Till ihn allerdings nicht davonkommen lassen.

»Vergessen Sie nicht ein entscheidendes Detail?«, fragte er.

»Und das wäre?«

Leider war der Betrüger nicht dumm genug, in die Falle zu tappen. Ob er vermutete, dass Till das Gespräch mitschnitt? »Können Sie sich nicht vorstellen, dass mir Frau Claußen *alles* erzählt hat?«

»Jetzt bin ich aber neugierig. Was genau heißt *alles*?«

»Sie nehmen die Frauen nicht nur finanziell aus, sondern machen sie psychisch fertig. Um sie in den Selbstmord zu treiben. Das ist so widerlich.«

Der Anrufer schwieg. Offenbar fiel er nicht auf den Versuch herein, ihn zu provozieren.

»Vom letzten Opfer ganz zu schweigen«, fügte Till hinzu.

»Diesen Mist hat mir Vera auch schon vorgeworfen. Wie kommen Sie darauf?«

Till runzelte die Stirn. Klang der Betrüger ernsthaft überrascht, oder war er bloß ein guter Schauspieler?

»Frau Claußen hat mir alles erzählt«, wiederholte Till. »Ihr *zufälliges* Aufeinandertreffen in Iffezheim. Die schönen Monate. Die immer häufiger vorgetragenen Bitten um Geld. Ihre unschöne Trennung und wie Sie Frau Claußen überreden wollten, sich in der Badewanne die Pulsadern aufzuschneiden. Warum? Haben Sie Angst, Ihre Opfer könnten sich rächen?«

»Äh, wie bitte? Hat Luisa *das* erzählt?«

»Hören Sie auf mit dem Schauspiel«, forderte Till. »Frau Claußen war wenigstens stark genug, sich zu widersetzen. Johanna Schiller und Margot Bassel leider nicht.«

»Johanna und Margot? Was ist mit denen?«

»Sie sind tot. Haben Suizid begangen. Weil Sie ...«

»Nein!«, rief der Verdächtige. »Bullshit! Johanna und Margot sind tot?«

»Als wüssten Sie das nicht. Es stand ja sogar in den Zeitungen.«

»Sobald ich weiterziehe, verfolge ich keine Berichte aus meinen ehemaligen Jagdgründen. Das lässt mich besser schlafen. Schließlich will ich keine Spuren hinterlassen.«

»Also behaupten Sie, nichts mit den Toden von Schiller und Bassel tun zu haben?«

»Natürlich nicht! Sie sagten vorhin etwas, das mir im Ohr geblieben ist. *Vom letzten Opfer ganz zu schweigen*. Was heißt das?«

»Tun Sie nicht so scheinheilig! Sie haben Vera Hellweg brutal in der Badewanne ertränkt.«

»Vera ist tot?«, flüsterte der Anrufer.

Was passiert hier?, dachte Till. *Wieso klingt der Verdächtige so glaubwürdig?*

»Gestern Nachmittag. Todeszeitpunkt ungefähr zu der Uhrzeit, als Sie panisch das Haus verlassen haben. Dafür gibt es eine Zeugin.«

»Nein! Nein! Nein!«, brüllte der Anrufer. »Ausgeschlossen. Sie ist nicht tot. Und wieso Badewanne? Ja, ich habe sie ins Gesicht geschlagen und gestoßen. Weil sie mich angegriffen hat. Sie hat eine Vase nach mir geworfen. Durch den Stoß ist sie unglücklich mit dem Hinterkopf gegen die Tischkante geprallt. Da bin ich in Panik geraten. Was reden Sie von der Badewanne? Ist Vera ertrunken?«

»Mir reicht's. Ich habe keine Lust mehr auf Ihre Lügen.«

»Bitte nicht auflegen«, flehte der Mann. »Falls Vera wirklich tot ist, habe ich damit nichts zu tun. Das müssen Sie mir glauben. Tote Frauen passen nicht in mein Geschäftsmodell. Ich will die Bullen nicht am Hals haben.«

»Das ist für Sie ein Geschäftsmodell?«

»Was denn sonst? Ich investiere in jede dieser Frauen. Der Jaguar. Die Hotels. Die Wohnungen.

Meine falschen Papiere. Wissen Sie, was das kostet? Eine Unmenge! Aus jeder Frau presse ich fünfzigtausend bis siebzigtausend Euro Gewinn heraus, dann verlasse ich sie. Habe ich also zwanzigtausend hineingesteckt, versuche ich, mir neunzigtausend zu ergaunern. Die Frauen können das finanziell verkraften. Und außerdem: Johanna und Margot waren keine Menschen, die Suizid begehen. Luisa war die einzig Verrückte, die mir in den letzten Jahren begegnet ist. Der hätte ich eine solche Dummheit zugetraut. Aber nicht Johanna oder Margot. Nicht wegen so kleiner Summen.«

»Wie lange betreiben Sie dieses *Geschäftsmodell* schon?«

»Seit Jahren. Zwei- bis dreimal im Jahr. Idealerweise zweihunderttausend Euro Gewinn. Steuerfrei. Davon kann man wunderbar leben. Auch dann noch, wenn ich in den Ruhestand gehen will.«

»Ich glaube Ihnen nicht. Sie versuchen nur, Ihre Hände in Unschuld zu waschen.«

»Warten Sie!«, flehte der Anrufer. »Wir reden über zwei Tote, richtig? Johanna und Margot.«

»Sie vergessen Vera.«

»Aber vor Luisa gab es keine Opfer zu beklagen?«

»Nicht, dass ich wüsste.«

»Ich kann Ihnen beweisen, dass alle Frauen, die mir vor Luisa begegnet sind, quicklebendig sind.«

»Von welchen Beweisen sprechen Sie?«

»Ich überreiche sie Ihnen bloß persönlich.«

»Prima! Kommen Sie vorbei. Meine Adresse finden Sie auf der Homepage.«

»Nein! So läuft das nicht. Wir müssen uns irgendwo treffen. Sollte ich Bullen wittern, verschwinde ich für immer. Ich lande nicht im Knast.«

»Und ich treffe mich nicht mit einem Mann, den ich für einen Mörder halte. So dumm bin ich nicht.«

»In der Öffentlichkeit. Ihnen kann nichts passieren.«

»Trotzdem. Zumindest nicht allein. Wenn Sie nichts gegen die Anwesenheit meiner Freundin hätten, würde ich es mir überlegen.«

»Wie sieht Ihre Freundin aus?«, fragte der Verdächtige.

Till schwankte kurz. Sollte er Miriam oder Jessica Sturm hinzuziehen? »Sie ist einen Meter fünfundsiebzig groß, hat blonde, schulterlange Haare. Oft zum Pferdeschwanz zusammengebunden. Grüne Augen. Schlank. Sportlich.« Er hatte sich für Miriam entschieden.

»Sollte ich jemand anderen als die beschriebene Person an Ihrer Seite sehen, verschwinde ich auf Nimmerwiedersehen. Dann ist mir auch egal, was Sie glauben. Haben Sie das verstanden?«

»Ja«, sagte Till. »Wo wollen Sie sich mit uns treffen?«

»Kennen Sie das Trimmfit an der Außenalster?«

»In der Nähe des Schwanenwiks?«, vergewisserte sich Till.

»Genau. Da dürfte bei solchem Wetter im Winter nicht viel los sein. Schon gar nicht vor der üblichen Feierabendzeit. Sehe ich dort Bullen, bin ich weg. Wir treffen uns in zwei Stunden. Dann bringe ich Ihnen die Beweise mit.«

Ohne Vorwarnung beendete der Mann das Gespräch.

42

Auf seinem Smartphone stellte Till einen Countdown auf eine Stunde und fünfzig Minuten ein. Dann wechselte er zu den zuletzt gewählten Rufnummern. Er berührte Miriams Eintrag. Nach wenigen Sekunden sprang ihre Mailbox an. Ungeduldig wartete er den Begrüßungstext ab.

»Hi, Miriam. Ruf mich bitte so schnell wie möglich zurück. Es ist dienstlich und sehr dringend. Ich versuch's als Nächstes im Büro. Bis gleich!«

Er trennte die Verbindung, wechselte zurück zu den Kontakten und suchte ihre Präsidiumsnummer heraus. Diesmal erklang das Freizeichen. Statt Miriam meldete sich Bastian Dorfer.

»LKA Hamburg, Apparat Decking, Hauptkommissar Dorfer. Wie kann ich helfen?«

»Hallo, Bastian.«

»Till! Du bist es. Deswegen kam mir die Nummer so bekannt vor.«

»Ich muss dringend mit Miriam sprechen. Wo ist sie?«

»Ich erwarte sie in ungefähr zwei Stunden im Büro.«

»Das darf nicht wahr sein«, stöhnte Till. »Weißt du, wo ich sie erreiche?«

»Ich bin nicht sicher, ob dich das etwas angeht. Oder habe ich Neuigkeiten verpasst?« Sein neugieriger Unterton war unüberhörbar.

»Lass den Scheiß!«, brummte Till. »Es ist dienstlich. Mich hat gerade der Tatverdächtige im Fall Hellweg angerufen.«

»Der Betrüger? Finkel, Köchner oder wie auch immer er sich momentan nennt?«

»Genau. Ich habe das Gespräch für euch mitgeschnitten. Zwischendurch hatte ich gehofft, er wäre so leichtsinnig und würde mir gegenüber gestehen.«

»Aber?«

»Er klang überrascht, als ich ihm sagte, dass Schiller, Bassel und Hellweg tot seien.«

»Ein guter Schauspieler.«

»Dachte ich auch. Doch er hat mir Beweise für seine Unschuld versprochen. Die will er mir am Trimmfit an der Außenalster überreichen. Aber nur, wenn ich alleine komme. Das habe ich abgelehnt, ihm klar gesagt, ich würde mich nicht ohne Begleitung mit einem Mann treffen, den ich für einen Mörder halte. Dann kam ich auf die Idee, Miriam als meine Freundin auszugeben. Ich musste sie ihm erst beschreiben, ehe er sich einverstanden erklärte, dass ich sie mitbringe. Also frage ich dich noch einmal: Wo ist sie?«

»Bei einem Arzt.«

Das Wort weckte ungute Erinnerungen in Till. Wieso hatte Miriam das gestern nicht erwähnt?

»Sie hat seit einem Einsatz vor ein paar Wochen, bei dem wir es mit einem renitenten Verdächtigen zu tun hatten, wiederkehrende Schulterschmerzen. Vermutlich eine Entzündung. Der Betriebsarzt wollte sichergehen und hat ihr einen MRT-Termin besorgt. Wann triffst du dich mit dem Verdächtigen?«

»In knapp zwei Stunden.«

»Scheiße!«

»Wieso?«

»Miriam hat den Termin um zehn Uhr.«

Till schaute auf seine Armbanduhr. Saß sie bereits im Wartebereich und hatte deswegen das Telefon ausgeschaltet? Falls sie pünktlich an der Reihe war und er eine halbe Stunde für die Untersuchung einrechnete, könnten sie gerade eben rechtzeitig an der Außenalster eintreffen. »Weißt du, ob sie Platzangst in der Röhre hat und sich medikamentös abschießen lässt?«

»Miriam? Natürlich nicht. Sie fährt mit ihrem eigenen Auto dorthin.«

»In welcher Radiologie ist sie?«

»Warte, das muss ich heraussuchen. Ich lege dich eben beiseite.«

Kurz darauf erklang Bastians Stimme erneut. Er nannte ihm die Adresse der Radiologie. Im Kopf überschlug Till, wie lang es dauerte, um zunächst dorthin und anschließend an die Außenalster zu fahren. Das Zeitfenster war verdammt knapp.

»Danke! Ich fahre direkt los. Wenn sie sich bei dir meldet, sag ihr Bescheid.«

»Kannst du mir die Tondatei mit dem Gespräch schicken?«

»Mach ich.« Till beendete das Telefonat.

43

Der Empfangsbereich der Radiologie lag in der dritten Etage. Da Miriam wohl eher die Treppe statt den Aufzug nahm, hetzte er die Stufen hoch. Sie ausgerechnet jetzt zu verpassen, wäre extrem ärgerlich. Vor der Tür blieb er kurz stehen und wählte erneut ihre Telefonnummer. Wieder landete er direkt auf der Mailbox. Till überprüfte den Countdown. In weniger als einer Stunde würde der Verdächtige am Trimmfit auf ihn warten.

Er öffnete die Tür zur Arztpraxis. Ein Schild wies den Weg zu den unterschiedlichen Behandlungsräumen, Wartezimmern und zum Empfang.

Hinter dem halbrunden Empfangstisch saßen insgesamt drei Mitarbeiterinnen. Alle waren in Patientengespräche vertieft. Zwei weitere Patienten standen zusätzlich hinter einer Wartelinie. Till reihte sich dort ein. Diskussionen mit genervten Wartenden erschienen ihm fruchtlos. Sein Blick schweifte in den folgenden Minuten umher, um Miriam nicht zu verpassen. Endlich war er an der Reihe.

»Hallo«, sagte er zu der Mitarbeiterin, die ihn lächelnd ansah. »Ich habe keinen Termin, sondern soll eine Patientin abholen. Miriam Decking. Ist sie schon fertig?«

Die Mitarbeiterin wandte sich ihrem PC zu und tippte den Namen ein. »Ich habe hier nicht notiert, dass Frau Decking abgeholt wird.«

»Es hat sich etwas im Job ergeben. Sie ist Polizistin und wurde vom Betriebsarzt des LKA an Sie überwiesen.«

Wenn sich die Frau nun nach einem Dienstausweis erkundigte, stände er vor einem unlösbaren Problem. Stattdessen schaute sie erneut auf den Monitor.

»Es geht um eine Mordermittlung«, fügte Till hinzu. »Der Tatverdächtige will Oberkommissarin Decking innerhalb der nächsten sechzig Minuten sprechen. Es ist wirklich dringend.«

»Sie wird derzeit untersucht. Behandlungsraum siebzehn. Sie müssen ganz links durchgehen. Dort ist ein kleines Wartezimmer.«

»Seit wann ist sie in der Röhre?«

»Das sehe ich hier nicht. Warten Sie bitte vor dem Behandlungsraum.«

Till machte sich auf den Weg. Er kam an verschiedenen nummerierten Räumen vorbei, ehe er die siebzehn erreichte. Gegenüber der Tür befand sich ein offener Wartebereich mit sechs Stühlen, von denen einer besetzt war. Till nahm Platz. Zum wiederholten Male prüfte er den Countdown. Für den Weg zur Außenalster plante er zwanzig bis fünfundzwanzig Minuten ein. Schon jetzt war abzusehen, dass es verdammt knapp werden würde.

Je mehr Zeit verstrich, desto ungeduldiger wurde er. Als eine mit ihm wartende Patientin in den Raum achtzehn gerufen wurde, war er allein im Wartezimmer. Er stand auf, schnaubte und setzte sich wieder. »Komm schon, Miriam«, flüsterte er leise. Was sollte er bloß tun, wenn sie die Röhre nicht rechtzeitig verließ? Im Zweifelsfall müsste er das Risiko eingehen und sich mit dem Verdächtigen ohne polizeiliche Unterstützung treffen. Till ließ gedanklich das Telefonat Revue passieren. Dass der Betrüger ein fantastischer Schauspieler war, stand außer Frage. Immerhin schaffte er es, den Frauen die große Liebe vorzugaukeln. War Till ihm ebenfalls auf den Leim gegangen, oder war die Überraschung des Mannes echt gewesen? Welche Beweise würde er ihm für seine vermeintliche Unschuld präsentieren? Er hielt sich das Handy ans Ohr und spielte den Mitschnitt leise ab. An seiner Einschätzung änderte sich nichts. Der Verdächtige wirkte überrascht darüber, dass die Frauen tot waren – oder verdiente eine Auszeichnung für sein schauspielerisches Talent.

Die Tür des Behandlungsraums siebzehn öffnete sich endlich. Miriam trat heraus. Sie zog ihre Lederjacke über und blieb auf der Türschwelle stehen. »Till?«, fragte sie überrascht. »Hast du auch einen MRT-Termin?«

Er sprang auf. »Ich bin deinetwegen hier.«

»Meinetwegen?«

»Komm! Wir müssen uns beeilen. Ich erkläre dir alles unterwegs.«

»Du hattest also kein romantisches Verlangen nach mir und wartest deswegen?« Sie zwinkerte ihm herausfordernd zu.

»Zumindest habe ich dich einem Fremden gegenüber als meine Freundin ausgegeben.«

Die Runde ihres Schlagabtausches ging eindeutig an ihn. Ihr entgleisten beinahe die Gesichtszüge.

»Köchner beziehungsweise Finkel hat mich heute Morgen im Büro angerufen. Ich habe das Gespräch mitgeschnitten. Bastian habe ich es schon weitergeleitet. Wenn du dir den Mitschnitt anhörst, wirst du es verstehen.«

Till reichte ihr das Telefon. Damit sie es in Ruhe anhören konnte, nahmen sie den Aufzug. Auf dem Weg nach unten lauschte sie dem Gespräch.

»Ich war hin- und hergerissen, ob ich dich oder eine Kollegin beschreiben sollte«, sagte er, als sie ihm das Smartphone zurückgab.

»Das hast du gut gemacht«, erwiderte Miriam. »Falls er dort wirklich auftaucht, nehme ich ihn fest. Wegen der Fluchtgefahr müssen wir uns vorher nicht um einen Haftbeschluss kümmern. Er hat ja selbst angedroht, für immer unterzutauchen.«

Sie verließen das Gebäude.

»Du bist wahrscheinlich mit deinem eigenen Auto da?«, erkundigte sich Till. »Es wäre besser, wenn wir mit meinem Wagen fahren.«

»Wo stehst du?«

Till dirigierte sie zu dem Parkplatz. »Ich fand seine Überraschung glaubwürdig. Andererseits muss er ein ziemlich guter Schauspieler sein, wenn er den Opfern die große Liebe vorgaukelt.«

»Auf seine Überraschung gebe ich nichts. Er war vorbereitet. So etwas kann man vortäuschen. Wie viel Zeit haben wir eigentlich noch?«

»Wird verdammt knapp. Wir brauchen nach Uhlenhorst bei günstigem Verkehr zwanzig Minuten. Siebenundzwanzig haben wir.«

»Verkehrsregeln kannst du gleich zu deinen Gunsten

auslegen. Falls du geblitzt wirst, kümmere ich mich darum.«

Sie erreichten seinen Wagen und stiegen ein. Till kannte den Weg zur Außenalster im Schlaf – inklusive der besten Schleichwege. Trotzdem war er froh über ihr Angebot. Er fuhr vom Parkplatz, reihte sich in den fließenden Verkehr ein und überholte auf der zweispurigen Strecke die vorschriftsmäßig fahrenden Autos.

»Claußen war also nicht die erste Frau, die er um einen beträchtlichen Betrag erleichtert hat. Der tut so, als seien fünfzig- bis siebzigtausend nichts«, sagte Miriam.

Till brummte lediglich zustimmend, denn er konzentrierte sich darauf, immer wieder freie Lücken zu finden.

»Bin gespannt, womit er seine Unschuld beweisen will. Wahrscheinlich offenbart er uns die Identitäten anderer betrogener Frauen. Ob mich das überzeugt? Wohl kaum! Wenn wir ihn festnehmen, beantrage ich direkt einen DNA-Test. Vielleicht waren es seine Hautpartikel unter Hellwegs Fingernägeln. Dann können wir ihn festnageln. Ich glaube, sie hat sich in der Badewanne gegen ihn gewehrt und ihn gekratzt, während er sie unter Wasser gedrückt hat.«

»Mich irritiert sein Urteil über Claußen. Dass sie wie besessen von ihm gewesen sei. Er hat es als Fehler bezeichnet, sie ausgewählt zu haben.«

»Stimmt«, bestätigte Miriam. »Aber was heißt das schon? Immerhin verdanken wir es ihr, ihm auf die Spur gekommen zu sein. So rächt er sich.«

Till näherte sich einer Ampelkreuzung. Er beschleunigte noch einmal. Fünfzig Meter vor der Haltelinie sprang die Ampel um. Till bemerkte den festinstallierten Ampelblitzer. Auf den ersten zwei Kilometern hatte er weniger Zeit als einkalkuliert benötigt. Er bremste scharf. Miriam stützte sich mit einer Hand ab.

»Vertraust du mir nicht?«, fragte sie.

»Dir schon. Aber den Hamburger Verkehrsbehörden nicht. Wir schaffen das!« Er blickte auf die Uhr. Hoffentlich behielt er am Ende recht. »Wie sollen wir gleich vorgehen?«

»Ich hoffe, er legt den Beweis nicht bloß irgendwo ab. Wenn er selbst vor Ort ist, schnappe ich ihn mir. Und bei einem übereinstimmenden DNA-Profil ist er erledigt.«

44

Fünf Minuten vor der vereinbarten Zeit fand Till eine freie Parklücke, nicht weit vom Treffpunkt entfernt.

»Geschafft«, sagte er erleichtert.

»Noch sind wir nicht vor Ort«, dämpfte Miriam seine Freude. »Wenn wir jetzt aussteigen, hake ich mich bei dir unter. Einverstanden?«

Er schaute sie überrascht an.

»Ich an seiner Stelle würde die Gegend überwachen. Irgendwo in einem unauffälligen Fahrzeug warten und die Umgebung mit Fernglas ausspionieren. Da du mich als deine Freundin ausgegeben hast, sollten wir uns auch so verhalten. Aber wir verzichten aufs Küssen. Dafür wären wir zu angespannt. Los jetzt! Genug gequatscht.«

Sie stiegen aus. Miriam lief um den Wagen herum und hakte sich wie angekündigt unter. Er lächelte unbewusst.

»Nicht lächeln«, warnte sie. »Wie schon gesagt: Wir sind angespannt.«

»Das bin ich wirklich«, gestand er.

Sie überquerten die Straße. Till dirigierte sie zum Trimmfit.

»Gehst du hier öfter spazieren?«, fragte Miriam.

»Regelmäßig. Mein Büro liegt ja nicht weit weg. Insgesamt ist der Rundweg knapp acht Kilometer lang. Eine gute Strecke, wenn man sich bewegen will. Um den Kopf frei zu bekommen, bin ich hier richtig. Und du?«

»Selten. Meine Wohnung und das Präsidium liegen zu weit weg. Dafür bin ich ganz gern am Elbstrand.«

»Was? Sag mir nicht, du bist Team Elbe?«

»Das heißt?«

»Hamburger teilen sich in zwei Lager. Team Alster beziehungsweise Elbe. Was die persönlichen Vorlieben anbelangt. Na ja, ich werde dich schon zur Alster bekehren. Da vorne ist es.«

An den wenigen Geräten trainierten soeben zwei Männer. Einer von ihnen warm eingepackt, der andere in kurzer Hose und T-Shirt.

»Auf der anderen Seeseite ist eine größere Anlage. Mit mehr Geräten und meist mehr Sportlern. Aber bei den Temperaturen hat der Anrufer hier wohl auf noch weniger Zeugen gehofft.«

Wie aufs Stichwort rannte der hartgesottene T-Shirt-Träger im Sprinttempo auf sie zu, ehe er eine Kurve um sie herumlief. Da er keine Ähnlichkeit mit dem Betrüger hatte, beachtete Till ihn nicht großartig. Stattdessen schaute er sich um. In einiger Entfernung erkannte er ein älteres Ehepaar, das seinen Dackel ausführte. Weit und breit kein Mann, bei dem es sich um den Verdächtigen handeln könnte.

»Ich entdecke ihn nirgends«, brummte Till.

Daran änderte sich auch nach Ende der gesetzten Frist nichts. Die Minuten verstrichen, während ihnen die nasse Kälte in die Knochen zog. Der zweite Sportler dehnte sich eine Weile, bevor er im leichten Trab den Trimmfit verließ.

»Ob er den Braten gerochen hat?«, fragte Miriam.

»Ich finde unser Schauspiel ziemlich gelungen.« Till senkte kurz den Blick. Sie hatten den Körperkontakt seit dem Verlassen des Autos nicht unterbrochen.

»Ist er das?«

Miriam drehte sich leicht zur Seite, wodurch sie ihn automatisch mitzog. Sie hatte recht. Ihnen näherte sich langsam ein Mann, der in einer Hand einen braunen Briefumschlag hielt. Er trug einen dunkelblauen Mantel, einen Schal vor Mund und Nase und außerdem eine Mütze. Diesmal trug er sogar eine Brille. Ob er die als Gigolo durch Kontaktlinsen ersetzte?

Trotz der Maskerade war sich Till sicher, dass ihnen der Verdächtige entgegenkam.

Ungefähr zwanzig Schritte von ihnen entfernt blieb der Mann stehen. »Hallo, Herr Buchinger.«

»Guten Tag, Carlos.«

Der Verdächtige musterte Miriam wortlos.

»Ist in dem Umschlag der Beweis für Ihre Unschuld?«, fragte Till, um ihn abzulenken.

»Ja, ich lasse mir keine Morde anhängen! Keine Ahnung, warum Luisa so durchgeknallt ist. Aber sie lügt!«

»Sagen Sie mir noch einmal, was bei Frau Hellweg passiert ist. Ich werde nach unserem Gespräch die Polizei aufsuchen, und meine Freundin Miriam soll das als Zeugin ebenfalls mitbekommen.«

»Vera und ich haben uns gestritten. Es ist sogar zu Handgreiflichkeiten gekommen. Sie hat mir vorgeworfen, sie finanziell auszunehmen und sie in den Suizid treiben zu wollen. Bullshit! Ich habe ihr eine geliehene Summe von zwanzigtausend direkt zurücküberwiesen. Das können die Bullen gern kontrollieren. Trotzdem war ihr das nicht genug. Sie schlug nach mir, warf eine schwere Vase, die mich an der Schulter traf. Ich habe sie zur Verteidigung ins Gesicht geschlagen und geschubst. Sie ist unglücklich gestürzt und mit dem Hinterkopf gegen eine Tischkante geprallt. Da bin ich in Panik geraten und abgehauen.«

»Durch die Terrassentür?«, fragte Miriam.

Der Verdächtige runzelte die Stirn. Der Versuch, ihn in eine Falle zu locken, schien zu misslingen. Miriam löste ihren Arm von Till. Würde sie gleich angreifen?

45

Seit Oliver Bassel Montagmorgen abrupt den Hotelaufenthalt beendet hatte, beobachtete er den Personenfahnder Till Buchinger. Oft zu Fuß, manchmal auch im Auto. Dienstagabend hatte er im Radkasten von Buchingers Wagen einen Peilsender angebracht, der ihm permanent die Position des Fahrzeugs übermittelte.

Schon heute – und damit deutlich früher als erwartet – hatte sich die Maßnahme bezahlt gemacht. Seit einer Viertelstunde saß Bassel in einem unauffälligen weißen Lieferwagen und beobachtete aus sicherer Entfernung ein konspirativ wirkendes Treffen.

Die Frau an Buchingers Seite war eine LKA-Kommissarin. Das wusste Bassel dank seiner eigenen Recherchen. Man musste seine Gegner kennen. Aber um wen handelte es sich bei dem Mann, der sich mit ihnen unterhielt?

Bassel ahnte, wer das sein könnte. Fragte sich bloß, ob er ihn irgendwie von den beiden anderen separieren könnte. Oder würde ihm die Polizistin zuvorkommen?

46

»Wieso sollte ich über die Terrasse verschwinden? Ich bin zur Haustür raus.« Mit keiner Silbe ließ der Verdächtige durchblicken, ob er während des Streits auf die Terrasse getreten war – was die offen stehende Tür erklärt hätte.

Der Betrüger fixierte Miriam.

»Geben Sie uns jetzt die Beweise für Ihre Unschuld?«, fragte Till. Er hoffte, Miriam durch die Ablenkung wertvolle Sekundenbruchteile zu verschaffen, sobald sie sich auf den Mann stürzen würde.

»Die sind hier drin.« Er hielt ihm den nicht verschlossenen Umschlag hin. Die Lasche am oberen Ende flatterte durch die ruckartige Bewegung.

»Was sind das für Beweise?«, fragte Till.

»Warum sollte ich anfangen, Frauen zu töten?«, entgegnete der Verdächtige. »Oder in den Selbstmord treiben? Das ergibt keinen Sinn. Mein Geschäftsmodell funktioniert seit Jahren. Die Frauen reden aus Scham nicht über ihren Verlust. Die meisten sehen sogar ein, dass ich die Bezahlung wert war. Luisa ist verrückt. Keine Ahnung, was sie sich da aus den Fingern saugt.«

Miriam löste sich noch ein Stück von Till. Nun kam es darauf an, ihn ein letztes Mal abzulenken.

»Vielleicht hassen Sie die Frauen und wollen sich an ihnen rächen«, spekulierte Till. »Immerhin werden Sie von denen ausgenutzt. Sie sind nichts weiter als ein männlicher Escort. Können Sie sich eigentlich noch selbst im Spiegel ansehen?«

Ohne Vorwarnung schleuderte der Verdächtige ihnen den Umschlag zu. Der segelte durch die Luft, und ein paar Blätter rutschten heraus. Gleichzeitig wandte sich der Mann ab und rannte los.

»Stehen bleiben!«. Reaktionsschnell nahm Miriam die Verfolgung auf. »Polizei!« Kurz warf sie einen Blick über die Schulter. »Till, sammle die Papiere ein! Ich verhafte ihn.«

Er klaubte zuerst die einzelnen Schriftstücke auf, die herausgerutscht waren. Einige von ihnen hatten bereits Feuchtigkeit vom matschigen Boden aufgesogen. Dann griff er zu dem Umschlag, dessen Inhalt er rasch überprüfte. Im Inneren steckten zahlreiche weitere Blätter.

Till schaute Miriam und dem Flüchtigen hinterher. Der Mann hatte anfangs über zwanzig Meter Vorsprung gehabt, doch ein wenig schien Miriam aufgeholt zu haben. Auch wenn Carlos garantiert Sport trieb, um seine Opfer mit einem gestählten Körper zu beeindrucken, würde er nichts gegen die durchtrainierte Oberkommissarin unternehmen können.

Till warf einen Blick auf die Papiere und ging langsam los. Der Umschlag enthielt Zettel mit Namen und Adressen. Außerdem Kontoauszüge, in denen allerdings einige Informationen geschwärzt waren. In Verbindung mit der Aussage des Verdächtigen ergab sich für Till ein klares Bild. Er hatte ihnen die Namen vorheriger Betrugsopfer mitgeteilt. Aber was bewies das schon?

Erneut konzentrierte er sich auf Miriam, die dem Flüchtigen immer näherkam. Der steuerte ganz offensichtlich die Straße an. Falls er dort irgendwo seinen Wagen geparkt hatte, war sein Vorsprung nicht groß genug. Er würde es niemals schaffen, ins Auto zu springen, den Motor anzulassen und loszufahren. Miriam würde ihn zuvor stellen. Schon in wenigen Augenblicken wäre er in ihrem Gewahrsam. Till rannte ihnen nach. Nur für den Fall, dass sich der Verdächtige der Verhaftung widersetzte.

47

»Was geht da vor sich?«

Bassel hielt das Fernglas mit beiden Händen, um bloß nichts zu verpassen. Es gab keinen Zweifel. Der Unbekannte flüchtete vor Buchinger und der Kommissarin. Erst hatte er ihnen den Umschlag entgegengeschleudert und dann auf dem Absatz kehrtgemacht.

Aber wieso?

Die Polizistin nahm die Verfolgung auf. Schon nach wenigen Metern gab es für Bassel keinen Zweifel: Sie würde den Flüchtigen schnell einholen.

Es sei denn ...

Bassel legte das Fernglas beiseite und startete den Motor. Mit einem Knopf am Lenkrad betätigte er die Schiebetür des Lieferwagens, die aufglitt und den seitlichen Zugang zur Ladefläche freigab. Dann senkte er das Beifahrerfenster und fuhr langsam los.

Die Polizistin hatte unterdessen ein Viertel des Vorsprungs aufgeholt. Selbst wenn der Mann seinen Wagen in der Nähe am Straßenrand geparkt hätte, könnte er sich dem Zugriff nicht entziehen. Ob er deswegen bereit war, eine unüberlegte Entscheidung zu treffen? Ihn in die Finger zu bekommen, würde Bassel völlig neue Möglichkeiten bieten. War der Flüchtige der Mistkerl, der Margot finanziell ausgenommen hatte? Unter heftigen Schmerzen würde er garantiert die Wahrheit gestehen.

Bassel beschleunigte leicht. In wenigen Sekunden würde sich der Unbekannte in Rufweite befinden.

»Hey!«, schrie Bassel. »Kommen Sie her!«

Der Flüchtige schaute zu ihm.

»Die Bullen machen Sie im Knast fertig! Springen Sie in den Wagen, wenn Sie leben wollen!«

Für einen Moment schien der Flüchtige trotz des Angebots am ursprünglichen Kurs festzuhalten.

»Ich bin Ihre einzige Chance«, rief Bassel.

Der Mann warf einen Blick über die Schulter. Die Polizistin war noch höchstens sieben Schritte hinter ihm. »Wer sind Sie?«, brüllte er.

»Ein Freund, der die Bullen hasst.«

Der Mann traf eine Entscheidung. Er schlug einen Bogen und rannte auf den Lieferwagen zu. Bassel fuhr langsamer.

»Springen Sie!«

Der Flüchtige sprang und landete auf der Ladefläche. Er versuchte, sein Gleichgewicht zu bewahren, kippte allerdings um und stöhnte vor Schmerz.

»Festhalten!«

Willkommen in der Hölle!, dachte Bassel. Er trat das Gaspedal durch und verschloss die Schiebetür.

48

»Scheiße!«, fluchte Miriam.

Der Verdächtige landete unsanft auf der Ladefläche. Sie hörte ihn stöhnen. Wenn sie jetzt nicht die richtige Entscheidung traf, würde ihm die Flucht gelingen.

Da sie ihre Dienstwaffe nicht zu der MRT-Untersuchung mitgenommen hatte, konnte sie nicht auf die Reifen schießen. Um die Männer aufzuhalten, müsste sie ebenfalls in den Lieferwagen springen.

Miriam schlug einen Haken. Der Transporter beschleunigte. Gleichzeitig schloss sich die Seitentür.

»Fuck!«

Ihr Vorhaben war unmöglich. Sie würde eher gegen das Fahrzeug prallen und sich üble Verletzungen zuziehen, als in letzter Sekunde im Inneren zu landen.

Um wenigstens einen kleinen Erfolg zu verbuchen, prägte sie sich das Kennzeichen ein und griff zu ihrem Telefon. Sie wählte Bastians Rufnummer.

»Wie sieht's aus?«, fragte ihr Partner.

»Wir hatten den Verdächtigen fast. Er ist vor uns

weggelaufen, und plötzlich tauchte ein Fahrzeug auf. Keine Ahnung, wer den Mann unterstützt. Du musst eine Fahndung nach einem weißen Lieferwagen veranlassen.« Sie nannte ihm das Hamburger Kennzeichen. Gleichzeitig schaute sie sich nach Till um.

49

War das Oliver Bassel hinter dem Steuer des Lieferwagens? Was machte der hier?

Der Wind wehte die Worte des Fahrers zu Till herüber.

»Springen Sie!«

Es war offensichtlich. Der Mann versuchte, dem Flüchtigen zu helfen. Till änderte abrupt die Laufrichtung. Er rannte auf sein geparktes Auto zu. Aus einigen Schritten Entfernung entriegelte er das Schloss. Er warf den Umschlag auf die Rückbank, ehe er sich hinters Steuer quetschte und den Motor anließ. Noch bevor Till ausparkte, fuhr der Lieferwagen an ihm vorbei. Er begegnete Bassels Blick. Lächelte der Kerl etwa arrogant?

Miriam aufzusammeln hätte zu viel Zeit in Anspruch genommen. Zum Glück erkannte sie seinen Plan. Während er eine Verkehrslücke abwartete und wendete, rannte sie zu ihm. Er musste nur kurz mit eingeschaltetem Warnblinker warten. Von hinten näherte sich ein Auto, das auf die Gegenspur ausscherte, um ihn zu überholen. Der Fahrer drückte die Hupe.

»Idiot!«, brummte Till.

Miriam riss die Beifahrertür auf. »Hinterher!«, schrie sie.

Till gab Gas. »Das war Oliver Bassel.«

»Ernsthaft? Das muss Bastian wissen.« Sie griff zum Telefon und teilte die Information mit ihrem Partner. Dann trennte sie die Verbindung.

»Warum hilft er ausgerechnet dem Mann, der für den Tod seiner Schwester verantwortlich sein könnte?«, fragte Till.

»Ich habe da eine dunkle Ahnung.«

Till schaute sie an. Dann konzentrierte er sich auf den Verkehr. »Siehst du den Transporter?«

Sie näherten sich einer Kreuzung, an der man geradeaus fahren oder links abbiegen konnte. Die Abbiegespur war frei – offenbar war die Ampel erst seit wenigen Sekunden auf Rot umgesprungen.

»Fahr geradeaus«, entschied Miriam. Sie reckte den Hals und schaute nach links. »Ich sehe keinen weißen Lieferwagen!«

»Vor uns ist auch keiner.«

Till beschleunigte, um an der nächsten Ampel nicht bei Rotlicht anhalten zu müssen. Sie fuhren zwei Kilometer, ohne das Fluchtfahrzeug zu finden. Miriam griff zum Handy und informierte ihren Partner darüber, wo sie Bassel verloren hatten.

»Bring mich bitte zu meinem Auto. Ich muss ins Präsidium. Bastian wartet dort auf mich.«

»Was wird Bassel mit Carlos anstellen?«

»Er hat keinen Grund, ausgerechnet dem Mann zu helfen, der sich am Familienbesitz vergriffen hat. Es sei denn, er will sich dafür rächen. Die Wahrheit aus ihm herauspressen. Der Gigolo hat den schlimmsten Fehler begangen, indem er in den Lieferwagen gesprungen ist. Das wird er bitter bereuen. Er ist Bassel wehrlos ausgeliefert. Es sei denn, wir finden ihn rechtzeitig.«

Optimistisch klang Miriam allerdings nicht.

50

Der Mann fuhr scharf um eine Kurve. Da sich Carsten nirgendwo anschnallen oder auch nur festhalten konnte, prallte er mit der Schulter unsanft gegen die Innenwand. Er stöhnte.

»Alles in Ordnung?«, fragte der Fahrer.

»Geht so«, antwortete Carsten. »Wer sind Sie? Wem habe ich meine Rettung vor den Bullen zu verdanken?«

»Ich heiße Sebastian Müller. Aber der Name sagt Ihnen vermutlich nichts. Oder hat Luisa mich mal irgendwann erwähnt?«

»Sie kennen Luisa? Luisa Claußen?«

»Mehr als mir lieb ist.«

Wieder fuhr er in eine Kurve – diesmal ein bisschen langsamer, sodass Carsten das Gleichgewicht halten konnte.

»Woher?«, fragte Carsten.

»Ich war drei Jahre mit ihr zusammen. Als ich mich getrennt habe ... na ja. Die ganze Geschichte kann ich Ihnen später erzählen. Aber glauben Sie mir. Über Luisas Lügen weiß ich nur allzu gut Bescheid. Sie ist eine dreckige Lügnerin. Der ich verdammte Scherereien verdanke. Obwohl unsere gemeinsame Zeit Jahre zurückliegt, hatte ich erst neulich Schwierigkeiten bei einer Schufa-Auskunft. Das war garantiert ihr Werk.«

»Die Frau ist total verrückt.«

Die beiden Männer schwiegen eine Weile. Carsten ordnete seine Gedanken. Dem Personenfahnder war es gelungen, ihn auszutricksen. Er hatte eine Polizistin als seine Freundin ausgegeben. Oder waren die beiden tatsächlich ein Paar? Zweifellos wollten sie ihm die Morde anhängen. War Vera wirklich tot? Carsten hatte die Zeit zwischen dem Telefonat und dem Treffen nicht nur genutzt, um die Unterlagen für seine Unschuld zusammenzutragen. Er hatte im Internet auch nach entsprechenden Meldungen über einen Todesfall in Rotherbaum gesucht, ohne fündig zu werden. Entweder hatte Buchinger gelogen, oder die Polizei hatte eine Nachrichtensperre verhängt. Carsten wusste nur eins: Sie hatte sich nach dem Sturz bewegt und geatmet.

Er wandte seine Aufmerksamkeit dem unbekannten Mann zu. Wieso war er rechtzeitig zur Stelle gewesen? Bloß ein Zufall?

»Was haben Sie an der Außenalster gemacht?«, rief er über den Fahrlärm hinweg.

»Ich folge seit ein paar Tagen diesem Till Buchinger. Der hatte erst kürzlich Kontakt zu Luisa. Ich wollte mir ein genaueres Bild von den beiden verschaffen und ihn dann warnen. Aber plötzlich ist sie verschwunden. Wissen Sie etwas darüber?«

»Nein«, sagte Carsten. »Ich weiß nur, die Schlampe hat ihn engagiert, um mich zu finden.«

»Sie zu *finden*?« Irritiert schaute der Fahrer in den Rückspiegel. »Wer sind Sie?«

»Luisa versucht, mich fertigzumachen.«

»Oh nein! Umso besser, dass ich Sie aufgegabelt habe. Wo soll ich Sie absetzen?«

Carsten dachte kurz nach. »Ganz egal.«

»Ich kann Sie an jeder x-beliebigen Straßenecke rauswerfen. Aber vielleicht habe ich einen interessanteren Vorschlag für Sie!«

»Schießen Sie los!«

»Ich nehme Sie mit zu mir nach Hause. Wir tauschen unsere Informationen über Luisa aus. Eventuell erfahren wir so Neues. Ich habe in den vergangenen Jahren einiges zusammengetragen. Jemand muss der Schlampe das Handwerk legen. Sie bleiben über Nacht bei mir. Mein Gästezimmer ist ziemlich gemütlich. Morgen früh fahre ich Sie nach Bremen oder in jede andere norddeutsche Stadt Ihrer Wahl, von der Sie gut mit der Bahn wegkommen. Oder meinetwegen auch nur zum Hauptbahnhof.«

Carsten dachte kurz nach. Luisa hatte es geschafft, die Bullen auf ihn zu hetzen. Wenn ihm dieser Mann Munition liefern würde, mit der sich ihre Glaubwürdigkeit erschüttern ließ, könnte er sich sogar freiwillig der Polizei stellen. Oder erneut Kontakt zu Buchinger herstellen. In Verbindung mit dem Material, das Carsten zur Außenalster gebracht hatte, sollte das reichen, die Bullen zu überzeugen.

»Ich biege scharf ab«, warnte der Fahrer ihn.

Carsten stützte sich mit einer Hand ab. »Wie weit ist es noch zu Ihnen? Hier hinten ist es verdammt unbequem.«

»In weniger als fünf Minuten sind wir da. Lohnt sich nicht mehr, anzuhalten und Sie vorn einsteigen zu lassen. Wussten Sie eigentlich, dass Luisa schon vor Jahren von der Polizei befragt wurde?«

»Nein, das wusste ich nicht. Okay, fahren wir zu Ihnen.«

»Sie sind ein guter Typ.« Der Mann lächelte ihm zu. »Gemeinsam legen wir ihr das Handwerk. Wunderbar! Fantastisch!«

Die Euphorie des Fahrers kam Carsten stark übertrieben vor. Welche Geschichte verband ihn wohl mit Luisa, dass er solche Gefühle empfand? Er schien sie wirklich zu hassen. Konnte Carsten davon profitieren?

51

Am Parkplatz der Radiologie bat Till Miriam um einen Moment Geduld.

»Den Umschlag musst du wahrscheinlich mitnehmen«, sagte er. »Kann ich vorher die einzelnen Seiten mit dem Handy abfotografieren?«

»Beeil dich.«

Till griff nach hinten zum Briefumschlag und zog den Packen Zettel heraus. Miriam schaute ihm neugierig zu.

»Alles Namen von Frauen. Auf den Kontoauszügen hat er die Geldsummen und die Daten der Zahlungseingänge nicht geschwärzt«, murmelte Till. Konzentriert fotografierte er jede einzelne Seite. »Was will er damit beweisen?«

»Dass er kein Mörder ist. Nur die Variante erscheint mir logisch.«

»Aber das beweist es nicht«, entgegnete Till. »Das muss ihm klar sein. Es beweist höchstens, dass die früheren Opfer die Zeit mit ihm überlebt haben. Über alles, was seit Luisa passiert ist, sagt das nichts aus.«

»So ist es.«

»Vierundzwanzig Zettel, acht Frauennamen, sechzehn Kontoauszüge«, fasste Till das Ergebnis zusammen, als er beim letzten Schriftstück ankam. Er reichte Miriam den Umschlag. »Eins verstehe ich jetzt noch viel weniger. Wieso hilft Bassel dem Kerl, der seine Halbschwester ausgenommen hat?«

»Darüber zermartere ich mir auch den Kopf. Am logischsten erscheint die Variante, dass Bassel den Tod seiner Schwester rächen will.«

»Wer weiß, was er ihm jetzt schon antut.«

»Wir müssen den Lieferwagen finden. Koste es, was es wolle. Ich fahre zurück ins Präsidium. Wenn es Neuigkeiten gibt, erfährst du so schnell wie möglich davon.«

»Und ich suche im Büro nach Informationen. Vielleicht entdecke ich Anhaltspunkte, die euch verborgen bleiben.«

»Bis später!« Sie lächelte ihm zu. Dann stieg sie aus.

Till sah ihr hinterher. In ihm erwachte der Ehrgeiz, vor Miriam und Bastian auf Hinweise zu stoßen. Die Polizisten würden sich stark auf die Fahndung nach Bassel konzentrieren. Till konnte andere Prioritäten setzen.

An ihrem Auto drehte Miriam sich noch einmal zu ihm um. Erst winkte sie, dann deutete sie mit einem Finger an, dass er losfahren könne. Till tippte sich an die Stirn. Doch er wollte keine Zeit verlieren. Statt den Motor wieder zu starten, öffnete er auf dem Handy den Internetbrowser. Aus dem Augenwinkel sah er Miriam vom Parkplatz fahren. Sekunden später gab er im Suchfeld den ersten Namen ein.

52

Im Präsidium fasste Miriam für ihren Partner die Ereignisse an der Außenalster ausführlich zusammen.

»Scheiße!«, brummte Bastian. »Der Verdächtige ist dem Halbbruder also ahnungslos ins Netz gegangen.«

»Ich fürchte, er wird das teuer bezahlen«, bestätigte Miriam.

»Nach deinem Anruf habe ich die verfügbaren Streifenwagen in den Stadtteil geschickt, in dem ihr ihn verloren habt. Sie haben sogar einen infrage kommenden weißen Lieferwagen mit ähnlichem Kennzeichen gestoppt, aber darin saßen zwei osteuropäische Arbeiter auf dem Weg zu einer Baustelle. Illegal. Der Zoll freut sich über diesen kleinen Erfolg.«

»Also ist er uns durch die Maschen geschlüpft.«

»Wahrscheinlich hat Bassel irgendwo eine Unterkunft. Wenn eine Garage dazugehört, kann er den Wagen von der Straße holen. Dann finden wir keinen Anhaltspunkt mehr, wo er sich aufhält.«

Miriam entnahm dem Briefumschlag die Zettel. »Till

und ich haben das schon grob gesichtet. Namen von Frauen und Informationen über Zahlungsflüsse. Der Betrüger will damit vermutlich beweisen, dass er seinen Opfern nur Geld, aber nicht das Leben stiehlt.«

Bastian blätterte kurz durch die Unterlagen. »Für eine spätere Anklage wegen Trickbetrugs gibt er uns reichlich Material. Allerdings beweist es rein gar nichts.« Er schob die Zettel wieder zusammen. »Was machen wir jetzt?«

»Ein Gedanke bereitet mir immer größeres Kopfzerbrechen.« Miriams Büroleitung klingelte. »Ich glaube, das ist Till«, sagte sie nach einem Blick aufs Display. Sie nahm das Gespräch entgegen und aktivierte den Lautsprecher.

»Ich bin noch immer auf dem Parkplatz der Radiologie und habe die Namen von den Zetteln geprüft. Alle Frauen, über die uns Carlos informiert, leben. Bei zwei von ihnen habe ich Postings in sozialen Medien gefunden, die auf Liebeskummer hindeuteten – zu einem Zeitpunkt, der wenige Wochen nach den Geldabflüssen lag.«

»Deuten sie Suizidabsichten an?«, fragte Bastian.

»Nein. So schlimm hat wohl keine der Frauen gelitten. Seine Masche ist übrigens sehr erfolgreich. In drei Jahren kam eine Summe von knapp siebenhunderttausend Euro zusammen.«

»Wow«, entfuhr es Bastian. »Der muss es ja draufhaben.«

Miriam verdrehte die Augen. »Lasst uns einmal die Variante durchspielen, dass Carlos die Wahrheit sagt. Er gaukelt Frauen die große Liebe vor, erleichtert sie um Beträge, die im hohen fünfstelligen Bereich liegen und verschwindet auf Nimmerwiedersehen. Sein Jahreseinkommen liegt netto bei zweihunderttausend. Damit kann man ein angenehmes Leben führen. Besonders für die Art der Dienstleistung, die er anbietet. Den Opfern ist der Vorgang so peinlich, dass sie im Anschluss keine Anzeige erstatten, sondern lieber schweigen. Hätte er Grund, die Frauen in den Selbstmord zu treiben? Immerhin schaltet sich erst dadurch die Polizei ein. Zwar legen sie die Fälle rasch als Suizide zu den Akten, trotzdem werden die Zahlungsabgänge in den Wochen vor dem Tod Gegenstand kriminalistischer Ermittlungen. Liegt das in seinem Interesse?«

»Ganz gewiss nicht«, antwortete Bastian.

»Also muss in den letzten Jahren etwas passiert sein. Er könnte sich inzwischen als ausgebeutetes Opfer sehen. Eine Täter-Opfer-Umkehr. Die Frauen beuten ihn in seinen Augen sexuell und emotional aus, er entwickelt trotz seiner Betrugsmasche Hassgefühle. Die er kompensiert, indem er die Frauen psychisch fertigmacht und sie in den Selbstmord treibt.«

»Je länger man darüber nachdenkt, desto schwerer kann man daran glauben«, sagte Till. »Auf mich hat er nicht so gewirkt.«

»Außerdem hätte er dann keinen Grund gehabt, dich zu kontaktieren«, zeigte Miriam auf. »Ihm war die Flucht gelungen, und er hat Erfahrung darin, neue Identitäten aufzubauen. Hätten wir ihn je aufgespürt? Zumindest wäre das schwierig geworden. Ihm war es wichtig, uns seine Unschuld zu beteuern.«

»Du willst darauf hinaus, dass er die Wahrheit sagt und Luisa lügt«, vermutete Till.

»Der Gedanke beschäftigt mich seit einer Weile.«

»Aber was wäre ihr Motiv?«, fragte Bastian. »Wieso kommt sie aus Süddeutschland und engagiert dich, um den Trickbetrüger zu finden?«

Miriam runzelte die Stirn. »Weil sie ihn selbst nicht aufspüren konnte?«

»Sie hat behauptet, ihn zufällig in Hamburg flüchtig gesehen zu haben. Zuvor will sie seine Spuren nach Düsseldorf und Hoppegarten gefunden haben, weil sie auf die Todesanzeigen gestoßen ist.«

Einen kurzen Moment schwiegen sie.

Miriam hatte einen konkreten Verdacht, wünschte sich jedoch, ihr Partner oder Till würden ihn teilen. »Was ist, wenn sie trotz des finanziellen Verlustes noch immer in ihn verliebt ist?«, fragte sie schließlich. Die Männer schienen diese Möglichkeit gar nicht in Betracht zu ziehen. »Krankhaft verliebt?«

»Wie eine Stalkerin?«, konkretisierte Bastian.

Miriam lächelte. »Genau. Sie liebt diesen Kerl und würde ihm sogar den Betrug verzeihen. Hauptsache, er lebt an ihrer Seite. Doch er verschwindet plötzlich. Also setzt sie alle Hebel in Bewegung. Sie findet heraus, wem er in Düsseldorf Avancen macht. Eifersüchtig verfolgt sie das Ganze, und als sie mitbekommt, dass er aus Schillers Leben verschwunden ist, nimmt sie Kontakt zu ihr auf. Ihr gelingt es, den Selbstmord der Frau vorzutäuschen. Dasselbe Spiel in Berlin-Hoppegarten. In Hamburg verliert sie Carlos' Spur. Also sieht sie keine andere Chance, als dich zu engagieren, Till. Du findest ihn, und wir liefern ihr die neue Partnerin auf dem Silbertablett.«

»Das würde alles verdammt gut passen«, sagte Till. »Die nicht handschriftlich verfassten Abschiedsbriefe. Die offene Terrassentür in Hellwegs Haus. Aber wieso sollte sie das tun? Ich verstehe den Sinn dahinter nicht.«

»Ich schon«, brummte Miriam. »Mit ihren Schachzügen könnte sie den Mann ihrer Träume in die Ecke drängen. Für die Polizei ist er dank ihrer Strategie

Haupttatverdächtiger. Er kann offenbar kein Alibi vorweisen, sonst hätte er uns besseres Material geliefert als Namen und Zahlungseingänge. Sie könnte ihm einen Ausweg liefern.«

»Welchen Ausweg?«, fragte Till.

Auch Bastian schaute Miriam verwirrt an.

»Komm zu mir nach Baden-Baden. Ich verstecke dich vor der bösen Welt, wenn du mich dafür im Gegenzug liebst.«

»Vor dir sollte man sich in Acht nehmen«, sagte Till halb amüsiert und halb erstaunt. »Was machen deine letzten Liebespartner?«

»Darüber reden wir bei anderer Gelegenheit in Ruhe.«

»Till, an deiner Stelle wäre ich sehr vorsichtig. Im Gegensatz zu mir siehst du gerade Miriams fieses Grinsen nicht«, warnte Bastian ihn.

»Passt der Mord an Weißmeier zu meiner Theorie? Habt ihr eine Idee?«, fragte Miriam.

»Oder Oliver Bassels Auftauchen?«, fügte Till hinzu.

Bastian seufzte. »Anders ausgedrückt: Falls Luisa Claußen die drei Frauen getötet hat, trauen wir ihr den Mord an Weißmeier zu?«.

»Nein«, sagte Miriam. »Das halte ich für ausgeschlossen. Weißmeier wurde totgeprügelt beziehungsweise totgetreten. So viel Kraft hat Claußen nicht.«

»Sehe ich genauso«, stimmte Till zu.

»Also steckte Bassel dahinter, oder die Morde haben nichts miteinander zu tun«, folgerte Bastian.

»Spätestens seit heute tendiere ich zur ersten Meinung. Bassel will den Tod seiner Schwester aufklären. Er hält den Hotelmanager für jemanden, der sich ihm in den Weg stellt. Vielleicht entführt er ihn, um die erwünschte Information zu erhalten. Als Weißmeier sich weigert, eskaliert das Ganze. Ich würde nicht ausschließen, dass Bassel einfach rotgesehen hat. In den Folgetagen taucht er unter, scheint aber in Hamburg zu bleiben. Irgendwie gelingt es ihm, Till unauffällig zu folgen. Er bemerkt das Treffen und Carlos' Flucht. Bassel zählt eins und eins zusammen. Er bietet sich als Helfer in der Not an. In Wahrheit will er aber herausfinden, wieso Margot gestorben ist. Carlos ist nicht in die Freiheit geflohen, sondern in einem Gefängnis gelandet. Mit einem Wärter, der seine Wut nicht unter Kontrolle hat und um jeden Preis erfahren will, wer für den Tod seiner Halbschwester verantwortlich ist.«

»Falls das stimmt, steckt Carlos gerade in verdammten Schwierigkeiten«, sagte Till.

53

Oliver Bassel bremste und ließ ein entgegenkommendes Fahrzeug passieren. Dann betätigte er den Blinker.

»Gleich sind Sie in Sicherheit«, versprach er.

»Danke!«

Langsam fuhr Bassel auf die geschlossene Garage zu. »Ich öffne bloß das Tor.« Er zog die Handbremse, ließ aber den Motor laufen. Rasch stieg er aus und schaute sich draußen um. Nirgendwo war ein Streifenwagen zu sehen. Nur noch wenige Sekunden, dann begann der erfreulichste Abschnitt des Tages. Bassel öffnete das Garagentor und schaltete Licht ein. Sein Blick fiel auf den kleinen Werkzeugkoffer, der an einem Nagel an der Wand hing. Er wusste genau, was er darin aufbewahrte. Werkzeug, das ihm dabei helfen würde, die Wahrheit zu erfahren.

Er kletterte wieder hinters Steuer, löste die Handbremse und rollte langsam los. »Ich habe Bärenhunger«, rief er. »Sie auch?«

»Nein. Nur Durst«, antwortete der Mann.

Das reichte.

In der Garage zog Bassel erneut die Handbremse und schaltete den Motor aus. Dann drückte er den Entriegelungsknopf der Schiebetür, die automatisch aufschwang. »Willkommen in Ihrer vorübergehenden Unterkunft. Seien Sie beim Aussteigen vorsichtig. Vielleicht sind Ihre Beine wegen der unbequemen Sitzposition noch etwas schwach.«

»Geht schon«, murmelte Carsten.

Wie ein Fallschirmspringer in schwindelerregender Höhe rutschte er bis zum Rand und hielt sich an einem Griff fest.

»Ich zeige Ihnen das Haus. Morgen sollten wir möglichst früh losfahren. Auf jeden Fall noch im Dunkeln. Wissen Sie schon, wohin ich Sie bringen soll?«

»Wenn es Ihnen nicht zu weit ist, klingt Bremen verlockend.«

»Überhaupt kein Problem. Und jetzt kommen Sie!«

Durch eine Tür führte Bassel seinen Gast in den Hausflur.

»Ist das Ihr Haus?«, fragte Carsten.

»Das habe ich im November angemietet. Ich bin ein Vagabund.« Bassel lachte. »In Hamburg bleibe ich bis höchstens Februar. Danach ziehe ich weiter. Was mir an dem Haus sofort gefallen hat, sind die fehlenden Nachbarn.« Wieder lachte er. »Das Gebäude ist recht schmal, dafür hat es drei Etagen. Hier unten liegen Wohnzimmer, Küche und das Hauptbad. In der ersten Etage ein großes Schlafzimmer mit einer Toilette und ganz oben ist Ihr Reich. Gästezimmer plus Bad. Es fehlt ein Keller, deswegen habe ich ziemlich viele Sachen in der Garage untergebracht.«

Carsten schaute sich im Wohnzimmer um. »Die Möbel stammen vom Vermieter?«, fragte er.

»Bei meiner Lebensweise sind Möbel hinderlich«, bestätigte Bassel.

»Wie kommt es, dass Sie in Hamburg gelandet sind, während unsere gemeinsame Freundin sich ebenfalls vor Ort aufhält?«

Die Frage war naheliegend. Bassel musste vorsichtig sein. Sein Gast dachte offenbar mit. Er durfte ihn nicht als Lügner enttarnen.

»Luisa ist der Grund für mein Vagabundenleben«, behauptete er. »Dass wir uns hier begegnet sind, war ein dummer Zufall – musste aber wohl irgendwann zwangsläufig passieren. Als ich sie am Jungfernstieg aus einer Boutique kommen sah, wusste ich, dass ich so nicht weitermachen kann.«

»Was meinen Sie damit?«, fragte Carsten.

»Im Prinzip war ich auf der Flucht vor ihr. Nein. Falsch. Vor unserer gemeinsamen Vergangenheit. Genau das will ich hinter mir lassen.« Er strich sich übers Haar. »Sorry, mir ist beinahe schon flau vor Hunger. Ich muss etwas essen. Sie wollen wirklich nur trinken?«

»Was essen Sie?«

»Die besten Brötchen der Stadt. Dazu verschiedene Käse- und Wurstsorten.«

»Klingt gut. Wenn es Ihnen keine Umstande ...«

»Überhaupt nicht. Nehmen Sie Platz. Schalten Sie ruhig den Fernseher ein. Der NDR hat Programmplatz drei. Ich hoffe, man berichtet nicht über uns.« Er deutete zur Couchecke.

»Danke.«

Bassel wandte sich ab und ging in die Küche. Auf der

Arbeitsfläche lag tatsächlich eine Tüte mit Brötchen. Das Essen sollte seinen Gast später ablenken.

»Mögen Sie Orangensaft?«, rief er.

»Ja. Aber Wasser würde mir auch reichen.«

Da man das Betäubungsmittel in Orangensaft nicht herausschmecken konnte, schenkte Bassel den Saft in zwei Gläser ein. Das für seinen Gast füllte er fast bis zum Rand. Nun kam der kritische Teil. Er schüttete das Mittel in den O-Saft. Aus einer Schublade holte er einen kleinen Plastiklöffel und verrührte die Mischung lautlos. Dann trug er beide Gläser ins Wohnzimmer. Carsten schaute tatsächlich NDR. Bassel stellte das präparierte Getränk auf den Tisch neben ihm und trank einen Schluck aus seinem eigenen.

»Jetzt mache ich Brötchen. Reichen Ihnen zwei Hälften?«

»Ja. Danke«, murmelte Carsten. »Bislang kam in den Nachrichten nichts über uns.« Er nahm den Blick nicht vom Bildschirm.

»Ein gutes Zeichen.«

Bassel kehrte in die Küche zurück. Er schnitt drei Brötchen auf und beschmierte sie mit Butter. Drei Hälften belegte er mit Käse, zwei mit Salami und eine mit Schinken. An die Arbeitsfläche gelehnt lauschte er. Der Fernseher übertönte jedes andere Geräusch. Er packte die Hälften auf ein Tablett, das er ins Wohnzimmer trug. Carstens Glas war leer.

»Der Saft ist lecker, oder?«

»Ja. Ziemlich gut.«

Sein Gast griff zur Fernbedienung und schaltete den Ton aus. »Die nächsten Nachrichten kommen in einer Stunde.«

Bassel stellte das Tablett ab. »Greifen Sie zu. Ich hole eben den O-Saft.«

Er ging zurück in die Küche. Die Wirkung des Betäubungsmittels setzte normalerweise schon nach wenigen Minuten ein. Aus dem Kühlschrank holte er die noch halb gefüllte Saftflasche.

Im Wohnzimmer biss sein Gast in ein Käsebrötchen. Er kaute, schluckte und verzog sein Gesicht.

»Alles in Ordnung?«, fragte Bassel.

»Mir ist ein bisschen schwindelig.« Carsten legte das Brötchen beiseite und erhob sich. »Wahrscheinlich die Aufregung. Wo ist die Toilette?«

»Das hier ist alles bloß Theater«, sagte Bassel.

»Was?« Verständnislos sah sein Gast ihn an. Er erhob sich unsicher.

»Aber gleich erfahren wir die Wahrheit«, fuhr Bassel fort. »Auf die eine oder andere Weise.«

»Ich verstehe kein Wort«, murmelte Carsten.

»Freiwillig oder schmerzhaft. Allerdings befürchte ich, kommen Sie um die schmerzhafte Tortur nicht herum.« Bassel trat in Schlagweite seines Gastes.

»Können Sie mich zur Toilette bringen? Ich muss ...«

Bassel schlug zu. Carsten stürzte zu Boden, wo er regungslos liegenblieb.

»Du musst mir gleich nur die Wahrheit sagen. Mehr verlange ich gar nicht.«

54

Till saß am Schreibtisch. Er trug nach wie vor die dicke Winterjacke und hatte weder den Computer noch eine Lampe angeschaltet.

Seit dem Telefonat mit Miriam und Bastian dachte er an Luisa. Welche Rolle spielte sie in der Aufführung?

Bei der Auftragserteilung hatte er ihr geglaubt. Den Gedanken, sie könnte noch immer in Carlos verliebt sein, hatte er trotzdem für möglich gehalten, obwohl sie nicht wie eine liebeskranke Stalkerin gewirkt hatte. Ganz im Gegenteil. Er hatte ihr die Rolle des Opfers abgenommen.

Aber was, wenn sie nur finanziell das Opfer gewesen war?

Als ihm zu warm wurde, schlüpfte er aus der Jacke und hängte sie an den Garderobenständer. Er ging zum Kaffeeautomaten und bereitete sich einen Kaffee Crema zu. Mit der Tasse in der Hand kehrte er zum Schreibtisch zurück. Er malte sich den Ablauf des Mordes an Vera Hellweg aus.

Carlos betritt das Haus. Zwischen den beiden entbrennt ein

Streit, weil Hellweg die neuen Informationen gegen ihn vorbringt. Sie ist deswegen so wütend, dass sie ihn sogar körperlich angreift. Er wehrt sich, schlägt ihr ins Gesicht. Dann stößt er sie von sich, und Hellweg fällt unglücklich gegen die Tischkante. Der Betrüger überzeugt sich davon, dass nichts Schlimmeres passiert ist, ehe er fluchtartig das Haus verlässt. Irgendwann rappelt sich Hellweg auf. Im Lauf der nächsten Minuten oder Stunden klingelt es bei ihr an der Haustür. Es ist Luisa Claußen, die die verständnisvolle Zuhörerin mimt. In Wahrheit verfolgt sie allerdings einen teuflischen Plan.

Till nippte an dem Kaffee. Johanna Schiller und Margot Bassel hatten Schlaftabletten geschluckt. Freiwillig?

Es wäre für jemanden von Luisas Statur nicht unmöglich, die benommenen, vielleicht sogar schlafenden Frauen in eine Badewanne zu bugsieren. Noch viel leichter wäre es, einer betäubten Person die Pulsadern aufzuschneiden. Um keine verräterischen Fingerabdrücke zu hinterlassen, hätte sie jedoch nicht die vorhandene Tastatur an den PCs benutzen können. Selbst mit Handschuhen hätte sie Spuren erzeugt. Hatte Luisa eine eigene Tastatur an den PC angeschlossen und später wieder mitgenommen? Er notierte sich diesen Punkt. Vielleicht konnten die Ermittler im Nachhinein feststellen, ob er in dieser Hinsicht recht hatte. Je nachdem, ob die Computer der Opfer noch als Beweismittel eingelagert waren.

Ihre Motivation wäre in diesem Szenario eindeutig. Miriam hatte ihn auf die richtige Spur gebracht. Trotz seines Betrugs liebte Luisa Carlos. Sie wollte ihn für sich behalten. Die Partnerinnen, die er nach ihr ausgenommen hatte, waren in den Augen einer Stalkerin keine Opfer, sondern Nebenbuhlerinnen, die sie bestrafen wollte. Die vorgetäuschten Suizide, von denen Carlos eventuell nie etwas erfuhr, waren bloß der erste Schritt. Um ihn an sich zu binden, musste sie weitergehen. Ihn als Mordverdächtigen ins Rampenlicht zerren.

Was ihr in Hamburg gelungen war.

Aber wie passte Oliver Bassel in dieses Szenario? War er bloß wegen der Suizidtheorie misstrauisch und versuchte, den Tod seiner Schwester aufzuklären? Der Nebel um Luisas Rolle lichtete sich in Tills Kopf. Oliver Bassels Motivation blieb hingegen undurchsichtig.

Wieso hatte er dem Betrüger geholfen? Steckte er mit Luisa unter einer Decke, oder verfolgte er eigene Pläne?

Till schaltete den PC ein. Bassel war das Puzzlestück, das nicht ins Gesamtbild passte. Aber vielleicht fände Till in den Weiten des Internets Informationen, die ihn voranbringen würden.

55

Zuerst vernahm Carsten eine Art Zischen. Sein Kopf dröhnte. Verwirrt schlug er die Augen auf. Es dauerte ein paar Sekunden, bis er seine Umgebung klar sehen konnte. Er schaute auf ein Fenster, dessen Außenrolladen halb heruntergelassen war. Dementsprechend düster war es im Zimmer.

Etwas drückte auf seine Handgelenke, und er verspürte ein leichtes Pinkelbedürfnis. Er versuchte, die Arme vom Rücken nach vorn zu bewegen. Erfolglos.

Panik stieg in ihm hoch. Gleichzeitig kehrten die Erinnerungen zurück. Der Unbekannte, der ihn vor der Polizistin gerettet hatte. Dem er blind vertraut hatte. Der Mann hatte ihm Saft und Brötchen angeboten. Ein paar Minuten später war Carsten schwindelig geworden. Was war danach passiert?

Noch einmal versuchte er, die Arme zu bewegen. Sie waren gefesselt. Er blickte an sich hinunter. Er saß nackt auf einem Stuhl. Auch die Beine waren festgebunden.

»Oh mein Gott«, wisperte er.

»Gott kann dir nicht helfen«, erklang in seinem Rücken die Stimme des vermeintlichen Retters.

Hektisch schaute Carsten über die Schulter. Aus dem Augenwinkel sah er seinen Peiniger, der ihm zulächelte und dann vortrat, sodass Carsten sich nicht mehr den Hals verrenken musste. Der Mann hatte sich umgezogen. Er trug ein schwarzes T-Shirt und eine ebenfalls schwarze Sporthose. Außerdem rote Sneaker. Carsten bemerkte seine bandagierten Hände. Wie bei einem Boxer. Am meisten schockierte ihn der Gegenstand, den der Unbekannte festhielt. Einen Flambierbrenner. Carsten kochte gern für seine Opfer. Manchmal benutzte er dafür einen solchen Brenner. Er brauchte nicht viel Fantasie, um sich vorzustellen, was man einem wehrlos gefesselten, nackten Menschen mit diesem Gerät antun konnte.

»Hallo, Carsten«, sagte der Mann.

»Wer sind Sie? Was wollen Sie?«

»Zwei sehr gute Fragen, auf die du Antworten verdient hast. Ehrliche Antworten. Denn eins ist mir für die nächsten Stunden ganz besonders wichtig: Lass uns ehrlich zueinander sein. Einverstanden?«

Carsten nickte. Seine Gedanken rasten. Wieso sprach der Mann von *Stunden*? Was hatte er vor?

»Wundervoll.« Der vermeintliche Retter stellte den Flambierbrenner auf den Boden. »Da ich Himmel und Hölle in Bewegung gesetzt habe, um unsere Begegnung zu arrangieren, hast du es verdient, dass ich zuerst beichte. Ich beginne mit einer kleinen Sünde. Vorhin im Auto habe ich dir einen falschen Namen gesagt. In Wahrheit heiße ich Oliver Bassel.«

Erschrocken musterte Carsten das Gesicht des Mannes. Er sah keine Ähnlichkeit zu Margot Bassel.

»Du verstehst die Zusammenhänge«, sagte Bassel.

»Das erkenne ich an deinem Blick. Und ja, du hast recht. Margot und ich waren verwandt. Halbgeschwister. Unsere Ähnlichkeit ist nicht sonderlich groß, auch wenn wir dieselbe Augenfarbe und eine identische Mundpartie haben. Ich versichere dir, ich lüge nicht. Margot und ich hatten ein sehr spezielles Verhältnis. Von gegenseitigem Respekt und Zuneigung geprägt. Wir hatten denselben Vater, aber nicht dieselbe Mutter. Mein Erzeuger hat mich verlassen, als er Margots Mutter kennenlernte. Es dauerte bis zu Margots zwölftem Geburtstag, bis ich meine jüngere Schwester das erste Mal treffen durfte. Das war ein halbes Jahr nach dem überraschenden Herztod meines Vaters. Von da an sahen wir uns regelmäßig. Wir verstanden uns blind, als wären wir zusammen aufgewachsen. Mein Vater hat übrigens noch ein Kind gezeugt, ebenfalls ein Mädchen, ebenfalls meine Halbschwester. Zu ihr hatte ich nie einen Draht. Selbst ihr früher Unfalltod hat mich nicht belastet. Zu Margot hingegen ...« Bassel schaute versonnen in die Leere. Dann setzte er sich im Schneidersitz auf den Boden, außerhalb von Carstens Reichweite. »Ich habe ihr immer etwas vorgemacht. So getan, als hätte ich ein fantastisches Leben. Aus einem Grund, den ich bis heute nicht verstehe, wollte ich sie beeindrucken. Wenn wir uns trafen, lieh ich mir Luxuslimousinen, um sie abzuholen. Kaufte mir Markenkleidung, die viel zu teuer war. Erzählte ihr Geschichten von Geschäftsideen, mit denen ich Unsummen verdiente. Ich war so überzeugend, sie glaubte jedes einzelne Wort. Margot war selbst wohlhabend – wie du weißt. Ich wollte es ihr gleichtun. Bis zu ihrem Tod wusste sie nicht, wie es tatsächlich um meine Finanzen bestellt war. Denn sonst hätte sie mir ein größeres Stück der Erbmasse übrig gelassen. Ehrlich gesagt hat ihre Nichte Nicole das Geld bei Weitem nicht so nötig gehabt wie ich. Trotzdem sollst du nicht glauben, dass du wegen des Finanzbetrugs in diese Lage geraten bist. Nein. Ohne mein schlechtes Gewissen wären wir nicht hier.«

»Schlechtes Gewissen?«, hakte Carsten verständnislos nach.

Bassel nickte betrübt. »Ungefähr vier Monate, bevor du in ihr Leben getreten bist, habe ich einen dummen Fehler begangen. Ich bin manchmal etwas jähzornig. Sehe zu schnell rot. Ein Fehler, auf den ich nicht stolz bin. Aber Ehrlichkeit ist mir wichtig. Sonst dürfte ich sie wohl kaum von dir einfordern. Aus einem harmlosen Streit abends in der Straßenbahn entstand eine Schlägerei. Ich schlug meinen Kontrahenten halbtot, weil ich nicht von ihm ablassen konnte. Auch nicht, als er schon am Boden lag. Die Bullen übernahmen die Ermittlungen und suchten Zeugen. Hals über Kopf flüchtete ich ins Ausland. Margot und allen, die es hören wollten, erzählte ich von einer Midlife-Crisis. Dass ich Geschäftsanteile verkauft hätte, um mir ein Jahr im Ausland Gedanken über den Sinn des Lebens zu machen. In Wahrheit wollte ich ein Jahr vor der Fahndung fliehen. Ich wusste, die Bullen würden nur ein paar Wochen nach dem Täter suchen. Immerhin ging es nicht um Totschlag, sondern um schwere Körperverletzung. Ich ließ mich also ein Jahr nicht in Deutschland sehen und vermied jeden Kontakt zu Margot oder den wenigen Freunden, die mir wichtig waren. Genau in dieser Zeit hast du Margot kennengelernt. Als ich meine Rückkehr nach Deutschland vorbereitete, hörte ich von ihrem Tod. Suizid. Ich konnte es nicht glauben. Sie war kein Mensch, der Selbstmord begehen würde. Egal, wie mies ihr eine Ratte mitgespielt hätte. Seither versuche ich, die Wahrheit zu erfahren. Und genau deswegen sind wir hier. Du wirst mir alles erzählen, was ich wissen will.«

»Kein Problem! Ich habe nichts zu verbergen.« Carsten schöpfte Hoffnung. Der Mann würde ihm Schmerzen zufügen, daran bestand kein Zweifel. Aber vielleicht konnte Carsten das Ausmaß in Grenzen halten.

»Wie heißt du?«, fragte Bassel.

»Carsten Schmeltzer. Mit tz.«

»Wann und wo bist du geboren?«

»Am dritten April 1987 in Solingen. Das ist eine Stadt in ...«

»NRW.«

Carsten nickte.

»Das waren die einfachen Einstiegsfragen.« Bassel erhob sich. »Jetzt kommen wir zu den Punkten, die ich wirklich wissen will. Ich hoffe, *Carsten Schmeltzer aus Solingen*, du verstehst, dass ich mangelnde Kooperation bitter bestrafen werde.«

»Ich sage dir alles, was ich weiß«, versprach Carsten hektisch.

Bassel ballte die rechte Faust, trat einen Schritt vor und schlug erbarmungslos zu. Der Treffer brach Carsten die Nase, aus der sofort Blut schoss. Schmerz explodierte in seinem Schädel. Carsten stöhnte, beschwerte sich jedoch nicht. Mit einer solch brutalen Demonstration hatte er gerechnet.

»Ich sage dir alles, was ich weiß«, wiederholte er.

»Das höre ich gerne.« Bassel griff in seine Hosentasche, aus der er ein Taschentuch zog, das er auf Carstens Nase drückte, bis die Blutung nachließ. Dann trat er einige Schritte zurück und musterte ihn wie ein lästiges Insekt.

»Du hast mit Margots Gefühlen gespielt.«

»Ja«, sagte Carsten. »Wir haben ein paar Monate zusammen verbracht. In der Zeit habe ich ihr die große Liebe vorgegaukelt und sie um siebzig- oder achtzigtausend Euro erleichtert. Ich kann dir alles zurückzahlen. Überhaupt kein Problem. Mit Zinsen. Zinseszinsen.«

»Hast du sie zum Suizid überredet?«

»Nein! Nein! Nein! Das hast du von meiner Ex Luisa, richtig? Die spinnt! Du darfst ihr nicht glauben! Sie denkt sich das aus. Ich habe keinen Grund, den Frauen den Tod zu wünschen. Es geht mir nur ums Geld. Außerdem habe ich erst vor wenigen Tagen von den Todesfällen gehört.«

»Hast du Margot eigenhändig getötet?«

»Nein!«, kreischte Carsten.

»Warum hast du dich heute mit einer Polizistin und dem Personenfahnder getroffen?«

»Ich wusste nicht, dass die Frau Polizistin ist. Buchinger wollte ich Beweise für meine Unschuld übergeben.«

»Die Beweise waren in dem Briefumschlag?«

Carsten nickte.

»Was war in dem Umschlag?«

»Ich ziehe die Masche seit vielen Jahren durch.« Er ließ den Kopf sinken. Blut tropfte ihm in den Schoß. »Ich erleichtere liebesbedürftige Frauen um relativ kleine Beträge.«

»Kleine Beträge?«

»Keines meiner Opfer hat sich jemals getötet. Ich suche mir keine psychisch labilen Kandidatinnen aus. Ja. Sie sind in emotionaler Hinsicht bedürftig. Sehnen sich nach der großen Liebe. Aber sie haben keine Psychomacke. Bei Luisa Claußen habe ich einen Fehler gemacht.« Er hob wieder den Blick. »Sie ist verrückt. Von mir besessen. Sie will mich zurückhaben und setzt deswegen Lügen in die Welt.«

»Was war in dem Umschlag?«, wiederholte Bassel.

»Die Namen von acht Frauen, die ich vor Luisa getroffen habe. Inklusive Kopien des jeweils letzten Zahlungseingangs bei mir. Sozusagen als Nachweis, wann ich sie verlassen habe. Keine dieser Frauen hat Suizid begangen.«

»Margot auch nicht!«

»Du sagst es. Da muss jemand anders hinterstecken.«

»Du!«

»Nein.«

»Wer dann?«

»Es kann nur Luisa sein. Sie ist die Mörderin. Irgendwie hat sie herausgefunden, mit wem ich mich nach ihr eingelassen habe. Wie gesagt. Sie ist verrückt. Wollte mich zurückhaben. Ich glaube, sie hat Johanna, Margot und Vera aus Eifersucht getötet.«

»Mit so einer Psychopathin hast du dich abgegeben?«

»Es ist die einzige Erklärung. Jemand hat Vera ermordet. Ich war es nicht. Warst du es?«

Ohne Vorwarnung trat Bassel zu und traf Carstens Kniescheibe. Der schrie vor Schmerz.

»Entschuldige«, stöhnte er nach ein paar Sekunden mit zusammengepressten Zähnen.

»Entschuldigung akzeptiert.«

»Jemand hat Vera ermordet«, wiederholte Carsten, als der Schmerz langsam abklang. »Ich schwöre, ich war es nicht. Du ebenfalls nicht. Luisa traue ich das zu. Sie ist gefährlich. Das habe ich bloß viel zu spät begriffen.«

»Ich trage derzeit Informationen über Luisa zusammen. Du kannst mir helfen. Sie wohnt in Baden-Baden.«

»Ja. In einer Villa, die sie von ihren Eltern geerbt hat.«

»Hält sie Haustiere? Einen Hund?«

»Nein. Sie hasst Tiere!«

»Ist das Haus durch eine Alarmanlage gesichert?«

Carsten nickte. »Der Code zur Entsperrung lautete zu unserer gemeinsamen Zeit 1977. Ihr Geburtsjahr. Sie kann sich Zahlen schlecht merken, deswegen der einfache Code. Aber ich weiß nicht, ob sie ihn im letzten Jahr geändert hat.«

»Das finde ich heraus. Keine Sorge. Beschäftigt sie eine Haushaltshilfe?«

»Zweimal die Woche kommt eine Putzfrau. Jeden Dienstag und Freitag. Um ihren Garten kümmert sich ein professioneller Gärtner. Allerdings nicht im Winter. Alle drei Wochen ein Fensterputzer. Mehr Personal ist damals nicht bei ihr ein- und ausgegangen.«

»Was ist mit den Nachbarn?«

»Im linken Haus neben Luisas Villa wohnt eine Familie mit zwei schulpflichtigen Kindern. Rechts ein älteres Ehepaar. Sie pflegt zu keinem von ihnen einen engeren Kontakt. Luisa ist einsam. Dir wird niemand Schwierigkeiten machen, wenn du bei ihr einsteigst, um die Wahrheit zu erfahren. Ich würde dir sogar helfen. Sie will mich zerstören. Bitte. Lass mich dir helfen. Sie muss bezahlen.«

»Wenn alles, was du gebeichtet hast, stimmt, *muss* sie bezahlen. Dann hat sie meine Schwester auf dem Gewissen.«

»Ich habe nicht gelogen. Glaub mir!«

Bassel starrte ihn mit kalten Augen an. »Du wirkst überzeugend. Sehr ehrlich. Du hast Schmerzen erlitten. Die Nase und das Knie. Solche Schmerzen helfen bei der

Wahrheitsfindung. Es gibt allerdings eine Sache, die mich massiv stört.«

»Nein«, flehte Carsten. »Ich habe nicht gelogen.«

»Du spielst den Frauen die große Liebe vor. Sie glauben dir. Vielleicht gaukelst du mir nur den reuigen Sünder vor.«

»Ich schwöre, ich habe die Wahrheit gesagt.«

»Du hast Margot bestimmt auch deine Liebe geschworen. Aber du hast sie nicht geliebt.« Er bückte sich und nahm den Flambierbrenner in die Hand. »Butangas. Die maximale Temperatur beträgt eintausendzweihundert Grad. Die Gaskartusche ist gefüllt. Kannst du dir vorstellen, was solche Temperaturen mit deiner Haut machen? Oder deinem Augapfel? Deiner Zunge? Deinem Penis?«

»Bitte«, flehte Carsten. Tränen schossen ihm in die Augen.

»Eintausendzweihundert Grad.« Bassel geriet förmlich ins Schwärmen. »Ob die Hölle heißer ist? Du wirst es wohl bald erfahren. Es sei denn, du überzeugst mich von deiner Ehrlichkeit.«

»Was kann ich tun, um dich zu überzeugen?«

Bassel wirkte nachdenklich. War Carsten zu ihm durchgedrungen? Neue Hoffnung durchströmte ihn. Er mochte sich nicht die Schmerzen ausmalen, die ihm der Mann mit dem Brenner zufügen könnte.

»Oh, entschuldige. Du glaubst sicher, ich denke über deinen Vorschlag nach.« Bassel kicherte unecht. »In Wahrheit habe ich nur überlegt, welches Körperteil ich mir zuerst vornehme.«

»Bitte!«

»Deine Eichel und deinen Augapfel bewahre ich mir für später auf.«

»Nein!«

»Flambierter Zeh. Klingt fast wie ein Rezeptvorschlag aus der Hölle, oder?«

Bassel kniete sich hin. Er streckte den Arm aus und hielt das Flambiergerät dicht vor Carstens rechten Fuß.

»Hast du Margot getötet?«, fragte er.

»Nein.«

Bassel entzündete die Flamme.

Der Schmerz war bereits jetzt unerträglich. Carsten schrie und schrie, bis sein Folterer das Brenngerät zurückzog. »Gnade«, flehte er atemlos.

»Im Leben nicht«, antwortete Bassel kalt. Er erhob sich. »Hast du Margot in den Suizid getrieben?«

In den Augen seines Peinigers las Carsten die Wahrheit. Er würde diese Tortur niemals überleben. Der Schmerz am Fuß war erst der Anfang und wahrscheinlich nicht mit dem zu vergleichen, was ihn erwartete. Aber wenn er schon sterben musste, wollte er wenigstens nicht winselnd abtreten.

»Beantworte du mir eine Frage. Hast du deine Schwester gefickt? Oder immer nur heimlich unter der Bettdecke davon geträumt?« Er brach in schallendes Gelächter aus.

Bassel richtete die Flamme auf Carstens nackten Unterleib.

56

Till wählte die Rufnummer und aktivierte den Lautsprecher. Dann startete er die Diktierfunktion. Das Freizeichen erklang. Ob sie ihn anhand der übertragenen Nummer direkt identifizieren würde? Die Sekunden verstrichen, ohne dass sich jemand meldete oder ein Anrufbeantworter ansprang. Till wartete. So wie er sie einschätzte, war sie zu Hause. Aber wieso ging sie nicht ans Telefon? War sie nicht neugierig, was er ihr mitteilen wollte?

Nach einer Minute nahm sie den Hörer ab.

»Hallo?«, meldete sie sich unsicher.

»Hallo, Frau Claußen. Buchinger hier.«

»Herr Buchinger! Mit Ihrem Anruf habe ich nicht gerechnet.«

»Unverhofft kommt oft, nicht wahr?«, sagte er ohne jeden Anflug von Humor in der Stimme.

»Meistens«, antwortete sie.

Nichts ließ bei ihr auf Nervosität schließen.

»Sind Sie gut zu Hause angekommen?«, fragte Till.

»Ja.«

»Eine angenehme Reise ohne Zwischenfälle gehabt?«

»Jede Fahrt mit der DB ist ein Zwischenfall. Es ist schön, kurz vor Weihnachten daheim zu sein. Ihr Honorar dürfte auf Ihrem Konto eingegangen sein. Rufen Sie deshalb an?«

»Nein. Vielen Dank. Wenn alle Auftraggeber so schnell wie Sie bezahlen würden, wäre mein Leben einfacher.«

»M-hm.«

Mit Smalltalk kam Till offensichtlich nicht ans Ziel. »Natürlich hat mein Anruf einen Grund. Ich glaube, Sie sind von falschen Annahmen ausgegangen.«

»Wovon reden Sie?«, fragte Luisa.

»Nicht nur Vera Hellweg ist ein Mordopfer. Auch Schiller und Bassel wurden getötet.«

»Wie kommen Sie darauf?«

»Alle Anzeichen sprechen dafür!« Er blieb bewusst vage.

»Das ist Unfug. Carlos hat mich psychisch fertig gemacht und versucht, mich in den Suizid zu treiben. Er hat mir das Skalpell auf den Badewannenrand gelegt. Aber er hat mich nicht angerührt. Warum hätte er davon bei meinen Nachfolgerinnen abweichen sollen?«

»Sie waren emotional stark genug, seinen Manipulationsversuchen zu widerstehen. Wieso hätte das Johanna Schiller und Margot Bassel nicht ebenso gelingen sollen?«

»Weil sie schwach waren?«

»Überzeugt mich nicht.«

»Sie haben die Frauen nicht gekannt«, wandte sie ein.

Till lächelte. »*Sie* auch nicht.« Diese Runde des Schlagabtausches ging an ihn.

Luisa antwortete nicht sofort. »Das stimmt«, erwiderte sie nach ein paar Sekunden.

»Ich gehe noch ein Stück weiter. Ihr Ex hat keine der Frauen getötet. Ich halte ihn für unschuldig.«

»Das ist Blödsinn!«, widersprach Luisa.

»Er hatte keinen Grund, die Frauen zu töten. Die Polizei kennt inzwischen meine Meinung zu dem Thema. Die Vorfälle schaden ihm, denn erst dadurch sind die Geldabflüsse von den Konten kriminalistisch untersucht worden.«

»Wer soll in Ihren Augen der Mörder gewesen sein?«

Am liebsten hätte er jetzt »Sie!« gerufen, doch das hätte ihm zu diesem Zeitpunkt nichts gebracht.

»Ich habe einen ganz heißen Tipp. Oliver Bassel.«

»Das könnte sein«, sagte Luisa. Sie sprang erstaunlich schnell auf die Theorie an.

»Ich habe im Internet Hinweise gefunden, dass Bassel entgegen seiner Aussage zum Zeitpunkt der ersten beiden Morde in Deutschland war. Vielleicht hatte er sogar eine Affäre mit Schiller. Oder sie diente zur Ablenkung. Seine Halbschwester hat er wegen des Erbes getötet. Hellweg musste sterben, um den Verdacht auf Ihren Ex zu lenken.«

»Das ergibt Sinn«, sagte Luisa leise.

Ergibt es nicht, dachte Till. In der Theorie steckten so viele Logiklöcher. Er hatte seiner Auftraggeberin ein Zuckerstück mit erfundenen Informationen vor die Nase gehalten, und sie hatte direkt danach geschnappt.

»Sie schweben in Gefahr«, warnte er. »Bassel wird Sie aus dem Weg räumen wollen. Das LKA teilt meinen Verdacht; nach dem Mann wird mittlerweile bundesweit gefahndet. Bis man ihn verhaftet hat, sollten Sie Schutzmaßnahmen ergreifen. Ich habe einen Vorschlag. Engagieren Sie mich zu Ihrem Schutz. Ich könnte innerhalb einer halben Stunde nach Baden-Baden aufbrechen und abends bei Ihnen sein. Natürlich biete ich solche Dienste nicht kostenlos an. Trotzdem lohnt es sich für Sie. Mein Honorar würde bloß dreihundert Euro am Tag betragen. Plus Fahrtkosten. Ich müsste in Ihrem Haus schlafen. Außerdem ist da noch etwas. Ich habe Details über Ihren Ex herausgefunden, die wir uns gemeinsam ansehen sollten. Etwas stimmt da nicht. Vielleicht denke ich nur falsch, und Sie können das aufklären.«

»Was meinen Sie?«

»Darüber spreche ich nicht am Telefon. Das ist zu komplex, und ich muss Ihnen Fotos zeigen.«

»Na gut«, sagte sie. »Ein paar Tage kann ich Sie mir leisten. Kommen Sie her. Dann sehen wir weiter.«

»Wunderbar. Ich breche innerhalb der nächsten halben Stunde auf und melde mich kurz vor meiner Ankunft bei Ihnen. Verlassen Sie bitte bis dahin nicht das Haus, und öffnen Sie niemandem, den Sie nicht erwarten.«

»Einverstanden.«

Sie beendeten das Telefonat, und Till stoppte den Mitschnitt. Er wählte anschließend Miriams Mobilfunknummer.

»Hier gibt's nichts Neues«, begrüßte sie ihn.

»Aber bei mir. Wenn wir vermuten, dass der Trickbetrüger keine der Frauen getötet hat und Oliver Bassel als Verdächtigen für die Morde an Schiller, Bassel und Hellweg ausklammern, bleibt nur meine Auftraggeberin übrig, richtig?«

»Bei unseren aktuellen Erkenntnissen würde ich dir nicht widersprechen.«

»Aber ihr die Taten nachzuweisen dürfte unmöglich sein. Zumindest, was Schiller und Bassel anbelangt.«

»Es dürfte schwierig werden. Was hast du vor, Till? Mir gefällt die Botschaft zwischen deinen Zeilen nicht.«

Er berichtete ihr von dem Telefonat und dass er in wenigen Minuten in den Südwesten aufbrechen würde.

»Sie hat meinem Angebot bloß zugestimmt, weil sie fürchtet, ich hätte etwas Wichtiges herausgefunden. Ich hoffe, ihr in einem Zweiergespräch ein Geständnis entlocken zu können.«

»Till, das ist verrückt und verdammt gefährlich.«

»So gefährlich finde ich …«

»Wenn du recht hast, ist sie eine dreifache Mörderin.«

»Die ungestraft davonkommt. Und mich benutzt hat, um das dritte Opfer aufzustöbern. Das kann ich nicht akzeptieren. Außerdem halte ich sie für eitel. Beziehungsweise arrogant. Den Umstand mache ich mir zunutze. Solange sie mir keine Drogen unterjubelt, bin ich ihr körperlich überlegen. Also trinke ich nur mein eigenes Wasser oder Getränke, die ich mir selbst einschütte.«

»Wie unauffällig.«

»Das klappt schon. Ich bringe einfach eine Flasche Wasser von der Fahrt mit, die ich austrinke. Falls ich recht habe, brauche ich nicht lange, um sie zu einem Geständnis zu bewegen.«

»Till!«

»Miriam, sorry, du kannst es mir nicht ausreden. Ich bin auf sie reingefallen. Ohne mich würde Vera Hellweg noch leben.«

»Das weißt du nicht.« Miriam seufzte. »Scheiße!«

57

Oliver Bassel öffnete das Fenster, um den Geruch nach verbranntem Fleisch aus dem Zimmer zu vertreiben. Die kalte Luft fuhr ihm über die erhitzte Stirn. Carsten Schmeltzer hatte erfreulich lange durchgehalten. Die vergangenen zwei Stunden waren auch für Bassel harte Arbeit gewesen – von der er jeden Moment genossen hatte.

Zwischendurch hatte er zweimal geglaubt, Schmeltzer umgebracht zu haben. Doch der Betrüger hatte in beiden Fällen nur die Besinnung verloren, aus der Bassel ihn wieder geweckt hatte.

Er schaute zu dem Mann. Die Brandwunden sprachen von dem Leid, das er ertragen hatte. Eine kleine Wiedergutmachung für das, was der Mistkerl den Frauen angetan hatte.

Bassel würde die Leiche hier liegen lassen. Bis der Besitzer der Immobilie nach dem Rechten sah, vergingen vermutlich Wochen. Immerhin hatte Bassel bis zum Monatsende die Miete bezahlt. Er warf einen letzten Blick auf den Mann. Die Folter hatte seine Wut nicht ganz abgebaut. Noch immer verspürte er Hass auf den Kerl, der Margots Herz gebrochen hatte. Bassel spuckte ihn an. Der Speichel landete auf dem Brustkorb und rann langsam herab.

Bassel verließ den Raum. Im Wohnzimmer schaltete er den Laptop ein. Um wen würde er sich zuerst kümmern? Till Buchinger oder Luisa Claußen? Beide hatten Schuld auf sich geladen. Für Bassel bestand kein Zweifel, dass Claußen die Mörderin seiner Schwester war. Insofern verdiente sie einen ähnlich schmerzhaften Tod wie Schmeltzer. Buchinger hatte der Mörderin geholfen. Auch das war Grund genug für eine unbarmherzige Behandlung, die zwangsläufig mit dem Tod enden würde.

Bassel wählte sich in das Programm ein, mit dem er den Standort von Buchingers Wagen herausfand. Er gab die PIN-Nummer des GPS-Senders ein und wartete. Nach einer knappen Minute ortete das System den Sender. Bassel runzelte die Stirn.

Der Pkw fuhr auf einer Autobahn, rund zweihundert Kilometer südwestlich von Hamburg entfernt. Lag sein Ziel in Baden-Baden? Oder hatte die derzeitige Fahrtrichtung überhaupt keinen Zusammenhang zum Wohnort der Mörderin? Bassel ließ das Programm eingeschaltet, während er im Schlafzimmer seine persönlichen Sachen zusammenpackte. Zehn Minuten später hatte sich an dem Bild nichts geändert. Buchinger näherte sich immer mehr Claußens Wohnort.

Bassel traf eine Entscheidung. Er würde sich zuerst um die Mörderin kümmern. Sollte er vor Ort auch den Personenfahnder antreffen, käme ihm das sehr entgegen. Dann könnte er sich nach erledigter Arbeit über die schweizerische oder französische Grenze ins Ausland absetzen. Er brachte seinen Reisekoffer in den weißen Lieferwagen. Auf einem Parkplatz nur wenige Kilometer entfernt stand sein richtiger Wagen. Dort würde er das Fahrzeug wechseln und die Verfolgung aufnehmen.

Im Wohnzimmer prüfte er ein letztes Mal das GPS-Signal, ehe er den Laptop ausschaltete. Zuletzt wechselte er an dem Flambierbrenner die Gaskartusche aus. Die mehrstündige Prozedur hatte sie zur Hälfte aufgebraucht. Für Claußen und Buchinger benötigte er voraussichtlich ein volles Exemplar. Um keine unliebsame Überraschung zu erleben, steckte er eine Ersatzkartusche in den kleinen Koffer, in dem er den Brenner transportierte.

BADEN-BADEN

58

Das Navigationssystem informierte Till, dass er sein Ziel erreicht hatte. Luisa Claußen lebte in einer kleinen Seitenstraße, die in beide Richtungen befahrbar war. Am Straßenrand standen zahlreiche Bäume, auf deren Ästen vereinzelt Schneereste lagen. Zwischen den Bäumen parkten Autos, zum Glück gab es noch genug Parklücken. Till stellte seinen Wagen nur wenige Meter von Luisas Grundstück ab. Er griff zum Handy und formulierte eine Nachricht an Miriam.

Bin gut durchgekommen. Melde mich später. Till

Es dauerte nur Sekunden, bis sie die Nachricht las und eine Antwort schrieb.

Pass auf dich auf.

. . .

Um ihren Worten die Dramatik zu nehmen, antwortete er mit einem Bizeps-Emoji. Dann schob er das Handy in die Jackentasche. Er schaute sich um. Im Abstand von fünfzig Metern standen Straßenlaternen, die für ausreichend Beleuchtung sorgten. Auch in verschiedenen Zimmern von Luisas Villa brannte Licht. Sie könnte sich also nicht damit herausreden, schon ins Bett gegangen zu sein. Ob sie sich seit Stunden den Kopf zermarterte, was er über ihren Ex herausgefunden hatte? War sie besorgt, dass er ihr Geheimnis gelüftet hatte?

Till griff zu der 0,7-Liter-Wasserflasche, die er beim letzten Tankstopp gekauft hatte. Er drehte sie auf und trank einen Schluck. Dann stieg er aus, holte seine Reisetasche aus dem Kofferraum und stiefelte aufs Haus zu.

In Höhe des Vordachs entdeckte er die rote Leuchte einer Alarmanlage. Als er noch fünf Schritte entfernt war, aktivierte sich ein Bewegungsmelder. Dem Anschein nach legte Luisa Wert auf ihre Sicherheit. Wäre er tatsächlich in der Absicht hergekommen, sie zu beschützen, würde er als Erstes wissen wollen, ob der Alarm angeschaltet war. Er nahm sich vor, diese Frage zur Untermauerung seiner Tarnung zu stellen.

Till schritt zur Tür und drückte den Klingelknopf.

59

Eine halbe Stunde von Baden-Baden entfernt fuhr Oliver Bassel auf einen Rastplatz. Er schaltete den Laptop ein, den er über sein Handy mit dem Internet verband. Die Software benötigte diesmal nur wenige Sekunden, um das GPS-Signal zu orten. Der Wagen des Personenfahnders stand in der Straße, in der Luisa Claußen lebte.

Bassel ging in den Rasthof, bezahlte die Toilettengebühr und nutzte eines der freien Pissoirs. Seine Gedanken kreisten um ein einziges Thema: Wie sollte er gleich vorgehen? Von Schmeltzer kannte er den Code für die Alarmanlage. Er besaß ein Werkzeug, mit der er das Haustürschloss überwinden konnte. Wäre es besser, die Bewohnerin und den Personenfahnder mitten in der Nacht zu überfallen? Sie im Schlaf zu überraschen? Oder wäre ein Angriff in den Abendstunden die klügere Alternative? Buchinger war vermutlich ein ernst zu nehmender Gegner. Aber hatte er Bassels Hass und Entschlossenheit genug entgegenzusetzen?

Er trat an eine der Theken, vor der ein Kunde gerade

auf einen Coffee to go wartete. Als Bassel an der Reihe war, lächelte er der jungen Kassiererin freundlich zu. »Ich nehme einen Latte macchiato und ein Stück von Ihrem Schokoladenkuchen.«

»Zum Mitnehmen?«, fragte sie.

»Nein. Ich brauche eine Pause. Habe noch eine lange Nacht vor mir.«

Die Frau lächelte pflichtschuldig und tippte seine Bestellung in die Kasse ein. Dann wandte sie sich dem Kaffeevollautomaten zu. Er musterte sie. Sie hatte eine gute Figur. Vor allem die Rundungen gefielen ihm. Er mochte keine dürren Klappergestelle. Sobald er seinen Job erledigt und Margots Tod gerächt hatte, würde er wieder untertauchen. Das Geld des Erbes hatte er bereits auf ein ausländisches Konto überwiesen. Wenn er sich für ein Land entschieden hatte, müsste er Ausschau nach einer Partnerin halten, mit der er es hoffentlich viele Jahre aushielte. Die letzte ernsthafte Beziehung war zu lange her. Eine gute Partnerschaft dämpfte den Hass in ihm, der schon in der Pubertät aufgeblüht war.

Mit Macchiato und Kuchen steuerte er eine freie Sitzgruppe an. Er dachte an Margot. Die Nachricht ihres Todes hatte damals etwas in ihm zerstört. Sein Lebenstraum, der während der Zeit im Ausland in ihm aufgeblüht war, hatte sich schlagartig in Luft aufgelöst.

Dafür würde Luisa Claußen bezahlen. Genau wie Till Buchinger, auch wenn dessen Schuld eine andere Dimension besaß. Am Ende konnte Bassel auf solche Feinheiten keine Rücksicht nehmen.

60

Das Kaminfeuer brannte im Wohnzimmer. Einerseits schuf es eine behagliche Atmosphäre, andererseits fand Till den großen Raum viel zu überheizt.

Luisa führte ihn zur Essecke, auf der zwei Gläser Rotwein, eine Käseplatte, ein Brotkorb und salzige Knabbereien standen.

»Ich habe extra noch einmal eingekauft. Nach der langen Fahrt sind Sie bestimmt durstig und hungrig.«

»Das hält sich in Grenzen.« Er analysierte die Situation. Ob Luisa normalerweise auf der Seite saß, von der sie den Kamin sehen konnte? Till ging zielstrebig dorthin.

»Da sitze ich«, sagte sie schnell.

»Alles klar.« Er nahm den anderen Platz ein und stellte seine Wasserflasche in Griffweite.

Luisa setzte sich ihm gegenüber. Sie streckte ihm ihr Weinglas entgegen. »Trinken wir auf Ihr Wohl.«

Er griff zur Wasserflasche. Irritiert sah sie ihn an.

»Ich bin hier, um Sie zu beschützen. Da ist Alkohol nicht sehr hilfreich.«

»Aber Sie können wenigstens mit mir anstoßen?«

»Gerne mit Wasser.«

Seine Auftraggeberin verdrehte die Augen. Sie stand auf, nahm sein Weinglas und ging auf die nächste Tür zu.

»Was haben Sie vor?«, fragte Till.

»Ich erwarte von meinen Gästen zivilisiertes Benehmen«, sagte sie säuerlich.

Till folgte ihr, blieb aber an der Türschwelle stehen. Luisa schüttete den Wein in die Spüle. Dann holte sie aus einem Hängeschrank ein frisches Glas, das sie ihm in die Hand drückte.

»Bei mir trinken Sie bestimmt nicht aus einer Plastikflasche. Das ist einfach bloß niveaulos.«

Sie zwängte sich an ihm vorbei und nahm wieder Platz. Till schüttete das Glas bis zur Hälfte mit Wasser voll. Dann stieß er mit Luisa an. Sie nippte an ihrem Weinglas und musterte ihn.

»Sie wirken so, als hätten Sie schlechte Nachrichten für mich«, sagte sie. »Spannen Sie mich nicht weiter auf die Folter! Was haben Sie über Carlos herausgefunden?«

»Der Mann, der sich Ihnen gegenüber als Carlos ausgibt, hat Kontakt zu mir aufgenommen.«

Sie schaute ihn verblüfft an. »Wann?«

»Heute Morgen.«

»Wieso sagen Sie das erst jetzt? Was wollte er? Hat er den Mord an der Buchhändlerin ...« Sie hielt inne. »Hat er *alle* Morde gestanden? Waren Sie deswegen am Telefon so sehr davon überzeugt, dass auch die anderen Frauen keinen Suizid begangen haben? Allerdings kann das gar nicht sein. Sie bezeichneten ihn als unschuldig. Ehrlich gesagt, verstehe ich nichts mehr.«

»Nein, die Morde hat er nicht gestanden.«

»Aber?«

»Er hat gestanden, schon vor Ihnen weitere Frauen finanziell ausgenommen zu haben.«

Luisa zuckte mit den Schultern. »Als hätte ich das nicht geahnt. Immerhin haben wir alle eine Geschichte, oder?«

Ihre Antwort war so defensiv, als verteidige sie vor ihren Eltern ihre neue Flamme, deren pikante Vergangenheit ans Licht gekommen war.

»Die Frauen, die vor Ihnen seinen Weg gekreuzt haben, leben noch alle«, fuhr Till fort. »Ich habe Stichproben gemacht. Carlos hat keine davon zum Suizid gedrängt.«

»Das heißt gar nichts!«, entgegnete sie.

»Doch! Dieses Vorgehen passt einfach nicht zu ihm. Ich denke, er hat mit den Todesfällen nichts zu tun.«

»Sondern dieser Oliver Bassel.«

»Zum Beispiel.«

»Das ändert nichts!« Mit der flachen Hand schlug sie wütend auf den Tisch. »Er wollte mich in den Tod treiben. Hat mir die Badewanne eingelassen und das Skalpell auf den Rand gelegt. Wie erklären Sie das?«

Auf diese Art von Einwand hatte sich Till während der Fahrt die passende Antwort zurechtgelegt. »Vielleicht hatte er eine ganz besondere Beziehung zu Ihnen? Leidenschaftlicher als bei den anderen Frauen? Intensiver?«

Sie zeigte die erhoffte Reaktion. Luisa fühlte sich geschmeichelt. Sie lächelte versonnen.

»Wenn er Sie mehr geliebt hat als die Frauen vor oder

nach Ihnen, ergibt es Sinn, wenn er nur Sie in den Tod treiben wollte«, fuhr Till fort. Könnte er ihr die Wahrheit entlocken, indem er ihre besondere Rolle hervorhob?

»Das stimmt«, sagte sie leise.

»Wir haben in unseren Gesprächen vor allem über Carlos' Betrug gesprochen. Wie er Sie überzeugt hat, ihm Geld zu geben. Und natürlich über das Ende. Aber wir haben bislang die guten Phasen in Ihrer gemeinsamen Zeit zu wenig beleuchtet. Ich glaube, darin steckt die Lösung, um alles aufzuklären. Erzählen Sie mir von sich und Carlos. Von den schönen Monaten. Welche Gefühle hat er in Ihnen ausgelöst?«

Mit leicht zittrigen Fingern griff sie zum Weinglas und trank es leer. Dann lächelte sie. »Davon erzähle ich Ihnen gerne.«

61

»Welche Gefühle hat Carlos in mir ausgelöst?«, wiederholte Luisa Tills Frage. »Das erste Wort, das mir einfällt, ist Feuerwerk. Bunt, explosiv, malerisch schön. Waren Sie jemals über Silvester in Dubai?«

»Ich war noch nie in Dubai.«

»Das sollten Sie unbedingt nachholen. Im richtigen Hotel können Sie an Silvester um Mitternacht am Strand stehen und ein gut fünfzehnminütiges, perfekt orchestriertes Feuerwerk genießen. Genau das hat Carlos bei mir ausgelöst.« Sie schenkte sich Wein nach, trank jedoch nicht sofort. »Von unserem Kennenlernen habe ich Ihnen ja erzählt.«

»In Iffezheim.«

Sie nickte. »Ich fand ihn auf Anhieb unterhaltsam, charmant, gut aussehend. Aber ich hätte nie geglaubt, dass ich ihm verfallen ... nein, nein, nein.« Sie brach abrupt ab und trank einen großen Schluck. »Nicht *verfallen*, streichen Sie das. Mir klingt das zu negativ.

Keine Ahnung, warum ... wahrscheinlich ... bin ich leicht beschwipst«, stammelte sie und kicherte.

»Dann fangen Sie noch mal an.«

Luisa zögerte und legte sich offenbar die richtigen Worte zurecht. »Ich hätte nie geglaubt, dass ich mir irgendwann mit ihm ein ›und sie lebten glücklich bis zum Ende ihrer Tage‹ hätte vorstellen können.«

»Also sahen Sie in ihm Ihren Märchenprinzen.«

»Das trifft es. Ich hatte in den Jahren davor nicht viel Glück mit Männern und auch kein großes Interesse an ihnen. Mit Carlos änderte sich das alles.«

»Wie lange hat diese Phase angehalten?«

Wieder antwortete Luisa nicht sofort. »Im Nachhinein betrachtet, bis er mich zum ersten Mal um Geld bat. Er hatte angeblich ein kurzfristiges Liquiditätsproblem wegen fest angelegter Summen. Carlos präsentierte mir die Rechnung eines Küchenstudios, das eine Anzahlung für eine maßgeschneiderte Küche erwartete. Er hat mich im Glauben gelassen, er hätte hier in Baden-Baden in ein Neubauprojekt investiert. Die meisten Geldbeträge, die er sich von mir ergaunerte, hatten damit zu tun. Er sagte, er könne die zu einem attraktiven Festzins angelegte Summe auch vor Fristende auflösen, hätte dann aber krasse Zinsverluste. Also sprang ich in die Bresche. Wenn ich mich richtig entsinne, hatten wir in jener Nacht unglaublich guten Sex. Nicht falsch verstehen, er war immer ein sehr rücksichtsvoller Liebhaber, aber manchmal legte er sich noch ein bisschen mehr ins Zeug. Heute weiß ich, er behandelte mich wie ein Kind, das bei Wohlgefallen ein Betthupferl bekam.«

Wieder trank sie aus und schenkte sich sofort nach.

»Und dann?«

»Ich bemerkte eine schleichende Veränderung.

Anfangs waren wir oft unterwegs. Zum Beispiel im Casino, auf der Rennbahn oder auch mal in Zürich zur Shoppingtour. Hinterher verließen wir immer seltener das Haus. Inzwischen verstehe ich den Grund. Er wollte mich isolieren. Damit sein Plan aufgehen würde und niemand bei einem Suizid Verdacht schöpfen würde. Leider war ich naiv genug, unsere Zweisamkeit toll zu finden. Diese selbst gewählte Isolation erlöste mich von einem großen Problem. Wenn ich mit Carlos unterwegs war, sah ich die begierigen Blicke, die andere Frauen meinem Mann zuwarfen. Er hatte eine Ausstrahlung, bei der viele Damen rollig werden. Mit ihm einzukaufen war anstrengend, weil ich immer befürchten musste, dass eine Verkäuferin ihm schöne Augen macht, während ich in der Kabine nuttige Dessous anprobiere.«

Bewusst oder unbewusst bezeichnete sich Luisa als eifersüchtig. Till beschloss, seine Taktik zu ändern und nicht mehr bloß zuzuhören.

»Was hat er Ihnen über sein früheres Liebesleben erzählt?«

»Angeblich war er viele Jahre Single. Ich habe ihm das geglaubt. Frühere Beziehungen hat er nur kurz angerissen und mir den Eindruck vermittelt, nichts davon sei ernst gewesen.«

»War das nicht ziemlich naiv von Ihnen? Bei der Ausstrahlung, von der Sie gerade erzählen?«

»Na und?«, fauchte sie. »Glauben Sie nicht, ich hätte mich nicht rückversichert. Natürlich habe ich mal heimlich einen Blick ins Handy oder seine E-Mails geworfen, wenn er unter der Dusche stand. In seinen Kontakten fand ich fast nur Männernamen. Außerdem nicht eine Nachricht, die mich an seiner Treue hätte zweifeln lassen.«

»Und Sie haben nie versucht, etwas über seine Vergangenheit herauszufinden?«

»Die interessierte mich gar nicht. Wir haben alle unsere Geschichten!«

Till entsperrte sein Handydisplay. »Ich könnte Ihnen ein paar seiner Ex-Beziehungen zeigen«, bot er an. »Sind Sie interessiert?«

Sie starrte das Handy an. »Geben Sie her!«

Um ihre Ungeduld anzustacheln, zögerte er kurz, ehe er ihr das Telefon über den Tisch zuschob. Sie griff danach und begutachtete die Fotos der Unterlagen, mit denen Carlos seine Unschuld beweisen wollte.

»Was sind das für Weiber? Und was haben diese Kontoauszüge zu bedeuten?«

»Das sind die Frauen, die Ihr Ex in den drei Jahren vor Ihnen finanziell ausgenommen hat.«

Sie schaute ihn entsetzt an und legte das Telefon beiseite. Till nahm es an sich, damit sie nicht bemerkte, dass er ihre Unterhaltung aufzeichnete.

»Nein«, flüsterte sie. »Unmöglich. Das sind zu viele! So einer ist Carlos nicht.«

»Leider haben Sie sich bei ihm in mehrfacher Hinsicht getäuscht.«

»Nein!«, kreischte sie. »Das sind Fälschungen!«

Till wunderte sich. War Luisa nie auf die Idee gekommen, etwas über die Verflossenen ihres Liebhabers herauszufinden? Hatten diese Frauen Glück gehabt, dass Luisa in dieser Hinsicht offensichtlich blind sein *wollte*?

»Er hat mir die Unterlagen persönlich zur Verfügung gestellt.«

»Wann?«

»Ich habe Ihnen von dem Telefonat erzählt«, erwiderte Till bewusst vage.

»Wieso sollte er sich selbst beschuldigen?«

»All diese Frauen leben noch. Für ihn ist das der Beweis, Ihnen nichts angetan zu haben. Oder Johanna Schiller. Margot Bassel. Vera Hellweg.«

Bei jedem Namen zuckten Luisas Mundwinkel.

»Warum dann ich?«, fragte sie aufgebracht.

»Erzählen Sie mir von Ihren letzten gemeinsamen Tagen.«

»Er hatte mich am Tag zuvor wieder einmal um Geld gebeten. Diesmal gleich um eine richtig hohe Summe. Fünfzigtausend.«

»Wie hoch waren die Beträge vorher gewesen? Grob zusammengerechnet.«

»Knapp an die hunderttausend.«

Log Luisa? Der Betrüger behauptete, immer im fünfstelligen Bereich zu bleiben, damit der finanzielle Verlust die Frauen nicht zu sehr schmerzte.

»Ich hätte das Geld zwar gehabt, wurde aber wegen des Betrags misstrauisch. Also bat ich ihn, eigene Reserven anzuzapfen. Er verließ wütend mein Haus, und ich sah ihn vierundzwanzig Stunden nicht wieder. Natürlich machte ich mir Sorgen und versuchte, ihn zu erreichen. Ohne Erfolg. Am nächsten Tag kam er zu mir. Statt sich mit mir zu versöhnen, beschimpfte er mich. Zog mich nervlich total runter. Irgendwann ließ er ein Bad ein. Ich fragte ihn, wieso er das tue. Er meinte, ich soll meinen stinkenden Körper reinigen. Dann legte er das Skalpell auf den Badewannenrand. Er prophezeite mir eine einsame Zukunft. In der ich ihn immer vermissen, aber niemals wieder berühren, küssen oder auch nur sehen könnte. Damit traf er einen verdammt wunden Punkt bei mir. Ich hatte wirklich Angst vor einem solchen Szenario. Vor dem Alleinsein. Also bat ich ihn um Verzeihung. Bot ihm die Summe an, die er am Tag zuvor gefordert hatte. Doch er war unerbittlich. Er gab mir etwas zu trinken. Ich schätze, er hatte ein Mittel darin aufgelöst, denn mir wurde schummrig. Dann verschwand er. Ich war so verzweifelt, dass ich es fast getan hätte. Auch wenn ich es heute kaum glauben kann, schnitt ich mich. Zum Glück nur oberflächlich. Der Blutstropfen, der herausquoll, brachte mich zur Besinnung.«

»Haben Sie das Skalpell aufbewahrt?«

»Nein. Ich habe es irgendwann im Müll entsorgt.«

»Schade, vielleicht hätte die Polizei seine Fingerabdrücke darauf nachweisen können.«

»Ausgeschlossen. Er trug Handschuhe.«

»Während des ganzen Streits?«

»Weiß ich nicht mehr!«

»Nach dieser Konfrontation haben Sie nie wieder von ihm gehört?«

Luisa schüttelte den Kopf.

»Sie haben nie versucht, ihn aufzuspüren?«

»Warum hätte ich das tun sollen?«

»Wegen des Geldes, das er Ihnen schuldet. Sie hätten es zurückfordern können.«

»Ich war froh, mit dem Leben davongekommen zu sein. Finanziell tat mir der Verlust zwar weh, aber es war keine Vollkatastrophe.«

»Dann wegen der Gefühle, die Sie für ihn empfunden haben? Glücklich bis zum Ende aller Tage? War Ihnen das nicht wichtig genug, um ihn noch einmal zu treffen?«

»Tja. Leider hatte er ja kein Interesse daran.« Luisa beäugte die leere Weinflasche. »Ich bekomme langsam Kopfschmerzen. Beenden wir den Abend. Los, ich zeige Ihnen Ihr Zimmer.«

»Noch nicht«, bat Till. Alles, was Luisa erzählte,

erhärtete seinen Verdacht gegen sie. Doch sie hatte kein Geständnis abgelegt. Miriam könnte mit dem Mitschnitt nichts anfangen. »Erzählen Sie mir von den Wochen danach. Wie haben Sie den Verlust verarbeitet?«

Sie öffnete den Mund – und schloss ihn wieder. Energisch schüttelte sie den Kopf. »Nein. Tut mir leid. Was hat das alles mit diesem Oliver Bassel zu tun? Sie wollen mich vor ihm schützen. Deswegen sind Sie hier. Warum reden wir dann bloß über Carlos und mich? Was hilft es Ihnen, zu erfahren, wie sehr ich gelitten habe? Ich habe ja fast den Eindruck, jetzt aufpassen zu müssen, dass *Sie* mir nicht das Geld aus der Tasche ziehen. Weil Sie in mir eine naive Auftraggeberin sehen.«

»Ich muss das Gesamtbild kennen. Um herauszufinden, ob mein Verdacht begründet ist. Vielleicht haben ja auch Sie recht, und Carlos ist der Täter.«

»Ganz meiner Meinung. Zumindest bei mir hat er es schließlich probiert. Aber mir glaubt ja niemand. Damit muss ich wohl leben.« Luisa schob den Stuhl zurück. Sie stand ruckartig auf und hielt sich mit einer Hand an der Tischkante fest. »Es war dumm von mir, mich auf Ihren Vorschlag einzulassen. Sie können heute Nacht hier schlafen. Ich zahle Ihnen sogar noch einmal Ihr Tageshonorar plus Benzinkosten. Morgen nach dem Frühstück sollten Sie aufbrechen. Danach trennen sich unsere Wege.«

»Habe ich Sie beleidigt?«, fragte Till. Er blieb sitzen.

»Ich sehe es deutlich in Ihren Augen. Sie lehnen mich ab! Sie glauben mir kein einziges Wort.«

»Ich versuche bloß, Unstimmigkeiten zu klären«, widersprach Till. »Oder soll das die Polizei übernehmen? Die wäre bestimmt nicht so verständnisvoll wie ich.«

»Sollen sie ruhig herkommen. Ich habe nichts zu verbergen.«

Luisa wandte sich ab und ging zur Tür. Till hatte die Runde eindeutig verloren. Wahrscheinlich sogar den ganzen Kampf. Wenn ihm nicht über Nacht ein Geistesblitz kam, wäre er umsonst nach Baden-Baden gefahren und würde ohne Ergebnis nach Hamburg zurückkehren.

An der Tür drehte sie sich zu ihm um. »Nun kommen Sie schon! Ich zeige Ihnen Ihr Zimmer. Danach gehe ich ins Bett. Was für ein überflüssiger Abend. Ich bin so dumm! Wie konnte ich nur Ihrem Vorschlag zustimmen?«

62

Am Treppenabsatz nahm Till seinen Koffer auf und folgte Luisa in die obere Etage. Auf den ersten Stufen der geschwungenen Holztreppe schwieg seine Gastgeberin, als wollte sie ihn bestrafen wie ein ungezogenes Kind.

»Sie haben oben ein Zimmer, an das sich ein Bad anschließt. Also sind Sie völlig unabhängig und müssen heute Nacht nicht durchs Haus irren. Ich habe Ihnen eine Flasche Wasser ans Bett gestellt.«

»Danke! Wo schlafen Sie?«

»Im Erdgeschoss. Ich bin fast immer nur unten. Hier oben ... na ja.«

Aus Gründen, über die Till bloß spekulieren konnte, vollendete sie den Satz nicht. Er hätte gern die Zimmer gesehen, in denen sich angeblich das Drama zwischen ihr und dem Ex zugetragen hatte. Sie jetzt danach zu fragen, erschien ihm nutzlos.

Luisa öffnete die Tür zu einem großzügig eingerichteten Gästezimmer im Landhausstil. Die hellblau-weiße

Tapete war verblichen, die Holzmöbel an manchen Stellen verkratzt. Die Luft roch abgestanden.

»Ich habe heute Nachmittag gelüftet«, sagte sie, »aber wegen der Kälte draußen irgendwann das Fenster zugemacht.«

Till stellte den Koffer neben das Bett. »Danke fürs Herrichten.«

»Dann schlafen Sie gut. Morgen früh können wir gemeinsam frühstücken, danach wäre ich lieber wieder allein.«

Sie verließ den Raum und zog die Tür hinter sich zu. Im Schloss steckte kein Schlüssel. In einer Zimmerecke stand ein Stuhl mit Rückenlehne. Till schob ihn vor die Tür und klemmte die Lehne unter die Klinke. So konnte Luisa ihn nicht mitten in der Nacht überraschen. Er nahm die Flasche mit dem stillen Wasser in die Hand und drehte den Verschluss. Der ließ sich zu leicht öffnen. Till roch daran. Dann schüttete er die Flasche im Bad aus, spülte sie einmal durch und füllte sie mit Leitungswasser.

Im Schlafzimmer setzte er sich auf die Bettkante und öffnete Miriams letzte Nachricht. Ihre Statusmeldung lautete *online*.

Hi Miriam! Der Abend ist nicht nach Wunsch verlaufen. Luisa hat ihn gerade abrupt beendet. Unser Gespräch davor hat sie aufgewühlt. Alles in allem halte ich sie für eine Frau, die von Eifersucht getrieben ist.

Er schickte die Nachricht ab. Es dauerte nur wenige Augenblicke, bis Miriam sie las und eine Antwort eintippte.

Kannst du unauffällig telefonieren?

Lieber nicht!, antwortete er. *Ich will ihr keine Gelegenheit geben, uns zu belauschen. Textnachrichten?*

Na klar!, erwiderte Miriam schnell.

In der folgenden halben Stunde gab Till Teile der Gespräche wieder. Miriam kam zum selben Ergebnis. Nichts von dem, was Luisa gesagt hatte, minderte den Verdacht gegen sie. Auch das abrupte Ende des Abends wirkte auffällig.

Was hast du morgen früh vor?, fragte Miriam schließlich.

Till zögerte. Er hoffte, beim gemeinsamen Frühstück einen Ansatz zu finden, um Luisa auszuhorchen. Falls sie stur blieb, müsste er unverrichteter Dinge abreisen.

Was hältst du davon, wenn ich ihr beim Abschied vorwerfe, die Mörderin zu sein? Ich könnte mich anschließend in der Nähe des Hauses auf die Lauer legen und schauen, ob sie auf meinen Vorwurf verdächtig reagiert.

Miriams Antwort ließ auf sich warten. Sie tippte einen längeren Text. Till nutzte die Zeit und öffnete seinen Koffer. In einem Seitenfach steckte eine Dose Pfefferspray, die er griffbereit unters Bett legte.

Probier's!, schlug Miriam vor. *Falls sich eine Gelegenheit ergibt, will ich von dir wissen, wann du das Haus verlässt. Sobald du im Auto sitzt, telefonieren wir. Sollte sie kopflos reagieren, müssen wir die örtliche Polizei benachrichtigen. Kannst du eigentlich das Zimmer abschließen, in dem du schläfst?*

Till lächelte. Ihn rührte ihre Besorgnis.

Keine Angst, ich bin ein großer Junge und kann auf mich aufpassen.

Das haben schon andere vermeintlich »große Jungs« behauptet, die ich dann retten musste. Okay, lass uns für heute aufhören. Ich erwarte morgen früh Updates. Und wenn in der Nacht etwas passiert: Du erreichst mich jederzeit. Mein Handy ist immer angeschaltet. Schlaf gut!

Du auch! Till legte das Smartphone auf den Nachttisch.

63

»Oh Gott!«, flüsterte Luisa. Unruhig tigerte sie in ihrem Schlafzimmer herum. »Habe ich zu viel gesagt?«

Sie ließ den Abend vor ihrem inneren Auge Revue passieren. Dass der Personenfahnder einen Verdacht gegen sie hegte, war offensichtlich.

Aber hatte sie unbedacht ein Geständnis abgelegt?

Sie ging ins Badezimmer und musterte sich im Ganzkörperspiegel neben dem Waschbecken. Seit Carlos gegangen war, hatte kein Mann mehr die Nacht hier verbracht. Wie sehr sie Carlos vermisste! Seine Berührungen. Die zärtlichen Küsse. Seine Fertigkeiten als Liebhaber. Sie musste ihn zurückerobern. Damit er für immer ihr gehörte. Egal, was es sie kostete. Egal, welche Taten sie dafür begehen müsste.

Eine Frage des Personenfahnders hatte sie aus dem Konzept gebracht. Sie hatte viele Stunden wach gelegen und sich gefragt, welche Frauen in Carlos' Leben vor ihrer Begegnung eine Rolle gespielt hatten. Trotz ihrer starken Eifersucht hatte sie diesen Gedanken immer wieder erfolgreich verdrängt. Sie war nun mal keine zwanzig mehr. In ihrem Alter konnte man nicht darauf hoffen, einen Mann zu treffen, der vorher keine Erfahrungen gesammelt hatte.

Aber man konnte alles daransetzen, den Partner für immer an sich zu binden, sobald man sich verliebt hatte. Selbst wenn der sich störrisch verhielt. Manche Menschen musste man einfach zu ihrem Glück zwingen. Sogar dann, wenn das Unglück über andere brachte.

Hatte sie in den vergangenen Stunden zu viel ausgeplaudert?

Der Personenfahnder schien auf der richtigen Spur zu sein. Er hatte versucht, sie zu provozieren. Doch Luisa hatte einen kühlen Kopf bewahrt und den Abend rechtzeitig beendet.

Sie griff zur Zahnbürste und drückte etwas Zahnpasta auf die Borsten. Ihre Gedanken kreisten um einen Abend, der scheinbar ewig zurücklag. Johanna Schiller hatte ihr die Haustür geöffnet, nachdem sie über die Gegensprechanlage erzählt hatte, was sie nach Düsseldorf geführt hatte.

64

Düsseldorf. Einige Monate zuvor.

Es fiel Luisa schwer, der Frau nicht einfach ins Gesicht zu schlagen. Schon allein, dass sie Carlos beim falschen Namen nannte. Clemens! Wie lächerlich! Viel zu profan für einen Mann seiner Klasse. Das hätte sie durchschauen müssen!

»Ich bin gleich wieder bei Ihnen«, sagte Schiller. »Ich sorge für Nachschub. Wir haben viel zu besprechen.«

Luisa griff zur noch halbvollen Proseccoflasche. »Machen Sie das!«

Schiller verließ das Wohnzimmer. Luisa nutzte die günstige Gelegenheit und füllte die Sektkelche wieder auf. Aus ihrer Hosentasche zog sie den Beutel mit dem Schlafmittel, das sie zu Pulver zerrieben hatte, und schüttete es in Schillers Glas. Langsam löste es sich auf. Zu langsam? Gebannt starrte sie auf die Kelche. Aus dem Flur drang das Geräusch einer sich öffnenden und wieder schlie-

ßenden Tür. Ein paar Sekunden später kehrte Schiller zurück ins Wohnzimmer und setzte sich. Das Pulver hatte sich aufgelöst.

»Waren wir zu naiv?«, fragte Luisa. Sie nippte an ihrem Prosecco.

Schiller folgte ihrem Beispiel. »Mit Sicherheit. Liebe macht bekanntlich blind.«

Sie trank einen großen Schluck und verzog leicht ihr Gesicht.

»Trinken wir auf eine bessere Zukunft, in der uns keine Männer mehr zu schlechten Entscheidungen überreden.«

Luisa hielt das Glas hoch. Schiller stieß mit ihr an und trank einen weiteren Schluck.

»Mir ist schwindelig«, flüsterte Schiller. »Vielleicht sollten Sie ...«

»Oh je! Ein Vollbad würde Ihnen helfen. Soll ich Ihnen eins einlassen?«

»Vollbad?«, fragte Schiller undeutlich.

Es würde leicht sein, ihr den Rest zu geben. »Ich habe viele Jahre meine Mutter gepflegt. Ein Bad hilft immer gegen Schwindel. Ein Hausmittel. Kommen Sie. Ich bringe Sie erst mal ins Bett.«

Luisa half Schiller auf und führte sie ins Schlafzimmer. Mit ein bisschen Nachdruck legte sie die Frau aufs Bett, wo sie ihr die Schuhe auszog. Dann ging sie ins Bad. Sie öffnete den Wasserhahn der Badewanne und kehrte zurück ins Schlafzimmer.

»Mir geht's ...«, murmelte Schiller.

»Nachher sind Sie von allen Sorgen befreit. Ich bin gleich wieder bei Ihnen.«

Luisa schaute sich im Haus um. Im Arbeitszimmer stand ein eingeschalteter Computer. Ein kurzer Ruck an der Maus weckte ihn aus dem Energiesparmodus. Luisa musste kein Passwort eingeben. Das war perfekt! Sie würde später ihre mitgebrachte Tastatur anschließen und in Schillers Namen Abschiedsworte formulieren. Jetzt musste sie die Frau irgendwie in die Badewanne bekommen.

Luisa kehrte ins Schlafzimmer zurück und öffnete die Knöpfe an Schillers Bluse.

»Was machen Sie?«, fragte die Frau.

»Haben Sie das Bad vergessen? Sie können nicht angezogen baden.«

»Ich will lieber schlafen.«

»Später schlafen Sie genug. Vertrauen Sie mir.« Nach der Bluse öffnete sie den Reißverschluss des Rocks. Da Schiller nicht mithalf, dauerte das Auskleiden länger als geplant. Zwischendurch drehte sie den Wasserhahn ab, damit die Badewanne nicht überlief.

»Kommen Sie!« Luisa zog die Frau vom Bett hoch.

»Warum tragen Sie Handschuhe?«, murmelte Schiller. »Die fühlen sich komisch auf meiner Haut an.«

»Das macht man in der Pflege so.« Luisa legte ihren Arm um Schillers Hüfte und führte sie ins Badezimmer.

65

Luisa stellte die Zahnbürste zurück in den Becher. Sie dachte an den Abend, an dem sie sich beinahe das Leben genommen hätte. Alles war vorbereitet gewesen. Sie hatte sich am Ende eingebildet, er sei noch im Haus und würde sie zu dem Schritt drängen. Die Vorstellung hatte ihr geholfen. Dann war Carlos in ihrer blühenden Fantasie hochdramatisch für immer gegangen. Sie hätte sogar schwören können, die zuknallende Haustür und den aufröhrenden Motor zu hören.

Dabei war er bereits drei Tage zuvor verschwunden.

Sie war mit dem Vorsatz in die Badewanne geklettert, ihr einsames Leben zu beenden. Doch letztlich hatte ihr der Mut gefehlt und ...

»Nein!«, flüsterte sie ihrem Spiegelbild zu. »Du warst nicht feige, sondern hattest eine viel bessere Idee. Carlos zurückzugewinnen und ihn für immer an dich zu binden.« Mit kaltem Wasser wusch sie sich das Gesicht.

Luisa hatte geahnt, dass sie nicht sein erstes Opfer war. Er würde dieselbe Masche irgendwo anders erneut versuchen. Aber wenn sie es schaffte, ihn mit mysteriösen

Todesfällen in Verbindung zu bringen, wäre er in ihrem Netz gefangen.

Zum Glück hatte er das geschenkte Handy über ein Jahr lang benutzt. So konnte sie ihn leicht in Düsseldorf und Hoppegarten aufspüren. Erst in Hamburg hatte er das Gerät entsorgt. Danach hatte sie Hilfe benötigt, ihn wiederzufinden. Ihr Plan, den Personenfahnder auf Carlos anzusetzen, hatte reibungslos funktioniert. Carlos war in den Todesfällen für die Polizei der Hauptverdächtige. Leider war er vorläufig von ihrem Radar verschwunden. Sobald sie ihn aufgestöbert hätte, würde sie ihn unter Druck setzen. Ihm damit drohen, ihn an die Bullen auszuliefern, wenn er nicht den Rest seiner Tage an ihrer Seite verbringen und sie für immer lieben würde.

Sie hatte ihm einiges zu bieten. Wenn sie das Haus in Baden-Baden verkaufte, würde sie dabei so viel Profit erzielen, dass sie sorgenfrei im Ausland leben könnte. Vielleicht in Italien. Oder Portugal. An einem Ort, an dem meist die Sonne schien. Ohne lästige berufliche Verpflichtungen. Ganz auf ihre Zweisamkeit konzentriert. Sie würden sich ein Liebesnest schaffen.

Luisa dachte an Buchinger. Sie musste ihn loswerden. Würde er morgen wirklich gehen? Oder müsste sie nachhelfen? Zu diesem Zweck hatte sie genug Schlafmittel im Haus. Aber wie sollte sie es ihm einflößen? Bei dem Wein war er sehr misstrauisch gewesen. Vielleicht wäre er morgen beim Kaffee nicht ganz so aufmerksam. Dann könnte sie ihn benommen ans Steuer setzen und auf einen tödlichen Verkehrsunfall hoffen.

Danach müsste sie Carlos wiederfinden. Sein Verhalten in den letzten zwei Jahren gab ihr einige Anhaltspunkte für die Suche. Irgendwann würden sie sich wiedersehen. Davon war Luisa überzeugt.

66

Mitternacht.

Oliver Bassel starrte auf sein Handydisplay. Endlich sprang die Uhr um. Ein neuer Tag begann. Der letzte Tag im Leben zweier Menschen, die nichts von dem drohenden Unheil wussten.

»Noch ein bisschen Geduld«, flüsterte er.

Je tiefer die beiden in der Villa schliefen, desto leichter könnte er sie überwältigen.

Luisa Claußen und Till Buchinger. Hatten sie sich gemeinsam gegen ihn verschworen, oder verfolgten sie unterschiedliche Interessen? Bassel würde es bis zum frühen Morgen herausfinden. Je mehr Schmerzen seine Gegner verkrafteten, desto länger würde es dauern. Vermutlich hätte er bei Claußen leichtes Spiel. Buchinger hingegen würde die Schmerzen, die er ihm mit dem Flambierbrenner zufügen würde, wohl eine Weile ertragen. Am Ende würde er allerdings genauso winselnd sterben wie Carsten Schmeltzer.

Um zehn Minuten nach zwölf konnte er seine Ungeduld nicht mehr zügeln. Er packte seine Tasche und schaute in alle Fahrzeugspiegel, ehe er ausstieg. Leichter Nieselregen fiel. Mit übergezogener Kapuze und gesenktem Kopf lief er auf die Villa zu. Ob die Geheimzahl der Alarmanlage noch aktuell war? Das würde vieles vereinfachen. Aber selbst wenn eine ohrenbetäubende Sirene die ganze Nachbarschaft aufschrecken würde, ließe sich Bassel nicht abhalten.

An der Haustür zückte er das Werkzeug, das er im Darknet gekauft hatte. Er führte die Spitze ins Schloss und schaltete es ein. Mittlerweile war er dank vieler Versuche an unterschiedlichen Schlössern geübt im Umgang mit dem Gerät. Er benötigte nicht einmal eine Minute, um sich Zutritt zu verschaffen. Im Hausflur hing direkt neben der Eingangstür die Alarmanlage. Ein rotes Licht blinkte. Bassel tippte die Kombination ein. Die Farbe des Lämpchens wechselte auf Grün, ehe es erlosch.

Er lächelte. Jetzt konnte ihn nichts mehr aufhalten.

67

Luisa Claußen schreckte aus einem unruhigen Schlaf hoch. Sie hatte ein Geräusch gehört – nur im Traum, oder schlich Buchinger vor der Schlafzimmertür herum? Ihre Hand tastete nach der Nachttischlampe. Im letzten Moment zügelte sie sich. Der Lichtschein würde durch den Türschlitz fallen und sie verraten.

Sie hielt den Atem an und lauschte. Was hatte sein Verhalten zu bedeuten? Wollte er mitten in der Nacht Geheimnisse entschlüsseln?

Je länger sie darüber nachdachte, desto wütender wurde sie. Er war ihr Gast. Wenn er sich nicht an die Regeln hielt, gab es keinen Grund, ihn nicht sofort aus dem Haus zu werfen. Sollte er doch in seinem Wagen übernachten. Leise schlug sie die Bettdecke zurück und setzte die Füße auf den Boden. Das Eichenparkett knarrte trotz der Teppichläufer an manchen Stellen und könnte sie verraten. Um ihm einen gehörigen Schreck einzujagen, musste sie behutsam vorgehen. Sie zog den Morgenmantel über und schlich zur Tür.

Na warte!, dachte sie. *Gleich erlebst du dein blaues Wunder!*

Sie legte die Hand auf die Klinke und riss die Tür auf.

»Was mach…«

Sie stieß einen Schreckensschrei aus. Der Rest des Satzes blieb ihr im Hals stecken.

Ihr Gegenüber verarbeitete den Schockmoment schnell. Er legte ihr eine Hand auf den Mund und drückte sie zurück ins Schlafzimmer.

»Seien Sie leise!«, zischte er ihr warnend ins Ohr.

Luisa trippelte zum Bett, wo der Mann sie auf die Matratze drückte, als sei sie ein Fliegengewicht. Ihre Gedanken rasten. Was machte Bassels Halbbruder hier? Wie war er ins Haus gekommen?

»Wo ist dieser Buchinger? Ich weiß, er schläft bei Ihnen. Aber wo? Sie haben nichts zu befürchten, ich bin wegen dem Mistkerl hier.«

Konnte das wahr sein? Würde Bassel sie in Ruhe lassen und sich stattdessen Buchinger vorknöpfen?

»Ich nehme jetzt die Hand von Ihrem Mund, und Sie antworten leise. Verstanden?«

Claußen nickte.

»Wo ist Buchinger?« Wie angekündigt, nahm er die Hand von ihrem Mund.

»Hilfe!«, schrie sie.

Sofort versetzte er ihr eine schallende Ohrfeige und packte ihre Kehle.

»Schwerer Fehler!«, flüsterte er. »Verdammt schwerer Fehler!«

68

Sofort hellwach, schlug Till die Augen auf. War das ein Schrei gewesen? Er schaltete die Nachttischlampe ein und lauschte. Sekunden später hörte er Luisa um Hilfe rufen. Statt direkt im Erdgeschoss nach dem Rechten zu sehen, griff er zum Handy und wählte Miriams Nummer, die den Anruf nach wenigen Augenblicken entgegennahm.

»Ist was passiert?«, fragte sie.

»Ich bin mir nicht sicher«, antwortete Till leise. »Ein Schrei hat mich geweckt. Kurz darauf hat Luisa um Hilfe gerufen.«

»Vielleicht ein Trick, um dich aus dem Zimmer zu locken?«

»Kann ich nicht ausschließen.«

»Ich alarmiere die Kollegen in Baden-Baden. Das Wort einer Oberkommissarin hat vermutlich mehr Gewicht, als wenn du dich bei denen meldest. Hast du eine Waffe in Griffnähe?«

»Pfefferspray.«

»Besser als nichts. Ich gebe den örtlichen Polizisten deine Nummer. Mach nichts Unüberlegtes!«

Miriam trennte die Verbindung. Till legte das Handy beiseite. Er schlüpfte in Jeans und Schuhe. Dann griff er nach der Spraydose. Schwebte Luisa in Gefahr, oder war ihr Hilferuf bloß ein Versuch, ihn in die Irre zu locken? Er tendierte zur ersten Annahme. Er trat ans Fenster und schaute hinaus. Soweit er es im Dunkeln erkannte, gab es keine Möglichkeit, das Zimmer gefahrlos auf diesem Weg zu verlassen. Sein Handy empfing eine Nachricht von Miriam.

In zehn bis spätestens fünfzehn Minuten ist ein Streifenwagen vor Ort.

Er antwortete mit dem Symbol des erhobenen Daumens und schob das Telefon in die Hosentasche. Jemand rüttelte von außen an der Türklinke. Doch die Stuhllehne versperrte zumindest vorläufig den Zugang.

»Was wollen Sie?«, rief Till.

»Nur mit Ihnen und Luisa reden. Den Tod meiner Schwester aufklären. Ich habe Fragen, auf die ich keine Antworten finde. Noch nicht.«

Till riss die Augen auf. Wie war Bassel ins Haus gekommen?

»Was haben Sie mit Carlos angestellt?«, erkundigte sich Till. »Wo ist er? Wohin haben Sie ihn gebracht?«

Ihn interessierte der Verbleib des Trickbetrügers in dieser Situation nicht sonderlich. Je länger er allerdings Bassel ablenken konnte, desto höher die Chance, dass der Streifenwagen rechtzeitig eintraf.

»Falls Sie Carsten meinen: Er hat bekommen, was er verdient. Öffnen Sie mir! Sonst ergeht es Luisa dreckig.«

Ein gedämpfter Schmerzensschrei drang durch die geschlossene Tür. Konnte Till in Sicherheit abwarten, bis die Polizei das Ruder in die Hand nahm? Oder müsste er Luisa beschützen – egal, welche Verbrechen sie begangen hatte?

Ein Schwall Pfefferspray in Bassels Gesicht würde ihn lange genug außer Gefecht setzen. Aber was, wenn er Luisa als lebenden Schutzschild benutzte? Dann könnte Bassel den nächsten Schachzug unternehmen.

»Sofort!«, schrie Bassel. »Ich gebe Ihnen drei Sekunden. Ansonsten stirbt Luisa! Ihr Tod wäre Ihre Schuld.«

Luisas Aufstöhnen erhöhte den Druck auf Till.

»Eins!«

»Die Polizei ist unterwegs!«, rief Till.

»Zwei!«, fuhr Bassel unerbittlich fort. »Drei!«

»Tun Sie ihr nichts! Ich komme raus.«

»Beeilen Sie sich. Meine Geduld ist am Ende.«

Till legte seine Hand auf die Stuhllehne. Er hoffte auf eine Gelegenheit, dem Mann das Spray ins Gesicht zu sprühen.

69

Trotz ihrer prekären Lage und der Schmerzen, die Bassel ihr zufügte, rasten Luisas Gedanken. Bassel hatte einen Arm um ihre Kehle gelegt und drückte immer wieder zu. Ihr wurde schwindelig. Zudem deckte seine freie Hand ihren Mund ab und erschwerte das Luftholen. Dennoch interessierte sie ihre eigene Situation weniger als Carlos' Wohlergehen.

Falls Sie Carsten meinen: Er hat bekommen, was er verdient.

Die Worte klangen schrecklich unheilvoll. Was hatte Bassel mit ihrem geliebten Carlos angestellt? War Carsten sein richtiger Name?

»Beeilen Sie sich! Meine Geduld ist am Ende!«

Wieder drückte er ihr die Kehle zu, obwohl das sinnlos war. Buchinger bekam davon schließlich nichts mit.

Für einen Moment wurde ihr schwarz vor Augen. Sie stöhnte, und Bassel lockerte den Griff leicht.

Carlos! Was hat der Mann dir angetan?

Obwohl Buchinger bei ihr aufgetaucht und Carlos spurlos verschwunden war, hatte Luisa an einer Sache nie gezweifelt: Eines Tages wäre sie mit der Liebe ihres Lebens wiedervereint. Nun wirkte das so gut wie unmöglich.

Hass auf die beiden Menschen, die dafür verantwortlich waren, loderte in ihr auf: Oliver Bassel und Till Buchinger. Beide trugen Schuld daran.

Durch die geschlossene Tür vernahm sie ein Geräusch. Würde sie gleich aufgehen? Böte sich ihr dann eine Chance, Rache zu nehmen?

70

Mit seiner Geisel im Schlepptau wich Bassel einen Schritt zurück. Sobald sich die Tür öffnete, blieben ihm nur wenige Sekunden, den Gegner zu überwältigen. Ob die Polizei wirklich unterwegs war? Falls ja, müsste Bassel demnächst verschwinden. Er konnte die beiden Menschen allerdings nicht leben lassen. Sie wären sonst wie eine eitrige, niemals verheilende Wunde, die ihn an sein Versagen erinnern würde. In der Beintasche der Cargohose steckte ein Springmesser. Wenn er schon nicht den Flambierbrenner benutzen könnte, würde er ihnen zumindest tödliche Stichwunden zufügen. Reichte die Zeit, um ihnen ein Geständnis abzupressen? Nein, darauf kam es nicht mehr an. Ihre Schuld an Margots Tod stand außer Zweifel! An ihrem Tod und dem Ende seiner eigenen Träume.

Die Tür ging auf. Buchinger hielt eine Spraydose in der Hand. Bassel stieß Claußen nach vorn. Sie stolperte und prallte gegen Buchinger, der zugleich auf die Sprühtaste drückte. Durch den Aufprall taumelte er nach hinten, verlor das Gleichgewicht und stürzte zu Boden. Claußen schrie. Hatte sie Spray in die Augen bekommen?

Aus der Hosentasche zog er das Messer. Mit einem Knopfdruck ließ er die Klinge vorschnellen.

Jetzt oder nie!

71

Till taumelte nach hinten. Er stürzte und ließ das Pfefferspray fallen. Im letzten Moment drehte er sich leicht um und fing den Sturz teilweise mit dem Unterarm auf. Trotzdem prallte er mit den Rippen hart auf den Boden. Dann landete Luisa auf ihm und presste ihm die Luft aus seinen Lungen.

Till schaute sich verzweifelt um. Das Spray lag außerhalb seiner Reichweite. Er versuchte, von Luisa wegzukommen. Dabei bemerkte er das Messer in Bassels Hand.

»Luisa!«, schrie Till. »Rechts von Ihnen. Die Dose! Bassel hat ein Messer!«

Luisa schaute sich um. Bassel stürzte auf sie zu. Da Luisa zwischen ihnen am Boden lag, würde er zuerst auf sie einstechen, ehe er sich um Till kümmern könnte.

Till zog das Smartphone aus der Hosentasche. Er hatte nur die eine Chance, um sich und Luisa ein paar zusätzliche Sekunden zu verschaffen. Die hatte mittlerweile das Spray entdeckt und griff danach.

Till warf das Handy. Die Entfernung zwischen den Männern war so kurz, dass Bassel nicht rechtzeitig ausweichen konnte. Das Telefon traf ihn mitten im Gesicht. Er zuckte zurück. Blut schoss aus einer kleinen Platzwunde. Luisa umklammerte das Spray.

»Was haben Sie mit Carlos gemacht?«, schrie sie.

Sie rappelte sich auf und stürzte sich auf Bassel.

»Nicht!«, brüllte Till. »Er hat ein Messer!«

Luisa ließ sich von dieser Warnung nicht stoppen. Sie sprühte einen Schwall des ätzenden Sprays in Bassels Augen. Der brüllte schmerzerfüllt los. Er fuchtelte wild mit dem Messer, das Luisa gar nicht wahrzunehmen schien.

Till hechtete nach vorn. In letzter Sekunde bekam er den Saum von Luisas Morgenmantel zu fassen und zog kräftig daran. Sie stolperte und stürzte. Knapp außerhalb von Bassels Reichweite landete sie auf dem Boden. Der Mann wischte sich mit seinem Hemd über die Augen, das Messer von sich gestreckt.

»Ich kann nichts mehr sehen!«, stöhnte er.

War das ein Trick, um seine Gegner in Sicherheit zu wiegen?

Luisa schien sich erheben und erneut auf ihn stürzen zu wollen. Till umklammerte ihre Beine.

»Lassen Sie es sein!«, warnte er. »Er kann Sie töten.«

»Ich will *ihn* töten!«, kreischte sie. »Was hat er meinem geliebten Carlos angetan?«

Till behielt Bassel genau im Auge. Der wankte langsam zurück. Kurz vor dem Treppenabgang drehte er sich um und ging unsicher nach unten. Mit einer Hand stützte er sich am Handlauf ab.

»Er darf nicht fliehen!«, jammerte Luisa. »Ich muss wissen, wo Carlos ist.«

»Es tut mir leid«, flüsterte Till. »Ich fürchte …« Er vollendete den Satz nicht.

Luisa richtete das Pfefferspray auf ihn.

»Dafür habe ich das alles nicht getan!«, schrie sie.

Im letzten Moment packte Till ihr Handgelenk und schlug es auf den Boden. Das Spray fiel ihr aus der Hand. Till stieß es von ihr weg.

»Dafür habe ich das alles nicht getan«, jammerte sie.

»Was haben Sie getan?«, fragte Till.

»Die Frauen. Mein Plan. Das alles!«

»Sie haben alle drei getötet«, stellte Till fest.

»Ich wollte ihn für immer an mich binden. Ich liebe ihn.«

Luisa schloss die Augen und drehte den Kopf zur Seite. Sie würde kein Wort mehr sagen. Doch Till hatte genug gehört. Er wusste nicht, ob es der Polizei gelingen würde, sie mit wenigstens einem der Morde in Verbindung zu bringen. An ihrer Täterschaft gab es für ihn keinen Zweifel.

Von unten vernahm er gebrüllte Befehle und kurz darauf eine zufallende Haustür. War die Polizei eingetroffen?

72

»Da vorne ist es«, sagte Polizeihauptkommissar Möller. »Stell dich am besten in die Einfahrt.«

Seine junge Kollegin folgte dem Rat.

Möller dachte an den verworrenen Hinweis der Notrufzentrale. Eine LKA-Kommissarin aus Hamburg hatte einen Notfall in Baden-Baden gemeldet. Die Hintergründe kannte Möller noch nicht, allerdings hatte er bei dem Einsatz kein gutes Gefühl. Wieso wusste jemand in Hamburg über einen Zwischenfall viele Hunderte Kilometer entfernt Bescheid? Er stieg aus dem Auto. Seine Partnerin folgte ihm. Das Blaulicht des Fahrzeugs erhellte die Umgebung. Möller legte seine Hand auf das Holster.

»Sehen wir vorsichtig nach dem Rechten.«

Plötzlich riss jemand im Inneren die Haustür auf und taumelte heraus.

»Stehen bleiben!«, schrie Möller sofort.

Der Mann war mit einem Messer bewaffnet. Er verharrte mitten in der Bewegung. Mit der freien Hand wischte er sich durchs Gesicht und stöhnte gequält.

»Lassen Sie das Messer fallen!«, brüllte Möller. Er zog die Dienstwaffe aus dem Holster. »Simone! Nach links!«, wies er seine Partnerin an.

Der Unbekannte kam ihnen zwei Schritte entgegen.

»Stehen bleiben!«, wiederholte Möller.

Der Mann drehte sich ruckartig um, rannte zurück ins Haus und warf die Tür zu.

»Scheiße!«, stöhnte Möller.

73

Was ging da unten vor sich?

»Sie bleiben hier oben«, wies Till Luisa an. »Rühren Sie sich nicht, bis ich Entwarnung gebe.«

Er hob das Spray auf und huschte zum Treppenabsatz.

Bassel lehnte von innen an der Haustür. Hektisch wischte er sich über die Augen. Offenbar hatte ihm die Polizei den Weg versperrt – aber gerade das machte ihn zu einem unberechenbaren Gegner.

»Geben Sie auf!«, rief Till.

»Halt die Fresse!«

»Sie müssen Ihre Augen auswaschen. Sonst tragen Sie bleibende Schäden davon.«

Bassel steckte in einer Zwickmühle. Gäbe er die Tür frei, ließe Till die Polizisten ins Haus. Doch je länger er Pfefferspray in den Augen hatte, desto schädlicher waren die Nachwirkungen.

»Sie brauchen einen Arzt!«

»Schnauze!«, schrie Bassel. »Ich muss nachdenken.«

»Sie haben verloren! Geben Sie auf!« Till betrat die erste Stufe. »Hier ist noch genug Spray drin, um Sie zu erledigen. Dafür muss ich nicht in Ihre Nähe kommen. Lassen Sie das Messer fallen!« Er nahm die nächste Stufe. Durch den geschwungenen Verlauf der Treppe würde er gleich den Blickkontakt zu Bassel verlieren.

Plötzlich hörte er hinter sich Geräusche. Auch Bassels Aufmerksamkeit wurde abgelenkt. Till schaute über die Schulter. Luisa stürzte heran. Wollte sie ihm einen Stoß versetzen?

Im letzten Moment wich Till aus. Luisas Hände griffen ins Leere. Sie verlor das Gleichgewicht. Anfangs konnte sie sich auf den Beinen halten. Mit einer Hand wollte sie sich am Treppenlauf abfangen. Dann knickte ihr Fuß um. Sie schrie auf und stürzte die Treppe hinab. Ihr Kopf knallte gegen eine Geländerstange. Auf halbem Weg blieb sie reglos auf den Stufen liegen.

74

Möllers Partnerin hatte sich hinter dem Streifenwagen in Deckung begeben und hielt die Haustür im Visier. Der um zwanzig Jahre erfahrenere Polizist ging ums Haus herum. Sein Instinkt warnte ihn, dass er keine Zeit verlieren durfte. Er erreichte die Terrasse. An den Fenstern waren weder von innen noch von außen Jalousien heruntergelassen. Möller griff zum Funkgerät.

»Simone, ich verschaffe mir über die Terrassentür Zutritt. Du bleibst bis auf Weiteres am Streifenwagen. Verstanden?«

»Alles klar!«

Möller zerschlug mit dem Griff der Pistole das Glas, das nach dem zweiten Schlag zersplitterte. Dann betrat er das Haus. »Polizei!«, rief er. »Lassen Sie alle Waffen fallen.«

»Mein Name ist Till Buchinger!«, ertönte eine Stimme. »Ich arbeite mit dem LKA Hamburg zusammen. An der Haustür ist ein Mann. Er hat ein Messer.«

»Können Sie ihn sehen?«, erkundigte sich Möller.

»Nein! Ich bin unbewaffnet. Auf der Treppe liegt die Hausbesitzerin. Sie bewegt sich nicht.«

Na super!, dachte Möller.

Vorsichtig ging er zur Wohnzimmertür. Von der Schwelle aus sah er den Messermann.

»Legen Sie das Messer zu Boden!«, befahl Möller.

Der Unbekannte zögerte. Dann rannte er los. Direkt auf Möller zu.

Der erfahrene Polizist ging in die Knie. Gleich müsste er zum ersten Mal in seiner Karriere auf einen Verdächtigen schießen. Er hatte immer gehofft, dass ihm das erspart bleiben würde. Doch er hatte für den Notfall regelmäßig am Schießstand trainiert.

Er zielte und drückte den Abzug. Der Schuss war ohrenbetäubend laut. Im nächsten Augenblick stürzte sein Gegner zu Boden. Das Messer fiel ihm aus der Hand und schlitterte davon.

75

Möller hatte Bassel mit einem perfekten Schuss ins Schienbein gestoppt. Nachdem ein Notarzt die Wunde vor Ort versorgt hatte, war die akute Lebensgefahr gebannt. Im Krankenhaus wurde die Kugel aus dem Bein entfernt. Zwei Tage später war Oliver Bassel unter entsprechenden Sicherheitsvorkehrungen im Krankenhaus vernehmungsbereit.

Da Bastian Dorfer wegen seiner Familie kurz vor Weihnachten die Hansestadt nicht verlassen wollte, hatte Miriam Decking den Job übernommen. Gemeinsam mit Kollegen aus Baden-Baden vernahm sie den Verdächtigen, der in Anwesenheit eines Anwalts die Morde an Stephan Weißmeier und Carsten Schmeltzer gestand. Nach der Aussage gab Miriam Bastian die Adresse durch, an der Schmeltzer den Tod gefunden hatte.

Bassel erzählte bereitwillig, warum er ins Ausland geflohen war. Selbst den Namen des krankenhausreif geschlagenen Opfers nannte er den Polizisten. Er machte reinen Tisch. Auf Miriam wirkte es so, als würde eine Last von ihm abfallen.

»Nachdem ich mehrere Monate in Ecuador verbracht hatte, fand ich eine Pferderanch, die zum Verkauf stand«, erzählte er. »Zu einem spottbilligen Preis. Margot und ich hatten von so etwas immer geträumt. Eine Pferderanch im außereuropäischen Ausland. Ich versuchte, sie telefonisch zu erreichen. So erfuhr ich von ihrem Tod. Fassungslos kehrte ich nach Deutschland zurück und hatte nicht nur meine geliebte Halbschwester verloren, sondern musste auch meinen Traum begraben. Durch mein spurloses Verschwinden hatte Margot Monate vor ihrem Tod ein Testament aufgesetzt, das ihre Nichte Nicole als Haupterbin einsetzte. Offenbar hat sie geglaubt, ich hätte sie für immer im Stich gelassen.«

»Ihnen blieb also nicht genug Geld, um die Ranch zu kaufen«, folgerte Miriam.

»So war es«, sagte Bassel. »Meine Frustration wuchs mit jedem Tag. Ich fand Hinweise, die mich ins Fontenay führten, aber dieser Weißmeier legte mir Steine in den Weg. Da sah ich rot und schmiedete Rachepläne. Ich folgte ihm auf einen Supermarktplatz und verschaffte mir Zugang zu seinem Auto. Während er einkaufte, versteckte ich mich im Fahrzeug. Dann zwang ich ihn, in das Neubaugebiet zu fahren. Den Rest kennen Sie.«

»Nicht wirklich«, widersprach Miriam. »Manche Spuren deuteten auf einen Raubüberfall hin.«

»Das habe ich vorgetäuscht.«

»Hat er sich gewehrt? Sie angegriffen?«

Bassel zögerte kurz. »Nein«, sagte er schließlich leise. »Er hat nur um sein Leben gefleht. Aber nachdem ich ihm den ersten Schlag versetzt hatte, konnte ich nicht mehr anders. Es war die pure Raserei.«

»Ein paar Tage später sind Sie scheinbar aus Hamburg abgereist«, fuhr Miriam fort.

»Ich habe nur das Hotel verlassen. Mir eine andere Unterkunft gesucht.«

»Wie haben Sie von unserem Treffen mit Schmeltzer an der Außenalster erfahren?«

Bassel lächelte selbstzufrieden. »An Buchingers Auto habe ich einen Peilsender versteckt. Im hinteren, rechten Radkasten. Als Schmeltzer vor Ihnen floh, sah ich meine Chance gekommen.«

»Aber er hat Ihnen gegenüber kein Geständnis für einen der Todesfälle abgelegt?«

»Nein. Er hat die Frauen bloß finanziell ausgenommen. Und ihre Herzen gebrochen.«

»Also sind Sie Buchinger gefolgt, um Ihr Werk hier zu vollenden.« Miriam machte sich auf einem Block Notizen. Die Puzzlestücke passten perfekt zusammen.

76

Bevor Miriam zu ihrer Familie ins Rheinland fuhr und Till nach Hamburg zurückkehrte, machten sie sich einen schönen Abend im Casino von Baden-Baden. In dem weihnachtlich-festlich geschmückten Ambiente genossen sie zuerst ein Vier-Gänge-Menü und unterhielten sich dabei über die Ermittlungen.

»Gibt es Neuigkeiten von Luisa Claußen?«, fragte Till.

»Sie liegt noch immer im Koma. Die Ärzte haben heute einen weiteren Gehirn-Scan vorgenommen. Die Schäden scheinen bleibend zu sein. Selbst wenn sie wieder erwacht, ist sie nicht mehr die Alte.«

»Verrückt«, sagte Till. »Da schafft sie es, drei Morde zu begehen, die man ihr nicht nachweisen kann ...«

»... und dann stürzt sie, schlägt mit dem Kopf gegen einen Geländerpfeiler ... und das war's für sie.«

»Sie wäre davongekommen, wenn sie sich nicht an mir hätte rächen wollen.«

»Vielleicht.« Miriam seufzte. »Aber mit dem, was sie

dir gegenüber gestanden hat, hätte ich sie bei der Vernehmung gehörig unter Druck gesetzt. Irgendwann wäre sie zusammengebrochen. Vor allem, wenn ich Schmeltzers qualvollen Tod erwähnt hätte. Ich hätte ihr notfalls Bilder seiner Leiche gezeigt.«

»So grausam bist du?«

Sie lächelte geheimnisvoll, gab ihm jedoch keine Antwort.

Nach dem Essen gingen sie zu den Spieltischen. Zuerst probierten sie ihr Glück beim Blackjack und verloren innerhalb kürzester Zeit jeweils rund einhundert Euro.

»Mir fällt es schwer, mich auf die Karten zu konzentrieren«, bekannte Till. »Dafür schwirren mir zu viele Gedanken durch den Kopf.«

»Dann gehen wir rüber zum Roulette.«

Sie schlenderten zum gut gefüllten Saal des Casinos, in dem die Roulettetische standen. Da gerade ein neuer Tisch eröffnet wurde, fanden sie direkt zwei Sitzplätze. Miriam öffnete ihre kleine, schwarze Handtasche und stapelte die verbliebenen Jetons vor sich. Sie besaß noch fünfundvierzig Euro. Tills Spielgeld steckte in seiner Anzugtasche.

»Dreißig Euro«, raunte er ihr ins Ohr. »Damit kommen wir nicht sehr weit.«

»Dann setzen wir einfach alles auf die Liebe«, erwiderte Miriam leise.

»Auf die Liebe?«, wiederholte er begriffsstutzig.

»Manchmal muss man im Leben etwas riskieren.«

Sie nahm seine und ihre Jetons und stapelte sie auf dem roten Feld. Der Croupier warf die weiße Kugel in den Kessel und gab Sekunden später den Hinweis, dass keine Einsätze mehr getätigt werden konnten. Tills Blick irrte zwischen Miriam und dem Kessel hin und her. Miriam hingegen blickte lächelnd nach vorn.

Die Kugel fiel in ein Nummernfeld, sprang wieder heraus und landete im übernächsten Feld.

»Sieben, rot, ungerade, niedrig«, sagte der Croupier.

Nun wandte Miriam Till den Blick zu.

»Bin ich dir zu ängstlich oder zurückhaltend?«, fragte er.

»Ganz im Gegenteil«, antwortete Miriam. »Du verhältst dich einfach perfekt.«

Sie richtete ihre Konzentration auf den Croupier und hob die Hand, als sich der Mann erkundigte, wer den Stapel gesetzt hatte. Der Croupier zahlte den Betrag in gleicher Höhe aus.

»Was sollen wir jetzt machen?«, fragte Miriam.

»Setzen wir noch einmal auf die Liebe und sehen, was passiert.«

»Sicher?«

Till nickte. »Hundertprozentig.«

Miriam beließ den Stapel auf dem roten Feld. Sie legte die linke Hand auf ihren Oberschenkel. Unter dem Roulettetisch tastete Till vorsichtig danach. Ihre Finger berührten sich, und sie streichelten sich sanft. Till schossen unzählige Gedanken durch den Kopf. In erster Linie dachte er an Antje, mit der er so viele schöne Jahre verbracht hatte, ehe das Schicksal gnadenlos zugeschlagen hatte. Dann blitzten in seinen Erinnerungen Bilder der Verabredungen mit Miriam auf. Der Croupier beförderte die weiße Kugel erneut in den sich rotierenden Kessel.

»Nichts geht mehr.«

Ganz im Gegenteil, dachte Till.

Das Leben schickte ihn gerade in eine neue Runde mit ungewissem Ausgang.

Aber war nicht diese Ungewissheit genau das, was das Leben so spannend und lebenswert machte?

Die Kugel geriet in ein Nummernfeld, sprang und hüpfte weiter. Die Stimme des Croupiers verkündete schließlich die Gewinnzahl.

»Sechsunddreißig, rot, gerade, hoch.«

Das erste Risiko hatte sich bereits gelohnt. Wie es weiterging, würde die Zeit zeigen.

NACHWORT

Liebe Leserinnen und Leser,

das hier war der dritte Teil aus der Till-Buchinger-Reihe. Als ich letztes Jahr die Idee zum ersten Band hatte, war ich gespannt, wie der Personenfahnder bei Ihnen ankommen wird. Insofern gebührt Ihnen und Ihren Rückmeldungen für die Bücher *So tief der Schmerz* und *Kein letzter Blick* mein großer Dank. Sie haben mich motiviert, Till Buchinger weiteres Leben einzuhauchen und ihn neue Abenteuer erleben zu lassen. Das bedeutet mir sehr viel.

Wenn Ihnen der Roman *Wundenherz* gefallen hat und Sie mich unterstützen wollen, nehmen Sie sich doch bitte ein paar Minuten Zeit und hinterlassen eine Bewertung auf der Produktseite meines Buches bei Amazon. Neben Rezensionen freue ich mich auch über persönliches Feedback von Ihnen, sei es per Mail oder per Facebook. Ich bemühe mich stets, darauf zu antworten. Das klappt meistens, aber leider nicht immer. Sehen Sie mir das bitte nach. Auch wenn Sie weitere Anregungen oder Bitten haben, lese ich mir das stets sehr gerne durch.

Per E-Mail kontaktieren Sie mich unter:
kontakt@marcus-huennebeck.de

Per Facebook erreichen Sie mich wie folgt: www.facebook.com/MarcusHuennebeck

Wollen Sie immer zeitnah informiert werden, wenn es etwas Neues von mir gibt? Dann tragen Sie sich doch in meinen Newsletter ein:
www.marcus-huennebeck.de/newsletter

Alle neuen Empfänger erhalten die Kurzgeschichte *Die Namen des Todes – Die Jagd beginnt* als Dankeschön geschenkt.

Vielen Dank und herzliche Grüße

Marcus Hünnebeck

LESETIPPS

Ich werde oft nach der richtigen Reihenfolge meiner Bücher gefragt. Diese finden Sie im Folgenden, auch wenn ich der Meinung bin, dass man jeden meiner Thriller unabhängig von den anderen lesen kann. Aber für alle Leser, die sich gern an der chronologischen Reihenfolge des Erscheinens orientieren, ist diese Auflistung gedacht.

Die KEG-Reihe:

Die Todestherapie
Der Wundennäher
Der Schädelbrecher
Blut und Zorn
Die TodesApp
Muttertränen
Todesschimmer
Vaters Rache
Rachekrieger
Der Geisterfahrer
Nesthäkchens Schrei

Bittere Brut
Tödlicher Fake
Schreikind
Eiskalte Reue

Die Buchinger-Reihe

So tief der Schmerz
Kein letzter Blick
Wundenherz

Bei meinen übrigen Büchern finden Sie die Reihenfolge direkt auf den Produktseiten der Bücher.

DIE TODESTHERAPIE

Gero Ruppert kennt sich aus mit Trauer und Verzweiflung. Der Psychologe betreut Eltern, die ihre Kinder auf schmerzliche Weise verloren haben. Als ein 17-jähriges Mädchen brutal missbraucht und ermordet wird, kontaktiert Ruppert die verwaiste Mutter und bietet ihr an, sie psychologisch zu behandeln.

Drei weitere junge Frauen sterben, und Ruppert kümmert sich um die trauernden Hinterbliebenen. Für die Soko rund um die Kommissare Drosten und Sommer steht trotz wasserdichter Alibis der Hauptverdächtige fest: Der Mörder kann nur Gero Ruppert selbst sein. Hat er einen Helfer? Spielt er ein falsches Spiel mit traumatisierten Eltern? Doch die Polizisten ahnen nicht, dass der Psychologe bedroht wird. Er muss den Anweisungen eines Erpressers folgen, um nicht seine eigene Tochter zu verlieren. Je näher die Soko den wahren Hintergründen kommt, desto stärker gefährdet sie das Leben des Mädchens – wogegen Ruppert mit allen Mitteln kämpft.

SO TIEF DER SCHMERZ

Eine traumatisierte Psychologin sinnt auf Rache. Jahre zuvor ist sie geschändet worden; nun bestraft sie nahestehende Personen ihrer Peiniger mit dem Tod. Als die Polizei durchschaut, nach welchem Muster die Opfer ausgewählt werden, verhindert sie im letzten Moment einen weiteren Mord. Doch der Täterin gelingt während des Zugriffs die Flucht, und sie taucht spurlos unter.

Hauptkommissar Krumm bittet den Personenfahnder Till Buchinger um Unterstützung. Buchinger kennt die Tricks, mit denen Menschen von der Bildfläche verschwinden. Obwohl er Krumm nicht vertraut, erklärt er sich mit der Zusammenarbeit einverstanden, denn die Mörderin hat auch einen seiner engsten Freunde brutal umgebracht. Aber seine Suche nach der skrupellosen Psychologin löst eine Kettenreaktion aus, die sein Leben und das vieler anderer Unschuldiger gefährdet.

Printed in Poland
by Amazon Fulfillment
Poland Sp. z o.o., Wrocław

67217335R00163